BEST嚴選

奇幻基地出版

# 烈火謎蹤

A Merciful Truth

坎德拉・艾略特 著
康學慧 譯

Kendra Elliot

BEST 嚴選

# 緣起

在繁花似錦的奇幻文學花園裡，你或許還在門外徘徊，不知該如何抉擇進入的途徑；也或許你已經置身其中，卻因種類繁多，或曾經讀過不合口味的作品，而卻步、遲疑。

BEST嚴選，正如其名，我們期許能透過奇幻基地對奇幻文學的瞭解，以及對讀者的理解，站在出版者與讀者的雙重角度，為您精選好作家與好作品。

他們是名家，您不可不讀：幻想文學裡的巨擘，領域裡的耀眼新星。

它們最暢銷，您怎可錯過：銷售量驚人的大作，排行榜上的常勝軍。

這些是經典，您務必一讀：百聞不如一見的作品，極具代表的佳作。

奇幻嚴選，嚴選奇幻。請相信我們的眼光，跟隨我們的腳步，文學的盛宴、幻想世界的冒險，就要展開。

excellent bestseller classic

獻給艾美莉亞。
妳無所不能。

推薦序

# 從末日準備者到反政府民兵，你準備好接受「自由美國」少數派的文化衝擊了嗎？

——喬齊安
台灣犯罪作家聯會成員

作爲長期廣泛閱讀的犯罪小說迷，細細觀察一間認眞耕耘品牌的出版社選書口味，也時常會得到不同於純粹看書、跟風的另一種樂趣。早在二〇〇二年成立，如其名以奇幻文學起家的奇幻基地，在那個年代大膽地引入西洋正統科奇幻小說、事典工具書，在出版界樹立獨特的旗幟，迅速成爲奇幻讀者的購書首選，也令人默默佩服於這一種出版人的品味與風骨。

編輯的品味與眼光，同樣反映在二〇〇四年《達文西密碼》熱後，全台犯罪推理小說出版大爆發，但奇幻基地並未立即跟風。直至《龍紋身的女孩》掀起的北歐推理浪潮，才以精準的選書眼在二〇一一年進軍這塊市場，推出了丹麥作家歐爾森的「懸案密碼」系列，至二〇二一年爲止竟然已經出版到第八集，以歐美小說在台灣的市場來說實屬罕見，應證了深度刻劃丹麥政經社會的這系列作品內容有多出色，出版品的包裝宣傳也成功。

後續奇幻基地的推理選書更持續地作到「拓展讀者眼界」的成績：法律驚悚小說大師羅柏・杜格尼榮登當年博客來暢銷書的《妹妹的墳墓》；讓筆者初次認識精神病態殺人魔的科幻驚悚《變態療法》；首見由「巴西」出品的恐怖情人題材《沉默的情人》；以及至今仍具韓國犯罪小說指標水準，改編自眞實邪教事件的《被提1992》等等……

之所以扯遠，來自於筆者閱讀「梅西・凱佩奇探員系列」：《破鏡謎蹤》、《烈火謎蹤》中得到的驚喜與感嘆。「凱佩奇探員系列」目前已經出版六本，兩位主要角色的新故事《*In The Pines*》也將在二〇二二年登場。這套系列作打從第一集就備受歡迎，至今累積銷售已突破兩百萬冊。而它最大的特色就是女主角梅西來自「末日準備者」（prepper）背景的家庭，故事裡對於二〇〇八年金融風暴後開始出現的準備者之特殊生活型態，有著深入的描寫與探索。爲小說賦予最鮮明的辨識度與樂趣，這也是筆者首見在代理犯罪小說裡出現的議題，著實有種「文化衝擊」的大開眼界感。

末日準備者以前也被稱爲「生存主義者」，具體而言，準備者們認爲要爲了可能發生的天災人禍求生，而「隨時做好準備」。讀過《破鏡謎蹤》的讀者應已對他們的價値觀留下深刻的印象。由於這個族群特別低調，即便《經濟學人》雜誌推測全球目前至少有兩千萬名準備者，但過去一向難有深入報導，只在國家地理頻道上，自二〇一二年起針對他們拍了四季的《末日求生密技》（*Doomsday Preppers*）紀錄片廣受歡迎後，才被世人所認識。**而爲什麼prepper人數以美國壓倒性居多，這與美國自憲法制定後便成爲最講究個人自由的國度有關，比起歐洲國家或專制政體更容易產生「反從衆」或多元的思想**，地方盛行的摩門教會「自力更生」的精神也造成一定影響。而美國有廣大的空曠領土，以及擁槍自重的權限，都是最適合準備者謀生的環境，尤其集中在故事主角梅西的家園——奧勒岡州。

準備者長年被媒體塑造爲「偏執狂」、「怪咖」的形象，卻在百年浩劫新冠肺炎疫情裡意外「一炮而紅」。甚至才在二〇二一年初推出了電玩遊戲《末日準備狂》（*Mr. Prepper*），讓玩家體驗如何善用土地與資源，當個躲過政府查緝、度過危機的優秀準備者。雖然還沒有到世界末日，但席捲全球的疫情期間，實體店面與電商通路停擺的情況下，原本準備者們互助的網路商店，一躍成爲消費者首選。這兩年的停工、封城、物資爭奪、醫療資源匱乏，讓世人體認到社會系統確實擁有朝夕崩壞的可能。與其大難臨頭才與鄰居瘋搶食物，平常就先儲存物資更爲實際。「末日準備」已從小眾躍居後疫情時代不容忽視的主流現象，奇幻基地選在這個時刻引進相關著作，著實格外有意義。

作者坎德拉．艾略特出道自二〇一〇年，風格被定義爲「浪漫驚悚」（romantic thriller），是美國最擅長融合「犯罪小說」與「羅曼史」的代表作家之一。她的創作有個有趣的特徵，就是如同漫威宇宙一般持續衍伸新系列。在讀者們的呼籲下，她將出道作《屍骨迷蹤》（*Bones Secrets*）系列中的固定班底：警探卡拉漢另外抽出來開啓「卡拉漢和麥克連系列」（*Callahan & McLane*）。女主角艾娃．麥克連是FBI探員，自然發展後從這系列裡再度抽出她的同事：梅西．凱佩奇出來開啓了梅西系列。而梅西系列在GOODREADS上的讀者總分、平均評分都是最高的，可見其好口碑。也因這兩個系列的女主角是FBI，艾略特也充分研究並搭建警察程序小說應有的世界觀與嚴謹度，毫不敷衍含糊。

畢竟書迷以女性居多，許多歐美作家一向注重如何融合好犯罪與愛情類型。但也不能否認，如何拿捏比重、平衡並不容易。筆者時常參與國家級講座或與影視圈交流，OTT平台都會提到類型劇之所以市場穩定，來自於觀眾收看前就已經預設會得到、想得到的樂趣，因此內容必須作到滿足娛樂需求。但「羅曼史懸疑」到底首先該滿足哪一類粉絲？《破鏡謎蹤》確是很經典的示範：**相知相惜觸動讀者共鳴的男女主角**、**未解懸案與連環殺手**、**紮實的美國社會與文化刻劃**、**當然還有接踵而來的刺激爆點**。網路上便有讀者評論，如果想從羅曼史跨足到犯罪/驚悚小說的閱讀，這個系列是最佳起點。因爲這些可能生硬的元素，被豐沛的情感與人際關係所平衡。

在歐美另一類常見的「小鎮懸疑」中，時常會安排「外來者」的警探前往小鎮/村落辦案，並面臨整個小鎮團結的敵意。必須獨力或與一位「在地的幫手」合作挖掘被所有人隱藏的祕密。本系列巧妙顛覆了這個傳統ＳＯＰ，命案以鄉下的鷹巢鎮爲舞台，被ＦＢＩ派來的梅西看似外人，實際上是土生土長的鎮民。而她「在地的幫手」，平常熱心經營鄰里關係的警局局長楚門，才是並不清楚鷹巢鎮水有多深的男主角。

梅西因爲某個重大祕密離家出走、與家人斷絕關係十五年，以都會幹練女性的形象武裝自己孤獨的眞心；楚門的學生時代則常來到鷹巢鎮度過，拜把的老朋友現在在工作上給他許多助力，但楚門仍難以眞正融入鎮民，也背負曾經一度想放棄警察工作的傷痛。兩人同爲對這裡既熟悉又陌生的半個異鄉客，作者的設定與相處關係進展之細膩，針對準備者家庭信念、美國文化的衝突，在在令人無比入戲，也因此讓讀者能更沉浸於他們之間的浪漫火花。也正因塑造出足夠的主角魅力，更加強了那些祕密揭曉時的衝擊力度。

在男女主角合力於《破鏡謎蹤》解決在地「山洞人」傳說的連續殺人事件兩個月後，鷹巢鎮發生了連續縱火案件，更在之後惡化成兩名副警長受害的殺警命案。梅西與楚門在調查縱火犯時線索指向了湯姆．麥唐諾這位外來者，他在鎮外買下大批土地，招兵買馬建造宿舍與牧場，逐漸打造為自成一國的龐大組織，甚至暗藏了軍火。他們的企圖是什麼？小說很快就吐露麥唐諾曾經是西岸惡名昭彰的民兵領袖——賽拉斯．坎貝爾——的夥伴。再隨著本作《烈火謎蹤》對白提供的線索，我們便能發現作者精心埋藏的核心伏筆：**二〇一六年的奧勒岡民兵起義事件**。

他們只想好好過日子。但他們卻不斷被榨取金錢，政府不斷設立新法讓自己的權力越來越大，貪婪搜刮民脂民膏。

家族擁有五十年的森林？交出來。我們要保護貓頭鷹。

放牧牛隻整整十年的草原？滾出去。我們要保護牛喝水的那條河。

只有這種時候，聯邦政府的爪牙才會出現，帶著槍來施展權力。

就在二〇一六年的一月二日，一百五十名武裝民兵（militia）攻入奧勒岡州的馬盧爾國家野生保護區，建立武裝反抗基地，宣稱對抗美國政府的「暴政」。民兵的領導人是內華達州的牧場主克萊文．邦迪，家族在西部開墾時代後長期私佔公有地放牧，主張聯邦政府沒有土地管轄權，更曾在二〇一四年的內華達邦迪對峙（Bundy standoff）後逼政府退兵，令邦迪一家成為對抗歐巴馬、民主黨的保守派象徵。邦迪家氣焰就此扶搖直上，後來持續率領民兵，對他們認為受到政府打壓的對象「拔刀相助」。奧勒岡州的哈蒙德父子檔，常因對土地所有權的認知與政府衝突、訴訟。遭到入獄判刑後，便引來邦迪民兵發起激烈的武裝「起義」。但這群外來傭兵偏激的想法、口號並未得到在地人的支持。在一月底的公路槍戰後，有民兵遭到擊斃，克萊文長子艾蒙．邦迪更被FBI逮捕，讓內亂告一段落。在民風純樸的奧勒岡，是近年非常轟動的政治事件，可說是創作者最合適入題的故事。而艾蒙本人至今仍以極右派反政府組織的發言人活躍，還跳出來參選內華達州長，令美國政府十分頭痛。

作者艾略特在《烈火謎蹤》以梅西的視點提供讀者對鄉親一夕轉變爲暴民的思考議題，再帶出賽拉斯這位隱喻艾蒙．邦迪的危險民兵頭子——眞實世界與虛構創作交會的設計、本集結尾關於麥唐諾的爆點，都令人非常期待身爲FBI探員的梅西與系列BOSS交手的未來發展，後面的劇情還有得瞧！而末日準備者與反政府民兵的罕見角色設定，彷彿中醫裡他人難以複製的「家傳祕方」，更爲「梅西．凱佩奇探員系列」樹立起獨一無二的吸引力。**就讓我們期待作者繼續揭露少數派的心聲，並挖掘出那些躲藏在美國自由大旗下，「多少罪惡假汝之名而行！」的深度人性內涵。**

**推薦者簡介／喬齊安（Heero）**

台灣犯罪作家聯會成員／百萬部落客，已出版六本足球書籍專刊。在本業編輯製作多本本土文學小說獲獎並售出IP版權，即將改編翻拍為電影、電視劇。為多部小說／實用書籍撰寫推薦與導讀、書評相關文章，長年經營「新聞人Heero的推理、小說、運動、影劇評論部落格」。

# 1

警察局長楚門．戴利用力關上太浩休旅車的門，舉起一隻手遮住臉，抵擋大火造成的高溫。他後退半步，撞上車子。烈焰吞噬掉老舊牛舍，往上竄升到漆黑夜空的高處。

**沒救了**。

他以為把車停在這裡應該離火場夠遠，但臉頰發燙的感覺讓他有所疑慮。

楚門拉低牛仔帽的帽沿遮住臉，過去那場燒死兩條人命的大火浮上心頭，他不理會，跑向兩輛德舒特郡治安處的巡邏車，他們比較早到。兩位副警長站在車子後面拿著對講機說話，同時望向熊熊烈火。

他們束手無策。遠處隱約傳來消防車的警笛聲，但楚門知道已經太遲了。他們頂多只能阻止火勢蔓延，以免森林和鄰近的牧場受到波及。

他接近時，一位副警長打招呼。「嗨，局長。」為了壓過火場燃燒的聲音，他特地提高音量。

楚門認識較為年長的那位副警長。**雷夫什麼來著**。他不認識另外那個。

「你們有沒有看到人？」楚門問，知道不可能進牛舍查看。

「沒有。」雷夫說：「我們才剛到沒多久，這種狀況下說什麼都無法進去查看。」旁邊的年輕副警長猛點頭。

「我們去繞一圈吧。」楚門說。

「你往右，我們往左。」雷夫提議。

楚門點頭，往牛舍後面走去，盡量與火場保持距離，同時慶幸現在是十一月，氣溫很低。*我來這裡才一下子，但火勢已經變得更大了。*過去兩週，位在奧勒岡州中部的小小鷹巢鎮附近，已經發生了三起火災，這是第四起。他和消防局都還沒抓到連續縱火的犯人，而且之前的三起火災都沒有這麼嚴重。第一起是廢棄車輛遭到縱火，第二起則是一處人家的垃圾，第三起是一間作爲倉庫的棚屋。

*犯人的目標越來越大。*

汗水滑落楚門的背部，不只是因爲高溫。*我討厭火。*他小跑步經過一叢三齒蒿和許多岩石，熊熊火光照亮四周。他來回尋找受害者，說不定縱火的人也還在這裡。整片西黃松矗立在五十碼外，楚門十分慶幸牛舍周遭清理得很乾淨，沒有其他東西可燒。以前原本有小型畜欄，但幾乎所有欄杆都早已腐朽倒塌。這棟老牛舍應該至少有十年沒有使用了。

第四起火災的現場不在他的轄區範圍內，而且距離好幾英哩，不過他一收到消息便立刻下床更衣趕來。這個縱火犯讓他非常火大，現在他把每一起火災都當成自己的責任。楚門可以想像那個混蛋暗自竊喜的德性，警察與消防隊匆匆忙忙趕來撲滅他一手造成的火災。

*他遲早會燒到人。*

消防車的警笛聲越來越響亮，這時兩下槍響壓過烈焰焚燒的聲音。

楚門急忙趴下翻滾，躲到一塊大石頭後面，拔出槍來。*是誰開槍？*他靜止不動、仔細聆聽四周，槍響造成的耳鳴很大聲，他得試圖努力聽出來源。

又傳來兩下槍響。

**那是慘叫聲嗎？**

他的心臟狂跳，連忙撥打九一一，通報有人開槍，請調度員立刻通知正在趕來的消防車。他掛斷電話後，緩慢移動離開石頭後面的藏身處，提高警覺並尋找開槍的人。**到底是誰開槍？**

之前的幾起火災，鷹巢鎮的警員都沒有在現場發現任何人。**為什麼這次不一樣？**

楚門繼續繞行牛舍後方，手中舉著槍，仔細觀察牛舍後方的暗處。火光僅照亮幾碼的距離，而照不到的地方則是一片漆黑。任何人都可能躲在看不見的暗處。他走遠一些，將自己藏身在黑暗中。

他的上衣已徹底被汗水浸濕，感官高度警覺。楚門繞過牛舍後方，看到地上有個人影。一動也不動。

**老天，拜託不要……**

他躲進黑暗深處，極力查看四周，試圖尋找開槍的人。烈焰讓四面八方都是晃動的陰影，他的視線不斷迅速移動，一下看到動靜、一下看到影子，但全都是假的。他壓下湧出的焦慮，知道即使會讓自己暴露在危險中，還是必須過去查看兩位警員。

「不管了。」他迅速衝過空無一物的地帶，感覺上衣立刻被烤乾，並撲過去跪在最接近他的警員旁邊。他搖搖雷夫的肩膀，不斷大聲喊其名字，然後摸對方的頭部確認脈搏。副警長頭部中彈，子彈射穿臉頰造成很大的開放性傷口，楚門只看了一眼就急忙轉開視線。

**不該看到牙齒才對。**

他找不到脈搏。

他保持姿勢蹲低，手腳並用移動到另一位警員身邊。年輕副警長的脖子大量出血，他驚恐的視線對上楚門的雙眼，兩眼瞪大，嘴巴瘋狂開闔卻發不出聲音，但四肢完全沒動。副警長只能靠眼神表達，他顯然非常害怕。

脊椎損傷？

**他自己知道狀況不妙。**

楚門急忙脫下外套，用力按住副警長的頸部。載著大水箱的消防車抵達，開在通往牛舍的長長小路上，泥土地面全是凹凸不平的車轍。楚門再次觀察四周尋找開槍的人。

**我站在這裡等於是活靶。**

他不願丟下年輕的副警長，於是注視著對方的眼睛。「你不會有事的，支援已經到了。」副警長對他眨眼，注視他的雙眼，用力喘息。楚門看到他外套上的名牌。「山德森副警長，撐住。你一定會平安無事。」

山德森的嘴唇蠕動著，楚門彎腰靠近，但沒有發出聲音。他不理會背後逐漸升高的溫度，強迫自己微笑讓對方安心。「不會有事的。」楚門抬起頭，無比慶幸消防隊已經抵達，兩位消防員小心翼翼走過來，遠離火場，仔細搜索周圍地帶。

**他們收到通知了，知道有人開槍。**

頓時，一股強大的氣流撞擊上他的背，他整個人飛了起來，越過山德森副警長。落地時，他的臉部撞上地面，強大的撞擊力道讓他無法呼吸，碎石刺進他的臉頰與嘴唇。爆破聲響不斷傳來，讓他瞬間暫時失去聽覺。他躺在泥土地上，耳中不斷有嗡鳴聲。他努力想搞清楚狀況，過去的恐懼此刻更從潛意識深處竄出。他奮力壓制，在心中評估自己的身體狀況，吐掉口中的砂石。

**我還活著。**

**山德森呢？**

他用雙手和顫抖的膝蓋撐起身體，轉身看向剛才他飛越過的傷患。

一對空洞的雙眼望向楚門身後的黑暗。雙唇不再蠕動。

「不——！」楚門撲過去用力搖著副警長，但剛才還存在的一絲生命已然消逝。

大火繼續熊熊燃燒。

◆

隔天早上，梅西．凱佩奇探員望著冒煙的燒焦木板。這座牛舍太老舊，一遇到火就完蛋了。在她小時候，這棟牛舍就已經年久失修、木板乾裂，更別說現在又過了二十年，整棟牛舍簡直像吸飽了汽油般，一旦起火就是烈焰沖天。

當時，她經常和住在這座農場的女孩一起玩，梅西喜歡在這座牛舍和附近的土地上到處亂挖、尋找小動物，假裝牛舍是她們的城堡。後來她的朋友搬家了，梅西再也沒有來過這裡，直到今天。

如今她是個調查局探員，奉命調查兩位執法人員遭到槍殺的案件。是個非常憤怒的調查局探員。執法同僚遭到冷血殺害令她怒不可遏，所有從事執法工作的人都有這種感覺。

她好希望可以回到小時候裝扮公主的日子。

**凶手難道是刻意縱火，將副警長們引來這裡？**

她不願想像在她的小鎮會發生這種事。

**楚門還差點死掉。**

她哆嗦一下，將那個畫面逐出腦海。

**我們的戀情可能短短兩個月就夭折。**

梅西還沒有見到楚門。他們通了一下電話，聽到他的聲音，她鬆了一口氣，然而自從他昨晚抵達現場之後，就一直忙得不可開交。幸好楚門傷勢很輕，只有幾處燒傷。這兩週，她都在寬提科（Quantico）的調查局訓練學院（注）受訓，昨晚十點才抵達波特蘭機場。長程飛行之後，她不想深夜開車回本德市，於是在波特蘭的公寓過夜。那間房子委託出售已經一個月了，但始終乏人問津。

**說什麼現在是賣家市場，真是狗屁。**

凌晨三點，楚門的一通電話，讓她立刻起床出發，開了三個小時的車回到奧勒岡州中部。縱火、槍殺、爆炸，種種驚人的消息徹底趕跑了睡意。她回到家時，本德市調查局的主管已經打電話來了。兩位郡治安處副警長遭到殺害，這個案件現在是她的優先要務。

她觀察眼前一片焦土的慘狀，一股寒風吹進厚大衣的領口。感恩節很快就要到了，這幾個星期奧勒岡中部已經略有冬季氣息。她從出生到十八歲一直住在小小的鷹巢鎮，但離家之後再也沒有回來過。之前她獲派短期支援本德分局調查一起本土恐攻事件，這才發現她有多思念喀斯喀特山脈東側的生活。不到兩個月前，她決定離開波特蘭，遷居位在高海拔沙漠的本德市。

奧勒岡州中部的生活與波特蘭非常不同。這裡的空氣比較清新，一眼能看到好幾座白雪皚皚的山峰，交通流量相差將近百倍，儘管當地鎮民依然嫌車多。在這裡，一切事物的步調都被放慢；居民形形色色，有家庭、退休銀髮族、牧場主人、農民、牛仔、千禧時代新人類和商務專業人士。一旦離開本德市，人口便急遽減少，而且大部分從事畜牧或農耕。

有些人搬來奧勒岡中部是爲了拋開文明社會。只要不太挑剔環境，就能以合理價格買下一塊遠離人煙的土地。有些人希望以自己的方式生活，不依賴政府保障安全、供應糧食。有的人稱呼他們爲「準備者」，有人則用很難聽的詞。梅西便是生長在這樣的家庭。她的父母打造出自給自足的家園與生活態度，欣然擁抱準備者這個標籤。那樣的生活幸福樸實，直到她十八歲那年被迫離家。

離開鷹巢鎮之後，她發現自己無法完全拋棄準備者的生活形態，於是設法找到平衡，讓心靈免於焦慮折磨。她在波特蘭工作、生活，同時在偏遠地帶有座祕密基地，週末都會去位在奧勒岡中部的小木屋儲藏物品、進行準備。萬一發生災難，她一切都早已準備齊全。

注 美國維吉尼亞州威廉王子郡中的一座小鎮，是許多重要單位的培訓場所，例如FBI國家訓練學院、實驗室，以及寬提科海軍陸戰隊基地等。

她總是在準備。

但不需要讓別人知道。只有楚門和少數家人知道，她一有空就像個瘋婆子一樣不停操勞，只爲了不必擔心可能發生的災難。她的新同事不知道，就連她最親近的搭檔艾迪也一無所知，她稱之爲她的「祕密偏執」。

這是她的私事。人們總是太愛批判，她這輩子看太多了，不希望自己也受到那樣的批判。此外，萬一眞的發生災難，同事若知道她有資源而來求助，她無法拯救他們所有人。她認爲最好隱藏好「財富」，不要露白。她辛苦努力，是爲了自己和家人。

她用靴子的鞋尖戳戳潮濕地面，消防隊的水車灑了幾千加侖的水，附近土地全都濕透了。這種鄉下地方不可能幾百碼就設一個消防栓，幸好火勢沒有蔓延開來。焦黑的廢墟後方，松樹群依舊昂然矗立；平時棕色的地面變成黑黑灰灰，矮灌木皆被燒焦，地上積著厚厚一層煤煙和灰燼。

郡治安處的蒐證人員搜查牛舍廢墟，仔細搜索很大的一片範圍，消防官在一旁密切監督。之前他們找到四個來福槍彈殼，梅西的上司傑夫．蓋瑞森立刻將其送去調查局實驗室，因爲當地的實驗室工作早已堆積如山。

梅西從來沒調查過與火災相關的案件，所以有點沒把握。楚門最近一直在調查鷹巢鎭周圍發生的幾起縱火案，而第一起發生時，她正準備去受訓。有人放火燒了一輛棄置在羅賓森街盡頭的奧茲摩比（Oldsmobile）舊車。火災發生前，附近居民一直沒有通報拖吊，因爲他們認爲車主遲早會來處理。

楚門轉述一位老年證人的話給梅西聽，邊說邊笑個不停。「別人的車，亂動不太好啦，那是他們的交通工具……說不定是謀生工具呢……要是我打電話叫人來拖吊，害別人不方便那就太失禮了……」

於是那輛車就這樣放置那裡半年之久。

山脈這一邊的人比較有耐心。

楚門原本以爲只是無聊的青少年在玩火，但後來梅西去東岸受訓時又發生了兩起縱火事件。他們每晚通電話時，楚門的語氣越來越緊繃。第二起縱火案是燒垃圾子母車，接著縱火犯燒燬了準備者家庭存放物資的棚屋倉庫。

聽到物資被燒燬，梅西感到十分心痛。那座小倉庫屬於一對年輕夫妻，裡面有他們爲了未來而辛勤努力儲存的糧食和用具。梅西很清楚，要準備齊全需要付出多少勞力和犧牲。她想像著萬一自己的小木屋失火，多年的儲藏付之一炬，她的胃就痛苦翻攪。現在那家人連在家也無法安心，懷疑縱火犯是否特地挑他們下手。

「第一起和第二起案件只是燒燬別人不要的東西。」楚門對她說：「不過這次卻燒掉了一家人辛苦的成果，希望這勢態不會再延續。」過去兩週，他一有空就會專注調查這幾起縱火案。

誰都想不到，縱火犯會在第四次犯案時突然殺人。現在狀況演變成截然不同的態勢。

梅西望著兩位副警長陳屍的那塊地，鮮血浸透泥土的深色痕跡依然還在。**縱火犯原本就計畫殺害來現場的人嗎？還是只在欣賞火勢，臨時起意開槍？**

開一槍或許是臨時起意，但開四槍絕對是計畫行凶。

每顆子彈都命中目標。

梅西用力抿唇，壓抑另一波沸騰狂怒。兩位副警長都有妻小，山德森副警長的寶寶才三個月大。

*他可憐的妻子，而寶寶永遠見不到父親。*

消防官站在一位蒐證人員身後，彎腰指著一堆燒焦木材裡的東西。在梅西眼中，那堆木頭全都一個模樣，濕答答又被燒得烏黑。

「眞希望我能明白他到底看出了什麼。」艾迪．彼德森探員說。她沒察覺他是何時出現在身邊。見到最欣賞的探員搭檔，立刻讓梅西的心情振作了一些。艾迪申請調職本德分局一事讓大家都很意外，只有情報分析員達比．柯萬早就料中。

「我知道艾迪很喜歡這裡。」達比信心滿滿地對梅西說：「他第一次去河邊嘗試飛蠅釣的時候，我從他的眼神看得出來。他描述在巴契勒山（Mount Bachelor）滑雪的樂趣時，語調也很熱切。愛好自然的人都躲不過這裡的魔咒，就連不知道自己其實愛好自然的人也一樣。」

在梅西眼中，沒有人比艾迪更不適合「愛好自然」這個形容。艾迪是個都會男子，有點太過在意打扮和髮型。但自從他搬來本德市之後，她看到他欣賞自然美景的那一面，同時很高興他能移居此地。對她而言，他是奧勒岡州中部的一小片波特蘭，如同一個小小的連結，讓她能夠回想那座大城市的美好。艾迪曾開玩笑說乾脆和她一起租房子，不過梅西需要自己的空間。她也要照顧唸高中的姪女。

凱莉現在十七歲，就讀十二年級。她一歲時就被母親拋棄，父親則最近過世了。他臨死前將女兒託付給梅西，這是他最後的心願。梅西只能盡力適應，覺得自己被扔進陌生的世界。青春期焦慮、女生間的勾心鬥角、網路上的變態、能量飲料、瘋狂追星……梅西的少女時代只有牧場的工作，穿的都是兩個姊姊不要的衣服。

「知道凶手射殺兩位警官時站在哪裡嗎？」艾迪問她。他的眼神很強硬，殺警案造成的憤怒蓋過了他平時開朗的性格。

「他們在那裡找到來福槍彈殼。」梅西指著牛舍左邊遠處的一叢松樹。

「老天，這的槍法也太驚人。」艾迪伸手扒一下頭髮。「想到就覺得不妙。」他嘀咕。

「大家都一樣。」梅西說：「我的槍法算不錯了，但絕對不可能從那個位置射中目標。」

「而且妳比我厲害多了。」艾迪承認。

「我從小就經常接觸槍枝。」許多合作過的探員都稱讚梅西的槍法，他們並不太喜歡開槍。大部分的探員其實都長時間坐辦公桌。

「這裡的每個人都是從小就經常接觸槍。」艾迪有些鬱悶地說，梅西很好奇他是否後悔調職來這裡。艾迪是她的好朋友，但他做決定往往太過衝動。他鬱悶的表情讓她很想摸摸他的頭，請他喝杯奶泡加量的卡布其諾。

「不過，為什麼要射殺來幫忙滅火的人？」梅西輕聲說。

「這個我也無法理解。」艾迪有同感，轉身注視那堆燒焦的木材。「有些木頭的表面很像鱷魚皮。」他說出觀察到的狀況。「我好像讀過這類資料，如果那種紋路又大又亮，就表示用了易燃液體。」

「不是喔。」消防官過來加入兩人對話。「這是很常見的誤解，出現鱷鱗紋其實沒有特殊意義。」

他和兩位探員握手，雙方自我介紹。比爾．崔克（Bill Trek）的個子不高，大約五呎六吋，不過其胸膛寬闊，講話的聲音彷彿抽了一千根菸。或許是暴露在一千座火場的後遺症。他的雙眼是很清澈的藍色，耳朵上方露出短短的灰髮。楚門向梅西說過，比爾從事消防工作超過四十年了。

她立刻覺得很欣賞這個人。「你的初步看法是什麼？」她提問。

「火勢非常大。」比爾淺笑著說：「我一打開車門就聞到汽油味。」

她和艾迪同時嗅了嗅。梅西聞不出來。

「所以肯定是縱火。」艾迪說。

「毫無疑問。犯人用了大量汽油，我雖然還沒開始調查，就看出牛舍有好幾處吸滿了汽油。」

「有沒有發現爆炸的原因？」艾迪問。

「我在瓦礫下發現丙烷罐，符合爆炸的狀況。」消防官悵然望著那堆木材。「聽說屋主沒有失火前的照片，看來我永遠不會知道這座牛舍原本是什麼樣子了。」

梅西暫時放下眼前冒煙的廢墟，專心回憶牛舍的樣子。「這裡有兩層樓，二樓是閣樓，天花板很低，成年人只有在三角形屋頂的最高處才能勉強直立。一樓有個很大的窗口，就在正面的雙扇門上方。後面也有一道雙扇門。」

比爾瞇起眼睛看她。「妳來過？」

「小時候我經常來玩，那時候的屋主是別人。」她停頓一下。「楚門——警察局長——說他抵達時，整棟建築都已經燒起來了。」艾迪聽到她口誤，揚起了眉毛，但她不理會。「起火之後，通常要多久才會燒到那種程度？」

比爾搓搓下巴，思考她的問題。「影響的因素太多，目前我甚至無法推估。妳為什麼想知道？」

「我懷疑通報失火的那通匿名電話可能有問題。」梅西分析：「訊號發出地是一英哩外一座加油站的公用電話。會是路人報案嗎？還是凶手縱火之後在一旁觀看，等到火勢夠大才報案，接著回來等警消人員到場？這只是我的想法，不過他大可以靜靜觀賞就好，不必在乎是否有人過來處理。」

「縱火犯喜歡看警消人員的反應。」比爾解釋：「這些年我遇過太多了。他們的外表可能十分正常，但一旦談起火，眼神就變得很奇怪……像吃了搖頭丸一樣。」

「之前鷹巢鎮發生的幾起火災，你都有到場嗎？」梅西問。

「燒燬小倉庫的那起我有去看了一下。」比爾搖頭，咋一下舌頭表示同情。「那對夫妻很倒楣，但他們還年輕，很快就能掙回失去的東西。不過希望他們有保險。奧司摩比車和垃圾子母車的案子我只看過照片，第一個念頭是小鬼玩火，不過真的很難說。」他轉身望著冒煙的廢墟。「而這次完全不一樣。」他輕聲說：「我懷疑縱火只是一小步，犯人有更大的目標。」

# 2

楚門發現蒂爾達・布拉斯（Tilda Brass）是個很有意思的人。他和傑夫・蓋瑞森探員坐在她家客廳，等著詢問火災相關的事，因爲那棟牛舍位在她的土地上。這位八十歲的老太太來應門時，穿著褪色男裝牛仔褲和單寧襯衫，用六個安全別針充當鈕釦。她的橡膠雨靴非常大，感覺不是女用尺寸，但她穿得很理所當然。老太太留著灰色長髮，儀態有如社交名媛——和她的衣服、靴子非常不搭。

楚門昨晚只睡了兩個小時，凌晨時狂飆的腎上腺素幾個小時前就消退了。他的後頸灼傷，急救人員擦上止痛藥膏並包紮完後，叮嚀他要小心避免感染，命令他盡快去門診確認。楚門沒時間去看醫師。他吞了幾顆止痛藥，繼續工作。晚點再去看醫師也沒關係。

現在他累得只剩身體在走，全靠想要破解縱火謎團的決心勉強支撐。

謀殺。

原本只是幾起惱人的縱火案，突然發生爆炸性的變化，兩位執法人員遭到謀殺。

德舒特郡治安處副警長戴蒙・山德森（Damon Sanderson）得年二十六歲，剛結婚兩年。他的妻子接到噩耗時崩潰了。三個月大的女兒從此只能透過照片認識父親。

德舒特郡治安處副警長雷夫・朗恩（Ralph Long）享年五十一歲，離婚，有三名成年子女與四個孫兒。楚門曾經和對方分別組隊比賽保齡球，楚門的隊伍輸了，他還請雷夫喝啤酒。

警察在火警現場遭到槍殺的消息一傳出去，方圓三十英哩所有值勤中的執法人員都立刻趕往現場。不過，畢竟這裡是鄉下小地方，因此所謂「所有值勤中的執法人員」，其實只有兩名奧勒岡州警、郡治安處的另外三位副警長、楚門手下的兩位警員。消防隊用水車澆灌坍塌的牛舍和四周的灌木叢，他們在一旁守護，並協助搬運兩名死者。

凶手已不見蹤影。

日出時，楚門已經先後接受兩次問話，一次是治安處的警長，另一次則是本德市調查局的主管傑夫．蓋瑞森。整整一夜，他受到深深的挫折感折磨。當時他明明僅距離事發處一百英呎，卻完全沒看到任何有助於偵查的事。

楚門木然地接過蒂爾達送上的熱咖啡，雖然他們說不用麻煩，但她堅持要準備。他喝了一小口，熱燙的咖啡液體流下食道，帶來滿足感，暫時讓他忘記脖子上的燒傷。止痛藥早就失效了。

他曾經聽警局的前任行政人員艾娜．史密斯談起蒂爾達的事，但從來沒見過她本人。艾娜說蒂爾達現在很少去鎮上，但她善用電話，所以對鎮上的大小事依然瞭若指掌。楚門猜測艾娜與蒂爾達應該屬於同一個八卦網絡。

「郡治安處的副警長來通知之前，妳完全不知道牛舍失火了？」傑夫問蒂爾達。

「沒錯。」她回答，端起高雅的小杯子喝了一口咖啡。他們三人使用的杯子上都有不同的花朵圖樣，杯緣看似曾經鍍金……或是漆上金色塗料。杯子很小，其實楚門可以三口就喝光，但他小口小口地啜飲，深怕燙到嘴。

「我有聽到警笛聲。」蒂爾達接著說：「但當時沒有多想。那座牛舍離我家很遠，我沒想到消防車要去那裡。」

「那座牛舍有在使用嗎？」傑夫問。

「沒有，閒置在那裡已經很多年了。我們買下這片土地快將近二十年，先夫——」她默默劃了個十字。「——生前在那裡存放了一些東西，但我們從來沒有在那裡養過牛，因爲距離太遠，很不方便。不久前，我才花錢請人來清理附屬建築周圍的灌木，以免發生森林火災時被燒到。」她鄭重搖頭。「我想都沒想到，竟然會有人故意縱火。」

「妳知道那裡有一桶丙烷嗎？」傑夫問。

蒂爾達略微思索。「有的話也不奇怪，但我不確定。」

「最近有沒有陌生人來過妳的土地？不應該來的人？」

「當然沒有。有查理在，沒人敢擅闖。外人只要敢踏上我的土地，如果光是叫聲還趕不跑他們，那麼一看到牠的牙齒他們就會立刻滾蛋。」

楚門看看四周尋找狗的蹤影。「狗確實是很棒的警報系統。不過過去一週有沒有人來敲門？推銷東西之類的？」

「沒有，已經很久沒有人來推銷了。以前有一位雅芳小姐（注）固定會來，但她幾年前過世了。噢！不久之前有個人來問我有沒有看到他的狗，他說他兒子忘記關門，結果狗跑出來了。」

「妳的狗沒有嚇跑他？」傑夫問。

蒂爾達的眼神彷彿覺得他很奇怪。「我已經很多年沒養狗了。最後一隻狗是查理，牠在那裡。」她往壁爐一撇頭。

楚門看到壁爐架上有張德國牧羊犬的照片，胃裡有種不妙的感覺。**一分鐘前她才說狗還活著。**他站起來過去仔細看。那張照片褪色嚴重，楚門看到背景的車，那是一九八〇年代的福特野馬。「很帥的狗。」他說。他對傑夫使個眼色，主管探員則一臉凝重。他們的證人剛剛失去了一些可信度。

「妳家還有其他的保全裝備嗎？」楚門問。他注視老太太，懷疑她可能有點失智。**我們該不會是在浪費時間吧？**疲倦悄悄爬上他的背脊，聽著蒂爾達的聲音，他不由得閉上眼睛。

「我有丈夫遺留的舊槍。我偶爾會練習打靶，但最近都沒有派上用場。」她歪頭。「之前有幾個小鬼跑來我的土地騎四輪機車，我拿來福槍去趕人，不過沒有對他們開槍。」她急忙解釋。「光是看到我拿著槍，他們就急忙掉頭逃跑了。」老太太生氣地哼的一聲。「他們弄得到處都是輪胎痕。」

「那是多久以前的事？」楚門問，不確定她的回答是否可靠。

蒂爾達嘆息，喝了口咖啡。「我想想。那時候很熱，所以應該是夏天。」

「今年夏天？」他無力地問，懷疑蒂爾達對時間的記憶是否準確。

「對。」她斷然點頭。

---

注 雅芳小姐（Avon lady）是雅芳產品公司旗下的個體直銷商，直銷專員會挨家挨戶介紹公司的美容、家居用品和個人護理產品。

「我想看看妳的來福槍。」傑夫站起來，臉上掛著親切的笑容。

蒂爾達立刻站起來，帶他們走過一條狹窄的走道，進入一間臥房。她的動作很敏捷，楚門不禁覺得，他們或許不該懷疑她的記憶。臥房裡有股薰衣草的氣味，他看到床邊放著一把紫色的乾燥薰衣草。房間乾淨、通風，但床頭櫃和床架都蒙著一層薄薄的灰塵。她打開櫃子，槍架上有五把來福槍，每一把都積了灰塵。

楚門嗅了嗅，如果最近發射過，應該會有火藥味。他只聞到薰衣草的香氣。就算蒂爾達最近用過槍，也不會是放在櫃子裡的這幾把。「妳還有其他槍嗎？」他問。

「我床邊的抽屜裡有一把手槍。」她說：「說不定有人會半夜來找老人家麻煩。我沒有什麼值錢的東西，不過有些人就愛做蠢事，尤其是那些**毒蟲**。」說到最後兩個字的時候，她特地靠近他們壓低聲音，淺藍眼眸無比認真。

楚門努力撐住笑容，心中無比渴望著止痛藥，還有他的床。

◆

梅西看看汽車儀表板上的時鐘，猛踩油門。

她跟上司請了一小時的假處理私事，因為要去接姪女。梅西去東岸受訓的時候，凱莉去大姑姑家借住，和珍珠與表弟一起生活兩個星期。凱莉經常打電話過來，所以梅西知道她已經快受不了了。凱莉習慣當獨生女，家裡只有父女兩人。過度活潑的表弟加上過度呵護的姑姑，她的世界簡直天翻地覆。

「我完全沒有安靜的時候。」她對梅西抱怨。「每次跟珍珠姑姑說需要獨處一下，接下來一小時她就會纏著我一直問怎麼了。」

梅西表示同情。她也很重視獨處時間，但凱莉的父親不久前才遭到殺害，梅西不放心讓十七歲的姪女單獨在家。珍珠說凱莉哭了幾次，但她認爲姪女整體的心理狀態相當健全。李維過世後，梅西帶姪女去接受心理治療，她很高興凱莉有持續隔週去看診。

她把車停在姊姊的鄉村風住家前，從太浩休旅車下來。相較於初秋時期，現在的豬臭味淡了許多。凱莉從屋裡走出來，背包掛在一邊肩膀上。她與大姑姑擁抱，然後一大步衝下門廊臺階。她匆忙擁抱梅西，說了句「快走」，然後便跳上休旅車前座，顯然等不及想上路回家。梅西回頭看看珍珠，她站在門廊上看她們。大姊舉起一隻手打招呼。

梅西的腿動彈不得。她原本想過去找大姊，就算只聊個兩句也好，但珍珠的動作表明沒必要。**看來我該走了。**

離家十五年後，重新和哥哥姊姊拉近關係並不容易。梅西十八歲那年與父親大吵一架，導致家人和她斷絕關係。梅西從不後悔自己當時堅持立場，但她很遺憾沒能參與手足的人生。兩個月前，她短暫借調來鷹巢鎮調查一起案件，她很怕遇上過去認識的人，每天都提心吊膽。現在，她認爲那起案件是命運介入，給她挽回親情的機會。

並非所有家人都樂意接納她，但梅西相信狀況正在好轉。

第一次見面時，珍珠擁抱了她，只是之後便一直保持距離。要和珍珠聯絡，最好的方法是打電話，大姊在電話上幾乎是滔滔不絕。最年長的大哥歐文依然不肯和梅西說話，也禁止妻兒如此。

二姊蘿絲則是和小時候一模一樣，心胸開闊、洋溢溫情、樂於接納。她的愛讓梅西不至於發狂，還能保有樂觀態度，期望能改善與其他手足的關係。梅西回到鎮上不到一個星期，蘿絲就遭到連續殺人犯綁架凌辱，對方在她臉上留下長長的傷疤，每每看到就會想起當時的虐待。那個人在奧勒岡中部殺害數名準備者，因此調查局派人前來緝捕。失明的二姊懷了犯人的孩子，已經兩個月了。

李維。一想到慘遭殺害的二哥，她總是心痛不已。蘿絲死裡逃生，但李維沒有。梅西覺得李維的死她有點責任，並且永遠甩不掉這種感覺。儘管凶手死在她和楚門手中，但她並未因此得到安慰，幸好扶養李維的女兒能帶給她內心平靜。至少李維的影子還活在姪女身上，和她一起生活的每一天，梅西都感到萬分感激。梅西出遠門時非常思念姪女，連她自己都感到意外。

她轉身背對珍珠，坐上休旅車。梅西一發動引擎，凱莉立刻打開收音機。凱莉不停轉電臺，終於找到喜歡的歌曲。梅西做了個苦臉，將音量轉小。她們之前有達成協議：凱莉可以選臺，但梅西控制音量。開始一起生活的第一個月，她們一起商量解決許多小問題，這也是其中之一。

「準備回家了嗎？」梅西問。

「我等不及了。」凱莉將長髮往後抓到頭頂，用套在手腕上的髮圈紮個包頭。她的紅色小鼻環在陽光下閃耀。「咖啡店的狀況不錯，珍珠姑姑似乎很開心。」

梅西鬆了一口氣。二哥過世後，他在鷹巢鎮上開的咖啡店該如何處理，她和凱莉、珍珠、楚門討論了很多次，每次都煩惱很久。梅西以爲他們會賣掉那個可愛的小店，但凱莉對父親的店感情很深，畢竟她從十歲就開始在店裡幫忙，於是出售的計畫全部喊停。接著，他們討論該由誰經營。凱莉堅持自己一人沒問題，但其他人全都不同意。最後珍珠挺身而出，指出只有她有時間去打理那家店。

「她終於熟悉了所有飲料的做法。」凱莉接著說：「而且放手讓我負責烘焙，*這樣才對*。她眞的很想負責這一塊，但那是屬於我的範圍。」凱莉激動地表示：「店裡大部分的點心都是我開發的，而且菜單也是我設計的，我可不想讓她亂搞。珍珠姑姑好像也很喜歡和客人聊天，店裡大部分的客人都已經認識她了，而且很樂意和她說話。這很重要。」

梅西瞥了姪女一眼，很高興聽到她滿意的語氣。凱莉原本不太樂意讓姑姑接手父親留下的店舖，不過現在看來她們已經磨合出一套方法，滿足彼此的需求。

「山謬（Samuel）常去店裡幫忙嗎？」梅西問。

一提到表弟，凱莉立刻大聲嘆氣。「他還行啦，只是不下指令他就不會動。他沒辦法自己判斷有什麼事該做。」

*因為他是男生？還是因為他是青少年？*

梅西叫凱莉收拾家裡她自己的東西時，也常常叫不動，所以看來是年紀的問題。感謝老天，凱莉是女生。至少梅西自己也曾經是少女，多少明白這個時期的青少年腦袋如何運作。如果是男生她就毫無頭緒了，只知道要不停餵他吃東西。她還記得兩個哥哥在青春期有多會吃。

*拜託不要讓我把凱莉養歪。*

她非常想做好養育姪女的責任，爲了二哥，也爲了凱莉。沒有家人的青少年，在這個世界上會很辛苦。梅西十八歲離家時，感到被家人遺棄，她發誓絕不會讓凱莉有那種感覺。無論如何，凱莉至少知道梅西永遠會在她身邊。

**我會不會太誇大了？有點偏執的工作狂姑姑，真的有那麼好嗎？**

至少，比她以前完全沒有家人的處境好多了。

「我先送妳回家，然後再回去上班。」她告訴姪女。「我連行李都還沒收拾呢。」

「我聽說火災和警員遇害的事，眞的好可怕。珍珠姑姑說楚門也在現場，他沒事吧？」

「我和他通過電話。他有幾處輕微燒傷，而且撞到頭，不過他沒事。」

**真的嗎？**

梅西知道他曾經因爲火而留下創傷。不過才一年多前，發生過一起火燒車事件，他來不及在爆炸前救出同事與一位民眾。他自己也因爆炸而受到嚴重燒傷。失去兩條生命帶來的內疚，讓他差點放棄執法工作，到現在他還是會做惡夢。她爲此感到心疼，非常想見他。早上那通電話，他們只匆匆講了幾句話，她只知道他傷勢不嚴重，依然可以工作。**今晚他一定會垮掉**。很可能不只是身體。

她離開了兩個星期，而他們的戀情依然停留在初期階段。她堅信一切慢慢來比較好……像烏龜一樣慢。如果按照楚門想要的速度進行，現在他們應該已經同居了，凱莉也會一起。他疼愛凱莉，經常逗弄她，像個好脾氣的叔叔，但梅西還沒準備好同居。眞是的，他們才認識兩個月而已啊。

「什麼？」凱莉大吼。

梅西差點衝出馬路，她驚慌地左右查看是什麼讓姪女驚呼。「怎麼了？」她心急地問。

「**妳有沒有聽到**？」凱莉瞪著休旅車的收音機。「那個主持人剛剛說的話？」

「沒有。」梅西做個深呼吸，集中精神讓心跳放慢。「我在開車的時候，拜託不要大吼。」

「對不起。可是他剛才說，地方上有些白痴認為，昨晚的槍擊事件是正當行為。那兩位副警長**活該**被殺。」

梅西內心感到無比沉重。**不，這裡的人不會說這種話。奧勒岡州的人不會這樣。**

「蠢透了。」凱莉往後一靠，雙手抱胸。「有些人眞的很白痴，有誰會那樣想？」

「很遺憾，這種人相當多。」梅西太清楚了，有些居民希望政府不要插手他們的生活。但通常他們就算抱持這種信念，也不會做出暴力行爲。

「妳覺得會不會就是那些人殺了兩位副警長？」姪女充滿疑問的眼神轉向梅西。「這是妳負責的案子，對吧？妳會去逮捕說那些屁話的人吧？」

「不要說髒話。」

「對不起，我只是太生氣了。」

「我也很生氣。不過會的，有人會去調查。」

# 3

楚門按了按梅西家的門鈴，他的眼睛已經快睜不開。

他將近二十四小時沒有休息了。他遭受燒傷、撞到頭、差點被炸死，而且足足兩週沒有見到梅西。就算凱莉在家也無所謂，他需要感覺梅西在他懷中。他的心靈和腦袋彷彿都被剝削到赤裸狀態，並且感到痛楚無助。她可以治療他破碎的部分，就像藥膏一樣，而今晚他有太多需要治療的地方。

他搖搖晃晃地站在門前，這一天有如漫長的隧道，他等不及想見到盡頭的那道光，也就是她。

門開了，他終於進到她懷中。

他愛她，但沒有告訴她。她眼神中偶爾流露的恐懼，讓他把那句話藏在心底。她焦慮的模樣很像緊張的小鹿，在他面前繃緊神經，一有半點不對勁就會立刻逃跑。他放輕動作、放慢速度；他知道，自己遲早會贏得她的信任。

他沉沉地靠在她身上，她幾乎跟他差不多高，他喜歡這樣。

「你身上還有煙味。」她在他耳邊低語。

「對不起，我沒時間洗澡。」

「我不在乎。」她後退一些端詳他的臉，綠眸觀察、評估。「你的樣子真慘。」

「我的心裡也很慘。」

她拉著他走進客廳，讓他坐在沙發上。椅背碰到他的後頸，他痛得嘶聲倒抽一口氣。

「給我看看。」

他彎腰低頭露出頸背。「我得買新帽子了。爆炸的力道太大，我的帽子全壞了。」

她輕柔地掀起紗布檢視。「我們再一起去買吧。會痛嗎？」

「簡直像撒旦坐在我的脖子上。」

「我好像有藥……沒有起水泡，眞是太好了，至少不用處理一堆滲水潰爛的傷口。等一下喔。」她往屋裡走去。

楚門嘆息，足以裝滿砂石車的壓力一口氣解除，他感覺體力慢慢流失。希望她快點回來，因爲他撐不到一分鐘就會睡著了。她回來了，在他脖子上噴了一點東西。冰涼的感覺彷彿融化了疼痛，他好想親吻那個罐子。

但最後還是決定吻她就好。

一分鐘之後，她退開。「噴霧只是暫時止痛，先吃藥吧。」她塞給他兩顆白色藥丸和一杯水，他沒問是什麼藥就一口吞下。他沒力氣在乎了。她拍鬆一個白色枕頭放在沙發扶手旁邊，然後叫他躺下。

「我不想在這裡睡。」他含糊地說。

「暫時躺一下，我幫你脫靴子。」

他躺下閉起眼睛。更多舒適清涼的感覺。他敢發誓，這輩子沒躺過這麼舒服的枕頭。他感覺到她抬起他的一條腿，脫掉靴子，然後換另外一條腿。

嘴唇貼上他的前額，他感覺自己沉入夢鄉。

◆

梅西看著楚門入睡，她沒辦法獨自把他弄進臥房。他進來時非常疲憊，只差沒有立刻癱倒。他到底怎麼開車來這裡的？

全靠純粹的頑強和堅決的意志。

她理解那些特質。他們兩人之所以互相吸引，這也是一部分原因。他們在彼此身上看到自己。她對自己的所有要求，他全部具備：堅強、忠貞、誠實。他具備這麼多優點，卻沒有半分自大，她非常佩服。他完全不像她以前遇過的男人。

他在不知不覺間勾走了她的心。前一分鐘她還在緝捕殺人凶手，下一分鐘卻驚覺怎麼連心都弄丟了。

楚門．戴利並非她見過最帥的男人，但她喜歡那張臉上的每個小地方。他下巴的小傷疤，以及刺痛她臉頰與胸部的粗粗鬍碴。他彷彿是為她量身打造的；他的一切都與她無比契合。看到他迷人的笑容，她的心跳依然會加速。當她感到無力時，他與生俱來的能量總能幫她振作起來。簡單地說，在他身邊，感覺就是比較好。因為太好，所以她甚至不惜調職搬家。這個決定相當衝動，而她從來不做衝動的決定；她喜歡分析、考慮之後再下定決心。

到目前為止，這是她一生中最棒的決定。

她用手指梳整他的頭髮。該剪了。只要坐在理髮店十分鐘就能處理好，但他八成忙到擠不出時間。

**他今天受了太多苦。**

明天他們會投注全部心力繼續調查，但今晚他需要休息。**頑固的男人。他會讓自己累到在辦公桌上睡著。**

她太清楚那種感覺。

她站起來伸個懶腰。凱莉一小時前已上床睡覺，現在她也該去睡了。她看看沙發上熟睡的人。他太高了，雙腳翹在扶手上，但他似乎不在意。她心中的情感突然滿溢而出，梅西抹了抹眼睛。

「見鬼了。」她嘀咕，抓起一張面紙。**這是怎麼回事？**她喜歡牢牢控制住情緒。她原本控制得很不錯，但一想到楚門昨晚很可能會喪命，她的內心便崩潰顫抖。「我只是累了。」她對自己說，但視線捨不得離開垂在他臉上的黑色長睫毛。她伸手摸摸他的臉，感受鬍碴摩擦指尖的微微刺痛。眼淚又冒出來，她吸吸鼻子，用手背抹了一下。

**假使他死在火場，我會怎樣？**

她不願意回答。他沒有死，不用想這麼多。

眞的嗎？

楚門猛然驚醒，他跳下沙發，撞上了茶几，心跳激烈得彷彿想衝出胸口。他一手撐住牆壁，試圖在黑暗中找回平衡。他的後頸熱燙疼痛，他輕輕摸一下紗布，並環顧四周，試圖尋找熟悉的事物。

**梅西的家。**

他瞬間明白過來。他開車來她家，急著想見她，結果卻睡著了。他站在黑暗中，花了幾秒做深呼吸，然後走到窗前撥開窗簾。停車場淡淡的燈光灑進屋內。外面天色很黑。**我睡了多久？**

壁爐架上的時鐘發出輕柔的滴答聲響，他轉頭去看。將近凌晨四點。

**還不夠久。**

他的記憶只到在門口抱住她，接下來就一片空白了。他的靴子被脫掉了，但衣服還在身上，他聞到衣服和皮膚散發出的煙焦味。

昨天發生的事一口氣湧進腦海。火災。爆炸。雷夫臉上的洞。楚門的心跳再次加速。他走進梅西家的廚房，倒了一杯水站在洗碗槽前面喝。在黑暗中，他的吞嚥聲大得很不自然。

**我沒事。我從火場全身而退。**

但其他人沒有這麼幸運。他拿起掛在櫥櫃門把上的擦碗布，抹抹臉和脖子。粗糙的布料摩擦到紗布下的燒傷，他痛得從牙縫吸氣，但很慶幸疼痛讓他放下回憶。他無法再繼續睡了，這一點他很清楚。

**我該回家嗎？**

想到梅西在她的床上，他不由自主走向小小的主臥房。這段時間以來，他已經很熟悉這個房間了。

窗戶開著，室外的燈光灑在床上，他能看清她的臉。她在熟睡中微微張開嘴，一手放在下巴底。她的房間總是很冷。她喜歡冷。

他摸摸她的手臂。「梅西？」吵醒她雖然不太對，但他突然好想聽到她的聲音，非聽到不可。

她立刻清醒坐起來。「楚門？你沒事吧，要止痛藥嗎？」她掀開被子準備下床。

「我沒事。」他撒謊，並按住她的肩膀制止她。「我只是需要和妳說說話。」

「要說什麼事？」

梅西看著他，街燈照亮她的側臉。他看不見她的雙眼，但感覺得到她的視線。他的心跳終於放緩下來。「沒什麼，就是所有的事。這兩個星期很難熬……而且昨天……」

她沉默不語，但楚門感覺到她的視線在黑暗中觀察著自己。「怎麼了？」

他上床坐在她身邊。「我應該早點抵達的。」

「昨晚？火場？就算你早一點趕到，會有什麼不一樣嗎？」

「說不定我可以制止他。」

她的呼吸頓住。「你認爲可以制止凶手開槍。」

「或許。如此一來，那兩個人也就不會死了。」他的語氣凝重，彷彿終於說出佔據腦袋一整天的思緒。**如果我出現在應該出現的地方……**

「如果你先趕到，說不定死的會是你。」她堅定地說：「我無法接受。」

「可是……」

「沒有可是。楚門，你不能用假想折磨自己，你會把自己逼瘋。事情已經發生了，你不可能讓那兩位警察復活。」

他在昏暗光線下轉頭面向她。「我應該提早十分鐘到，說不定結果會大不相同。」

「難道你是因爲某種原因而無法早點到？半夜那種時間，你該不會跟我說塞車吧？」

「我不在家。」

她沉默許久。「你去了哪裡？」她的語氣流露不安。

「我在妳的木屋過夜。」

梅西鬆了一大口氣，背脊整個放鬆下來。「怎麼會？」

「過去幾天我都在那裡過夜。小倉庫失火的案子，讓我很擔心犯人會對其他準備者下手。」

她一手摟著他，頭靠在他肩上。「你去保護我辛苦工作的成果，這是別人爲我做過最貼心的事，這樣說會很怪嗎？」她輕柔地問，因爲感動而哽咽。

楚門沒有回答。他那麼做並非爲了表現貼心，而是因爲他在乎。他很清楚，那棟木屋裡的東西不但是梅西多年辛勤的結晶，也是她核心的一部分。那些東西讓她安心，得以保持內心平衡。他並不認爲在那裡待上幾夜有什麼大不了。她出發去集訓之前，他們將他舅舅生前儲存的一些物資搬去那裡。楚門的舅舅傑佛森過世之後，留下了豐沛的物資，但他和梅西商量過後，決定移去她的木屋地點比較理想。位置偏遠，且遺世獨立。

一般家庭通常會存放一週份量的食物，而梅西木屋裡的物資足夠讓他們溫飽好幾個月。

糧食、武器、醫療。

末日準備的三大要點。

但梅西並非一心只想著準備一事。她也相信慈善、去幫助不幸的人，舅舅遺留的許多物資都捐給了鎮上的窮人。梅西會修籬笆、建棚屋，甚至簡單修理引擎。她的木屋裡有很多書，全都是實用主題：醫療技能、電子維修、戰術策略……他認爲這些內容都能在網路上找到。不過萬一不再有網路呢？

現在他車上隨時都會放著逃難包。

這算是對他造成的一些小小改變。

「楚門，你不可能制止凶手。老想著哪裡做得不夠好，最後只會逼瘋自己。我知道你爲了檢查兩位警官的傷勢，不惜讓自己暴露在危險中。你所做的已經超出任何人的期待了。」

*如果真是這樣，為什麼我還是覺得很內疚？*

「我是不是太過謹慎？這個毛病是不是影響了我的工作？」他問。

「太過謹慎？你？」

「瑪戴羅警員過世的那天，我跑去拿滅火器，而不是過去把她拉走——」

「別想了！」梅西堅決地說。楚門於是用力關上內心的門，阻絕那次火燒車事件留下的恐怖回憶。事發至今已經將近兩年了，當時他經不起罪惡感折磨，差點放棄執法工作。

她雙手捧著楚門的臉將他拉過去。梅西的瞳孔放大，全身輻射出微慍的氣場。「你很清楚自己是因爲太累才會胡思亂想，你需要睡眠。明天醒來後，你的觀點會比較正確。」

他的心思逐漸滑落悲觀的狹窄隧道。一旦陷進去，他就會質疑自己的所有決定。他知道那條路很恐怖，而且會一路滑到底，於是試圖奮力想掙脫。梅西見識過他內心墜入谷底的狀態，知道必須將他打醒。

「快睡覺吧。」她命令。「不要再提這些了，明天你想怎麼講我都奉陪，但現在快點來睡覺。」

她無須說第二次。她躺回去後，他脫掉牛仔褲和上衣躺在她身邊。一碰到她清涼的肌膚，他全身每個細胞都放鬆了。她窩進他的懷中，一手按住他臉頰。心中的壓力煙消雲散。

他閉起眼睛，感覺自己飄進夢鄉。「我好需要在妳身邊。」

「你的願望實現了。」她貼著他的頸子說，嘴唇貼上他的肌膚。

「我想妳，梅西。」

「我也想你。」

「短時間內不要再出遠門了，好嗎？」他含糊且費力地說著，感覺自己逐漸陷入沉睡。

「幸好我最近沒有計畫要去度假。」她的語氣洋溢幽默。「你真的不需要止痛藥？」

「完全不需要。現在這樣非常完美。」

# 4

老警員班・庫利負責值夜。

其實所謂的值夜，並非眞的在警局過夜留守。一般的值夜，必須在晚上十一點這種鳥時間開車去警局，熬夜到隔天清晨七點。但鷹巢鎮警局的值夜是只要在午夜到早上八點這段時間隨傳隨到。班不介意值夜——所有人一週至少都會輪到一次——通常他都能安穩睡到天亮。在這個寧靜的小鎮裡，半夜很少會發生什麼事，而且在家睡覺還有錢拿，其實很划算，只是最近的幾起縱火案讓他無法安心。

果不其然，凌晨四點，距離蒂爾達・布拉斯的牛舍發生縱火殺人事件才剛過一天沒多久，他就接到電話通報，傑克森・西爾（Jackson Hill）家的附屬建築附近有人行跡可疑。傑克森目前出遠門並不在家，但一位鄰居看到有人出現在不該有人的地方。沒有起火，但已經有對年輕的準備者夫婦失去了珍貴物資，而大家都知道傑克森是準備者，於是班強迫自己老邁的身體爬下床。

牽手五十年的老伴依然熟睡著。班習慣在出門上班前吻一下老婆，現在也一樣，他彎腰溫柔親吻她的臉頰，說他愛她。他換好衣服，心中非常希望能在路上買杯咖啡，但這個時間只能加熱壺裡沒喝完的咖啡、倒進隨行杯，然後坐上巡邏車。駛離鎮上的路程中，他不斷用力眨眼睛，試圖趕跑睡意。他打去勤務中心，和丹妮絲（Denise）有說有笑聊了一下，讓她知道他接到報案正要去現場。德舒特郡緊急報案中心的所有人他都認識。這些年很多人來來去去，但丹妮絲已經任職五年了，而他講笑話的時候她總是很捧場。

「今晚很忙嗎？」

「過去二十四小時只有區區五百通電話，今天算很閒。」

班難以想像。他覺得自己不該繼續打擾對方勤務，於是急忙結束通話，讓她可以去幫助其他人。班繼續專心看著前方黑暗的道路。他在鷹巢鎮當警察三十年了，這麼長的時間，很多事情都已改變，但也有很多事毫無改變。

夫妻打架？從來沒變過。夫妻依然會喝醉之後互毆到鼻青臉腫。

濫用藥物？差不多一樣。不同的只是流行的種類。

酒駕？也就那樣。即使過去幾十年政府一直大力宣導，他每個星期依然會攔下許多酒駕車輛。不過，他發現駕駛年齡層變高了，或許年輕人終於明白酒駕有多危險。

他依然熱愛這份工作，並不想換。他喜歡與人交談，也喜歡幫助鄰里街坊。鎮民大多尊重他的警徽。不尊重的人當然也有，以前可以揍到他們學會尊重，但現在這個年代只會引來譴責。

此外，他的體力不比當年。年輕時能做的事，很多現在都不行了。他的關節幾乎每天都在痛，背痛更是已經折磨了他十年。醫師一直嘮叨要他改善飲食、多做運動，但班覺得反正再活也沒多久了，何必吃那些難吃的東西，浪費生命上健身房？身爲人最大的好處就是享受美食，但只要是好吃的東西，醫師全都一律禁止。相較於討好醫師，班比較想享受每一餐。他的老婆廚藝一流。他拍拍有點太大的肚子。

**這是光榮的勳章。**

他離開雙線道公路，開上一條狹窄的小路，開到底就是傑克森．西爾的土地。突然，有個人從暗處跑出來，跳到他的車頭燈前，揮手要他停車。

「天殺的小羅斯福！」班罵了一句。他急踩煞車，車子打滑了一下。

不久之後，他認出那個人是吉姆．哈其基（Jim Hotchkiss）。

班降下車窗。「吉姆，你在等我？」

「沒錯，你也太慢了吧？」吉姆像平常一樣穿著吊帶褲和厚重帆布大衣。身形乾瘦的吉姆，在二、三十年前牙齒就差不多掉光了，而且很少戴假牙。

班忍住不擺臭臉。「我已經盡快了。你看到什麼？」

「有兩個男的，在傑克森家的三棟附屬建築附近鬼鬼祟祟查探。最近幾個星期發生了那麼多起火災，我覺得最好先讓你去問清楚，不要由我出面趕跑他們。」

「他們有沒有槍？」班問。

「太遠了看不清楚，我確定看到了兩個人，但可能不止。」

「你先回家吧。」

吉姆看看公路。「還有其他警察會來嗎？」

「他們知道我在這裡。如果發生了無法處理的狀況，我會用無線電呼叫支援。」

吉姆質疑的表情刺傷了班的自尊。他揮手要吉姆回家，然後升起車窗。夜晚的低溫讓路邊乾掉的野草覆上一層霜，車頭燈照過去呈現一片銀白。剛剛只打開車窗一下子，車內溫度就已經變冷了。他把暖氣開強，小心翼翼地往前行駛，同時啓動警示燈，小心觀察道路兩側，以免又有人從暗處跳出來。

「吉姆那傢伙的年紀比我更大，」他喃喃自語：「那混蛋竟然以爲我沒辦法搞定？」

路面上的車轍讓整個車身不停搖晃彈跳，他聽見底盤刮到隆起的地面。**遲早有一天，局裡所有人都能分到四輪驅動車**。現在警局只負擔得起兩輛。

他轉彎開上傑克森家的車道。有人在一棵松樹上釘了兩個輪圈蓋作爲標記。很俗氣，但是一目了然，即使在黑暗中也能看見。

他繼續讓暖氣維持在最強狀態，降下車窗聽外面的聲音。前方傑克森家的房子一片漆黑。班可以隱約看到後面有一棟低矮但很寬的附屬建築，更遠處還有兩個小棚屋。班把車停在房子旁可以清楚看到三座附屬建築的地方。他熄火但沒有關燈，再次仔細聆聽四周。

很安靜。

**太安靜了**。

雲層很厚，完全遮蔽住月光。班的車頭燈是唯一照明，他沒看到什麼不尋常的動靜。

班拿起放在儀表板上的大手電筒，接著開門下車。他的腰帶上別著一個小型LED手電筒，但現在的狀況下顯得很不夠力。手裡的大手電筒讓他安心，堅固強力，是現下情況非常方便的好朋友；他曾經用來打破車窗、敲門，甚至打過一個傢伙的頭。十多年前，一個吸安非他命的傢伙襲擊他，剛好他拿著手電筒，於是順勢派上用場。那個毒蟲立刻癱倒在地，彷彿全身的骨頭都沒了般無力。班把手電筒換到左手，右手按住腰間的槍，往主建築走去。

「喂！有人嗎？鷹巢鎮警局。」

他確認大門有沒有鎖好，然後繞著房子走一圈，用手電筒照亮窗戶。一切正常。他走向最大的棚屋，用手電筒照亮左右兩側，一直到光所能到達的最遠處。強力燈光非常明亮，但他只看到籬笆和灌木叢。他走向牛舍，再次大聲報上自己的身分，然後試著拉拉看巨大的門，沒想到竟然沒上鎖。手電筒照到幾個空畜欄，乾草和牲畜的濃濃氣味撲上鼻子。他慢慢走進去，眼觀四面、耳聽八方，尋找入侵者。

屋外傳來微微的呼咻聲響。班猛轉過身，衝回門口，匆匆探頭看了一下之後才走出去。屋後遠處隱約有晃動的光芒。

**肯定是其中一座棚屋遭到縱火。**

「鷹巢鎮警局！」他大喊。

那個方向傳來越野機車的引擎聲。聲音越來越小，似乎騎遠了。班認爲這表示縱火犯已經逃跑了，於是離開低矮牛舍去確認火勢。一座比較小的棚屋才剛開始燃燒，班聞到了汽油味。他打去勤務中心，要求警力和消防人員前來支援。他看到燃燒的小棚屋附近有個牛喝水用的水槽，於是急忙去拔起水管充當消防隊，以目前火勢看來應該不用等支援，他應該能夠自行撲滅。

這時，有個東西從他的臉龐旁掃過，帶起的風輕拂他的臉頰。然後他才聽見槍響。

他立刻匍匐在地，關掉手電筒。

**那傢伙對我開槍！**

班腦中閃過不久前遭到殺害的兩名副警長。**感謝老天，他沒打中。**老伴的臉出現在腦海，他差點哭了出來，非常慶幸出門之前說過愛她。

人永遠不知道哪天會回不了家。

他再次打去勤務中心，補充說明這裡有人開槍。他聽出接電話的人是丹妮絲，但現在他沒心情說笑。她的俐落和效率讓他平靜下來。

丹妮絲轉達消息之後，接著問：「你沒事吧，班？」

「只是嚇到差點尿褲子。」

「趴低躲好。」他們結束通話。

班翻滾移動到水槽旁，匍匐前進爬到另一邊，金屬水槽多少可以擋一下子彈，而且這裡也不會被火光照到。他的呼吸十分急促，而且地面太冰冷害他膝蓋犯疼。遠處再次傳來越野機車的引擎聲。槍響之前，他沒發現自己以爲駛遠的機車引擎聲停了。

有人從那麼遠的地方對我開槍？

他們走了嗎？

他可不想抬頭查看。他這才驚覺剛才槍手是瞄準了手電筒燈光，信賴的工具差點害死他，他罵了一句髒話，很慶幸老婆不在身旁。他在一片漆黑中爬到水槽另一邊，一手摸到東西，溫溫的，很厚實。

他急忙收回手，努力在黑暗中看清楚。夜色實在太濃了。

是活的。

是人。

班的心臟快要跳進喉嚨裡了。他將手電筒的前端按在地上然後打開，微弱光線照亮水槽後方。一雙毫無生氣的眼睛注視著他。*來不及了，這人死了。*死者體型肥胖，留著一把大鬍子，班並不認識他。

死者脖子上有道長長的傷口，正緩慢湧出鮮血。看來此人才剛剛遭到殺害。

# 5

梅西熟睡得像死人一樣，直到楚門輕吻她的前額，她這才睜開眼睛。

他已經穿好衣服了，黑眼圈依舊很嚴重。她愣住。**我怎麼會沒聽見他起床的聲音？**

「幾點了？」她問，瞇眼確認時鐘。

「凌晨快要五點了。剛才有人對班開槍。」他凝重的語氣讓她加速清醒。

「沒事吧？怎麼回事？」她坐起來，搖頭甩掉睡意。

「他沒事，沒有受傷，只是很火大。他接到電話報案，說有人在民宅附近偷偷摸摸的，他前去處理，卻發現那裡發生小規模的火災。接著有人對他開槍。」

「有沒有抓到開槍的人？」

楚門嘆息。「沒有。不過現場有一具屍體，現在還不知道死者身分，但他遭到割喉殺害。」

這下梅西徹底醒了。「你對遺體有什麼了解？」

「我只知道班在現場找到死者時，對方才剛遇害沒多久。班猜測他大約六十多歲，塊頭非常大，一把花白的大鬍子。」

「班不認識他？這一帶所有人他都認識。」

「這就是關鍵。」楚門說：「現在我不得不懷疑縱火犯是外地人。」

「這起事件一定和我的案子有關。」

「我們的案子。」楚門糾正。

她斜睨他一眼。「確切地說，兩位警官遇害的案子歸我管。現在又有一位警員遭到槍擊，我猜傑夫會把這件案子一起給我。」

「我已經在調查縱火案了。這次也有縱火，雖然規模似乎不大……比較類似最初那兩起。」

她認爲沒必要和他爭辯細節，畢竟他們彼此的目標相同。梅西下床打開抽屜找乾淨的衣服。「這次縱火的目標是什麼？」

「另一個準備者的棚屋倉庫。」

梅西怔住。她轉身看向他，不安的感覺在胃裡膨脹擴散。

「傑克森・西爾，這個人妳認識嗎？」

「應該不認識。他失去了多少物資？」

「完全沒有損失。起火的時候班已經在現場了，他用傑克森的水管滅火，消防隊還沒抵達，火就已經撲熄了。」

「太好了。班・庫利是個有效率的好警察。」梅西稱讚。打從第一次見到那位老警員，她就很欣賞他。他整個人散發出慈父的溫暖氣場，她很納悶他何時要退休。他退休的話，也代表楚門將失去這位珍貴的資產。

「班好像很疲憊。我不怪他，畢竟有人對他開槍，他還撲滅了火災並發現屍體。這一帶很少一天之內發生這麼多事。」他按住她的肩膀，將她轉過來面向自己。「我得出發了，晚點再和妳聯絡。」她親吻他，發現他身上有著剛洗過澡的肥皂香和臭臭的煙味。他洗完澡後，仍又穿上昨天那套滿是煙焦味的髒衣服。

**是前天才對**。槍擊事件之後，昨天他完全沒回家。

「你該換衣服了。」

「我在局裡有乾淨的衣服，先去現場看一下後再去換。」

「犯行已經結束了，要去現場也不差這十五分鐘。先去換衣服。」她命令。

楚門露出微笑，吻她一下道別，然後出門去了。梅西自言自語地嘟囔著，知道他一定會直奔現場去確認警員的狀況。

**他願意這麼犧牲，我有什麼好抱怨？**

梅西走去廚房啓動咖啡機，發現冰箱周圍有幾個髒兮兮的鞋印。**是昨天晚上楚門留下的嗎？**她蹙眉，最後認出那是凱莉的運動鞋，那雙鞋的鞋底紋路很特別。**昨天弄晚餐時沒看到鞋印啊？**

梅西將咖啡壺裝進咖啡機之後，走向凱莉的臥房。她的房門微微開著一小縫。梅西把門完全打開，躡手躡腳進去查看姪女。凱莉仰躺著，睡得非常熟。她的嘴巴張大、雙手高舉過頭。梅西現在知道這是她正常的睡覺姿勢。兩人剛開始住一起時，她並不習慣照顧別人，所以經常半夜去查看姪女。一週之後，她終於明白不必每晚去確認孩子有沒有呼吸。

姪女熟睡的模樣，觸動了深藏在梅西胸中的某個東西。她辦到了。她給了姪女一個家，姪女似乎一切正常。凱莉沒有缺手缺腳，身上也沒有多幾個洞，她似乎很快樂。

或許梅西不是個太糟糕的姑姑兼母親。

一抹香水味讓梅西皺起鼻子，成功代理母職的幸福心情立刻煙消雲散。她靠近姪女，香水味變得更濃。梅西打開手機的燈，雖然沒有直接照到凱莉的臉，但也足以讓她看清女孩臉上濃濃的眼線和眼影。

**昨晚她跟我說晚安的時候沒有化妝。**

梅西心中漲滿失望。**虧我還沾沾自喜，自以為養孩子的功力還不賴，沒想到凱莉竟然半夜偷溜出去。**

**是她自己太傻。**

梅西悄悄離開房間，赤腳呆滯地走回廚房。**該直接問她嗎？要等著抓她，還是裝作不知道？**或許打電話問問珍珠的意見？

**至少她的手指腳趾都還在。我應該不算太失敗。**

她一定交男朋友了。

梅西想像著凱莉和某個農家青年偷偷親吻，不禁莞爾。

**萬一對方是成年人呢？會不會是變態？**

恐慌瞬間點燃又熄滅。**還是問她本人最好。**姪女並不是傻女孩，她的成績優秀，也很有常識。正確的解決方法是和她一起坐下，問清楚發生了什麼事。然後叫她清理廚房地上的鞋印。

梅西此刻不再有耐心等咖啡煮好，將壺中少少的濃咖啡倒進杯子。她加上高脂鮮奶油攪拌，黑咖啡頓時變成漂亮的摩卡色調。

她邊洗澡邊思考該怎麼盤問凱莉。

◆

楚門很高興看到局裡另一位警員羅伊斯．吉布森比他先趕到現場。他的單位有如小家庭，他們彼此互相照應，其中一人若遇上困難，所有人都會義氣相挺。羅伊斯大約二十五歲，家裡有個小寶寶。他的性格認眞、率直、好相處，也是楚門見過最容易被耍的人，因此經常成爲同事惡作劇的對象。楚門走近他時，依然能看到對方臉上淡淡的黑線，那是三天前辦公室的行政人員路卡斯，騙他自己用奇異筆畫上去的。

楚門沒有過問細節。

班的狀況似乎不錯。以一個不久前才差點挨子彈又發現屍體的人而言，算是氣色很好，老警員昂起下巴，姿態輕鬆。楚門拍拍他的背，給他一條高蛋白質營養棒，他在車上放了一堆。班感激地收下，立刻拆開包裝咬了一大口。「有得吃就快吃。」他邊嚼邊說：「說不定很快就不能吃了。」

羅伊斯點頭，彷彿那是多年來他所聽到最明智的忠告。

德舒特郡的蒐證小組抵達，楚門看著他們仔細拍照、標示證物。他們帶來了移動式的柴油強力照明燈，楚門滿懷羨慕地看著。他的預算不容許這種奢侈品。他自嘲地笑了一下，照明設備竟然成了奢侈品？不過確實如此。鷹巢鎮警局也沒有蒐證人員，只能靠他自己和放在車子後座的那箱基礎工具——手套、膠帶、信封、塑膠盒、鑷子。什麼都準備一點。他很感激德舒特郡治安處和奧勒岡州警，眞正需要技術的蒐證工作都可以請他們幫忙，而他們也十分樂意。

「幸好有及時控制住火勢，辛苦你了。」楚門對班說。

「其實根本還沒燒起來。」老警員謙虛地說：「誰都會那麼做，我只是剛好在對的時間出現在對的地方。不知道他們何必費事叫消防隊過來，直接請消防官來就好。」

楚門查看現場的人群，沒發現比爾‧崔克的蹤影。「消防官他來了嗎？」

「還沒。」

「醫檢官呢？」楚門問。

班搖頭。「也還沒。遺體在水槽後面。」他朝著生鏽的金屬水槽點了點頭。

「你對此怎麼看？」楚門問老警員。班在電話裡簡單描述了經過，但現在經過一段時間的思考推敲，或許班會有更深入的想法。

班瞇起眼睛，一邊仔細咀嚼營養棒，一邊思考。「朝我開槍的人槍法很厲害，他們在那邊很遠的地方找到彈殼。」班指著遠處的移動式照明燈。「那人差點就打中我……希望他們能快點抓到他。」

「現在還很早。」楚門說：「而且天很黑。」

老警員做個苦臉。「根本黑得要命，光線那麼差，我什麼都沒辦法做。我像個白痴一樣拿著手電筒到處亂晃，昭告天下我在這裡。」

「你眞的很幸運沒被打中。」

「我確定越野機車的聲音是從那裡傳來，就是找到彈殼的地方。我認爲就是騎車的人對我開槍。雖然有可能是另外一個步行的人開槍，但除了死者，沒有發現其他人在場的證據。郡治安處想追蹤越野車的痕跡，但地面非常硬，加上天還沒亮，所以更是困難重重。」

「等太陽出來或許會有所斬獲。」羅伊斯跟著說。

「有人認出死者了嗎？」楚門問。

「還沒。」班回答：「我剛才又去看了一下。死者看起來有點眼熟，但我想不起來在哪裡看過。」

他再咬一口營養棒。「這些年來遇到太多人了，沒辦法全部記住。」

「這樣很正常。」楚門轉頭看羅伊斯。「你呢？看過了嗎？」

「我也不認識。我們搜查屍體時想找證件，但口袋裡什麼都沒有。希望能用指紋查出他的身分。」

「我也去看一下好了。」楚門不認爲自己能認出死者，畢竟他來鷹巢鎮才短短八個月。他很努力想認識鎮民，但如果連班和羅伊斯都不認識死者，楚門應該更不會認識。

他大步走向遺體。

一位女性蒐證人員對他微笑，態度客氣但堅定地指著旁邊。「麻煩站在那裡。」楚門小心翼翼走過去看了一下，她繼續拍攝遺體照片。他蹲下觀察評估。他和班的看法一致，死者應該六十多歲，體重將近三百五十磅，花白的鬍子至少有三吋長；頭髮黏在前額上，看來似乎幾個星期前就該清洗、修剪了。男子的雙眼睜開，顏色逐漸變得混濁。楚門看著他脖子上那道長長的傷痕許久，不禁想像著死者發現自己要被殺時會有多驚恐。楚門連忙把這個想法推到一邊。

死者穿著厚重的工作靴和牛仔褲，兩邊膝蓋上都有泥土痕跡。他的大衣相當陳舊，但夠厚夠暖，足以禦寒。楚門看到一頂褪色鴨舌帽掉在幾英呎外，上面印著工業機具大廠強鹿（John Deere）的標誌。

*你得罪了什麼人？*

他不認識這個人。

「早安，局長。」娜塔莎．洛哈特醫檢官到了。她的身材嬌小，紅色厚大衣和圍巾將她整個人吞沒。他發現她把米白防護衣的褲腳塞進毛茸茸的雪靴裡。

「這個早上非常不安啊，洛哈特醫師。」他見過這位醫檢官幾次。她的頭腦聰明、反應靈敏且能力過人。

「我記得之前有跟你說過叫我娜塔莎就好。」她說著戴上手套。

「娜塔莎。」她確實說過。每次見面都說。

他看著她迅速檢查遺體，低聲對拿著相機的蒐證人員說話。她的雙手在遺體上快速移動。蒐證人員幫忙將遺體翻成側躺，以便檢查背部。「你的下屬發現他的時候，才剛過凌晨四點？」她問楚門。

「對，他說那時死者正在流血。」

「他不可能救得了死者。」

「他知道。」楚門看一眼頸子上的傷口。受了這種傷，沒有人能活下來。

「幾個星期前我見到梅西。」娜塔莎閒聊。「她會搬來這裡定居，我一點也不覺得奇怪。」

「是嗎？」大部分的人聽說梅西離開大城市來這裡，都非常驚訝。

娜塔莎打量他一下，楚門覺得自己像砧板上的肉。「嗯，一點也不奇怪。」

她對他眨一下一隻眼睛，他臉紅了。

他和梅西盡可能低調交往。算是啦。他的下屬都知道他們在一起，她的同事也幾乎都知道，不過從上次她來奧勒岡州中部支援那起案件後，他們在工作上一直沒有交集，直到發生了兩名警官喪生的縱火案。

楚門感到相當彆扭，好像自己的祕密曝光了。

娜塔莎站起來伸展一下背。「在這裡我能做的只有這些了，我會盡可能在今天之內完成驗屍。」

「死因應該跟我推測的八九不離十。」楚門說：「我更想知道他的身分。」

「我先馬上採指紋，採好之後交給你，這樣你就能盡快展開調查。」

楚門知道比對指紋不像電視上演的那樣神奇。有時，執法人員比對完第一個大資料庫就能幸運中獎，但他們不知死者來自何方，所以可能得比對好幾個資料庫才行。而且，前提是死者的指紋曾經建過檔。

不過，楚門相信暴力本身會引來其他暴力。

從死者悽慘的死狀看來，此人以前一定也牽涉過暴力事件。

# 6

「嗨，梅西！歡迎回來！」

梅西一走進鷹巢鎮警局就聽到路卡斯暖心的歡迎，她的心情立刻好起來。她很喜歡楚門警局裡的這位行政人員。路卡斯年紀輕輕、身材壯碩，做事卻細膩很有條理，非常善於提醒別人該做什麼事。「謝謝，路卡斯。你家老大在嗎？」

青年露出大大的笑容。「他人在後面。今天早上他比較晚來，我一聞到他身上的怪味，立刻叫他去換衣服。從那天發生大火之後，他一直穿著那套衣服。」

楚門果然沒有聽她的話。

稍早前，她已經先去自己在本德分局的辦公室露過臉，又開車到班·庫利差點遭到槍擊的地點。她當時抵達時，遺體已經被送往太平間了，但幾位蒐證人員和消防官還在現場。她詢問比爾·崔克，這次的火災和之前兩位副警長遇害的火場是否有類似之處。消防官的回答沒什麼幫助，根據他的鼻子，兩起火災用了同樣的助燃劑，但相似之處僅止於此。這場的火勢太小，而且剛燒起來就被撲滅，所以很難和另外那起做比較。

但兩起火災現場都有人開槍。

梅西很慶幸班沒有受傷，也決心要抓到開槍的人。一位鎮民打電話給楚門，說上週有人在他家放火，他有看到縱火犯，趕跑他們之後還自行滅火。她和楚門約好在鷹巢鎮警局和那位鎮民見面。

路卡斯蹙眉看向時鐘。「你們的證人還沒出現。克萊德・簡金斯（Clyde Jenkins）說好要來的時間已經到了，我再等他十分鐘，然後就打電話過去。大家都知道他很沒有時間觀念。」

「你對他有什麼了解？」她對那個名字沒印象，小時候住在鎮上時也沒聽過。

路卡斯撥開落在眼睛上的頭髮，敲敲放在桌上的鍵盤。「他曾經因為破壞社會安寧被起訴，我還記得那天的狀況。有人去他家傳教，他為了趕走他們而對空鳴槍。他宣稱自己叫那些人滾開，可是對方一直拖拖拉拉不肯走。傳教的人為此提告，後來他只認了破壞社會安寧的罪名，就此了結。我推測一開始的罪名應該沒這麼輕。他已經六十五歲了，在鷹巢鎮東邊有三英畝的土地，一個人住在那裡。他常來鎮上，在飼料店或強鹿經銷處與其他老傢伙瞎混。他感覺人還不錯。」

路卡斯從座位上站起來，走向印表機。他的步伐很奇怪，梅西這才發現他腳上打了石膏，外面套上固定器。「你骨折了嗎？怎麼弄的？」

「沒什麼啦，不過確實是骨折。」

「怎麼會這樣？」梅西追問。路卡斯似乎顯得很慌張，將列印資料遞給她時，也沒與她的雙眼對視。

「太愛玩的下場。這真的很蠢。」

此時，楚門選在這一刻走進辦公室對她打招呼。梅西心中漲滿衝動，想要觸碰他、用吻迎接他，但她沒有付諸行動。兩人彼此說好了，在同事面前要表現出專業態度。她努力用眼神傳達心意，而他眼中的笑意讓她知道他接收到了。

「老天，拜託你們去開房間！」路卡斯命令。「我敢發誓，辦公室的氣溫瞬間升高了十度。」

「等克萊德到了，帶他來我辦公室。」楚門說完之後帶著她走進去。

梅西在辦公室對面的木椅子坐下，詢問：「路卡斯的腳怎麼了？」

楚門坐在大辦公椅上，整個人放鬆往後靠，椅背後傾的角度讓梅西很擔心會翻倒。

「他沒有告訴妳？」

「他好像覺得很丟臉，所以不肯說。」

「我也是逼羅伊斯告訴我的。路卡斯好像和幾個朋友一起弄了一個越野機車用的特技坡道，打算用來飛越某個人家的棚屋。路卡斯失敗了。」

「棚屋還好嗎？」梅西問，路卡斯唸高中時是美式足球校隊選手，體格十分壯碩。

「至少沒全毀。」

「那不是國中生在玩的東西嗎？」

「是啊，難怪他不想說出去。我經常忘記他才十九歲。」

有人出現在門口，他們一起朝那裡看去。

「早安，局長。」

門口站著一位手拿牛仔帽的老先生，梅西猜他應該就是克萊德．簡金斯。楚門引介雙方，克萊德握手的動作彷彿梅西的手是玻璃做的，非常小心翼翼；他的眼袋和皺紋很像影星湯米．李．瓊斯（Tommy

Lee Jones）（注），但相似之處僅止於此。他比楚門還高，而且瘦得驚人、皮膚泛黃，梅西不禁懷疑他是否健康不佳。但老人的笑容很溫暖，露出有如電影明星的完美牙齒。

「眞高興認識妳，我不曉得會有調查局的人在場。」克萊德的語氣滿是戒愼。

「因爲兩位副警長遭到殺害，我們參與調查最近的縱火案件。」梅西告訴他。

老先生露出悲傷的表情，嘴邊的皺紋原本就深到不可思議，現在變得更深。「我和雷夫・朗恩相當熟，是會互相打招呼的程度。眞不敢相信他死了。」

「這樁案件讓大家都很難過。」梅西比了比旁邊的椅子，他們一起坐下。「說說你家發生的事。」

「一聽說雷夫出事，我就知道一定要說出來。」克萊德望著手中的帽子。「我聽說鎭上發生了幾起小型火災，不過……我原本覺得我家的火災不值得一提。直到前兩天，鄰居告訴我有兩位警察遭到殺害，所以我想應該要讓你們知道那天我看到的事。」

他在座位上動了動，翹起二郎腿又放下。梅西蹙眉。「一般人家裡被縱火，應該都會報案吧？」

克萊德撥弄著帽沿。「我不想惹上麻煩。」

梅西和楚門對看一眼。「爲什麼通報縱火會惹上麻煩？」

老人將帽子放在膝蓋上，用眼神向楚門哀求。

楚門嘴角一揚。「你是不是開槍嚇跑縱火的人？」

「……我又會被逮捕嗎？」

梅西理解過來，想起路卡斯剛才說克萊德曾開槍嚇跑傳教的人。「不會的，克萊德。沒有什麼好擔心，那些人顯然沒有來報案。我們只是想知道你看到了什麼。」

克萊德吁了一大口氣，癱倒靠在椅背上。「終於可以安心了。上次的罰金我花了兩年才繳清。」他的態度變得輕鬆許多。「那是上星期三發生的事，我看到兩個人——也可能是三個——在我的果園裡亂跑。我從屋裡出來，聽到他們邊跑邊笑。我當時並沒有多想……畢竟我家距離公路不遠，經常有人把車停在路邊，穿過我的果園去小溪那裡，放再多禁止擅闖的告示都沒用。不過幾分鐘之後，我看到燒垃圾用的坑洞附近有火光。裡面的東西本來就要燒掉了，我只是想等濕度再高一點。在上星期的那種天氣裡燒東西，簡直是白痴透頂。」

「非常正確。」楚門說。

克萊德激動點頭。「已經好幾個星期沒下雨了。總之，我火大得要命，或許有點失控了，於是我開了一槍作爲警告。因爲那裡是我平常燒垃圾的地方，所以滅火的東西都在旁邊，我只花幾分鐘就把火撲滅了。」

「你開槍的時候，那些人在哪裡？」梅西問。

「從果園往公路跑。」

「你沒有追過去看他們的車嗎？」楚門傾身向前，兩隻手臂放在桌上，全神貫注看著克萊德。

注　美國好萊塢知名資深演員，代表作品和角色為電影《絕命追殺令》，以及電影《MIB星際戰警》系列中的K探員。

「我得先滅火啊！」克萊德指出。「現在雖然是十一月，但一直沒下雨，要是不管的話，很可能會延燒到無法控制的程度。」

「我不是質疑你的判斷。」楚門對他說：「只是希望你能描述他們的車輛。你有沒有聽到車子離開的聲音？」

克萊德略微思索。「沒有，我太專心在滅火。」

「你開槍之後他們做了什麼？」梅西問。

「加速逃跑。」

「你有聽到他們說話嗎？有沒有看到他們的衣著？」她接著問。

老人閉上眼睛。「只看到他們的身影，沒看到五官。我甚至不確定有多少人……我認爲應該有兩、三個，但可能還有我沒看到的人。」

梅西想到凌晨那起火災現場的大塊頭死者。「有沒有特別胖或特別瘦的人？」

「都是一般體型。我覺得他們應該是年輕人，因爲他們跑得很快，妳懂吧？」他睜開眼睛，歪頭思索。

「我開槍之後他們便全力飛奔，我幾十年前就沒辦法那樣跑了。」

「如果有人對你開槍，激發出的潛能會讓自己嚇一跳。」楚門表示。

「有道理。」克萊德蹙眉，張嘴想說話又閉上。他的濃眉糾結，並開始撥弄外套鈕釦。

「怎麼了？」梅西問。

「……可能是我弄錯了。」他說。

「無論你有什麼想法，我們都想聽。」梅西說。

「呃，我好像聽到一個女人的聲音。我敢發誓，那天晚上我聽到了女人的笑聲。」

◆

克萊德說的話在梅西腦海中揮之不去。女人？有女人參與這幾起縱火、槍殺事件？

老人離開之後，她和楚門討論了十分鐘，他們想出的理論全都毫無幫助，唯一的好處是他們意識到不能畫地自限。他們不能認定開槍、縱火的犯人一定全是男性。

她坐楚門的車上，前往兩位副警長遇害的地點。克萊德離開之後，他們匆匆吃了午餐，和消防官約好在蒂爾達・布拉斯的牛舍見面。梅西在車上說：「我總覺得好像回來之後都沒見到你。」

「我十分確定昨晚我們睡在同一張床上。」

「一下子而已，而且你幾分鐘後就睡著了。」

「妳這是在抱怨嗎？」

「或許有一點。」她仔細觀察他，發現他脖子上的紗布很乾淨，似乎換過了。「你看起來還是很累，不過這一點也不奇怪，過去兩天你一共睡不到五個小時。燒傷的地方還好嗎？」

「沒事。」

「嗯哼。」她從包包裡挖出幾顆止痛藥遞過去。楚門毫無意見地收下，光是這樣便足以讓梅西明白，其實他的傷口依舊很痛。他拿起放在杯架上的隨行杯，用冷掉的咖啡把藥丸沖下去。梅西盡可能不去想那杯咖啡放多久了。

「你認爲縱火犯當中眞的有女性嗎？」她問他。

「妳是說殺人犯吧？」

「都是。」

「不無可能。我比較在意克萊德說看到他們飛奔衝過果園的部分。今天早上的那名死者很可能幾十年沒有『飛奔』過了，更別說他的體型並不普通。」

「說不定犯案的不只兩、三個人。」梅西讓這個想法在腦中慢慢發酵。**一群人到處縱火**？在她的印象中，縱火犯都是獨自犯案，除非是動物解放聯盟或地球解放聯盟之類的激進組織。「我目前還看不出動機是什麼。」她緩緩地說：「發生這樣的案件，我通常會問『獲得利益的人的是誰』？到目前爲止，我還看不出對誰有任何好處。沒有人因此發財，也沒有挾怨報復的跡象。」

梅西已經看過楚門調查那三起小火災後所寫的報告。受害者不知道爲什麼自己會成爲目標，他們之間也沒有任何關聯；犯人似乎只是隨機挑選下手目標。

根據她過去學習的資料，縱火犯喜歡看火，喜歡感受摧毀的力量。雖然他們也可能是爲了傷人而縱火，但大部分只是爲了自我滿足。通常縱火犯不會對警消人員開槍。他們喜歡看警消人員奔忙的樣子。

她依然看不透這次的縱火犯，或者該說殺人犯。

「我也看不出有誰得到利益。」楚門說：「布拉斯牛舍的案子讓整個案子情況升溫。妳我都很清楚，最近國內好幾座城市都發生了攻擊執法人員的事件，我們不能不重視。」

她十分重視。她每天都在想這件事。

楚門正專心看路駕駛，側臉朝著她。梅西慢慢品味看著他的感覺，十分慶幸他很少穿制服，這樣是不是不太對？他的警徽和槍一起掛在腰帶上，不過楚門．戴利乍看之下完全不像執法人員。她認爲他不穿制服比較安全，不會讓人一看就知道他的職業。對她而言也一樣。除非穿上背後印有調查局字樣的外套，否則不會有人猜到她的工作。

*我是個膽小鬼嗎？*

有那麼多優秀的執法人員每天穿上制服站在最前線，不分男女皆賭上性命維持治安，而她卻慶幸自己可以隱藏職業。想到這裡，梅西就覺得胃很不舒服。

*我想騙誰？楚門．戴利的臉上大大寫著「警察」兩個字。*

「我眞的很不願去想犯人是爲了殺警而縱火。」梅西說。

「我也是。」

「這個地方不該發生這種事。」

楚門聽著她的感慨，揚起一條眉毛。「到處都有可能發生。」他表示。

*我知道。但不該如此。*

車上沉默許久。他們在公路上奔馳，窗外閃過松樹、岩石和三齒蒿等植被。梅西等到車子轉過彎後，這才拉長身體從楚門那邊的車窗往外看。喀斯喀特山脈依舊雄偉壯麗如昔。天空不像夏季時藍得那麼濃豔，變成有些朦朧的灰色，但山峰上積雪增加了，比九月她剛來的時候更加雪白飽滿。這樣的美景，她永遠看不膩。

她原本考慮在這裡買房子，但最後決定還是別衝動。心中理性的那一面要她先別急；凱莉、新工作、楚門，這些都需要先觀察一陣子。她和楚門都沒有談過未來；他們才交往沒多久，還不用想得那麼遠。不過他讓她很安心。到目前為止他還沒有出現需要警惕的狀況。

有時候，她覺得他太過完美，簡直不像真人。

楚門並不是沒有心魔，但他很努力抗拒。**誰的心裡沒有藏著一、兩個魔障？**

她自己也有。她的魔鬼讓她砍柴到夜深，偏執地緊盯全球股市。

她沒有對他有所隱瞞，他全都知道。所有憂慮與包袱。

**但我知道他所有的心事嗎？**

這個人大部分的時候就像一本攤開的書。楚門是個表裡如一的人。

不過她依然在觀察他，等著大難臨頭。她無法控制，這是她人格的一部分。

「感恩節妳有計畫嗎？」他打破沉默。

「還有多久才到感恩節？」

他斜斜看她一眼。「下週四就是了，別告訴我妳不知道。」

「我想不起來多久沒有慶祝感恩節了。」

「妳是在開玩笑吧？」車子瞬間稍微左右飄移，因為他轉頭瞪大眼睛、驚訝地看著她。「難道妳是反美（注）的那種人？」

這句話很傷人。「當然不是，只是我已經十五年沒和家人在一起過了。」她沒好氣地說。

「就算不是家人，也可以一起慶祝感恩節。過去十年我和各式各樣的人一起慶祝感恩節，大部分的人都和我沒有血緣。畢竟我沒辦法在過節當天飛回家去和父母過節。」

梅西的視線注視著前方。國定假日對她來說總是很尷尬，而且會刺痛她內心不願觸碰的傷疤。

「以前我在聖荷西的時候，警局裡會舉辦感恩節活動，沒有過節計畫的同仁都可以登記參加。每年參加的人都不一樣，每次都非常熱鬧。」

「波特蘭調查局也有類似的活動。」梅西承認。她從來沒參加過。對她而言，感恩節是難得的四天連假，她要把握時間去木屋做準備工作。自己一個人去。

「妳家的人應該都沒問妳要不要一起過節吧？」

「對。」

「那我們自己慶祝吧！我的廚藝不差，我們可以在我家一起慶祝。」他的語氣洋溢熱忱，車裡的氣氛也熱烈起來。「凱莉可以邀請一、兩個朋友一起過來。我彷彿已經聞到烤火雞的香味了，那可是感恩節最棒的部分……一整天家裡都很香。」

---

注 反美（anti-American）為一種意識形態，指對美國政府、人民或其生活方式（文化、信仰等），以及美國的政策抱持強烈反感，甚至做出武力報復。

她記得那個香氣，並勾起了與父母兄姊一起過節的回憶，全家人擠在餐桌邊大快朵頤。**今年他們也會一起慶祝嗎？他們會不會考慮邀請我？**

過去十五年他們完全沒想到她，今年也沒理由會邀請她。

「感覺不錯。」她對楚門說，稍微感染到他慶祝節日的熱情。「凱莉一定很樂意負責烤派。」她腦中冒出廚房地板上的泥腳印。「糟糕。」她忘記自己打算要當面問姪女晚上做了什麼。

「怎麼了？」楚門問，車子離開公路，開上通往布拉斯家農場的道路。

梅西告訴他廚房出現腳印，還有凱莉化妝、噴香水的事。

「妳認爲她晚上偷溜出去？」他的語氣似乎不太相信。

「當然。而且我相信一定是爲了和男生見面，因爲她噴了香水，眼妝濃得嚇人。我甚至不知道她有香水！」

「嗯……」他搓搓下巴。

「怎麼？我反應過度了嗎？你也知道，我是第一次養小孩，還不太熟練。」

「妳年輕的時候沒有偷溜出去過嗎？」

「當然沒有！」

他瞥她一眼，眼神表明並不相信。

「梅西．凱佩奇，或許妳從小就很乖，但我敢保證，妳那兩個哥哥絕對偷溜出去過，至少十幾次。」

「也就是說，這是男生會做的事。」

「呃，以我的狀況嘛，以前偷溜出去是爲了見女生，所以只能說機率各半囉。」

她在座位上往後一靠。「我確實很乖，我的兩個姊姊也是。儘管如此，這不表示我應該對凱莉的行爲睜一隻眼、閉一隻眼。」

「沒錯，確實不該。妳必須確定她有沒有做蠢事。」他咳了一下。「她有沒有服用避孕藥？」他小小聲問。

梅西遮住眼睛。「噢，我的老天。」她的手移動到耳朵。「別說了。」

「看來妳不知道啊。考量到她的年紀，妳們應該談談這件事。」

**我得和她談半夜偷溜出去的事，還要教她避孕？**

「不過，關於她偷溜出去的問題，我建議和她談的時候不要太生氣。很多青少年都會這樣，以她的年紀而言並不奇怪。」

「接下來你會說，青少年發生性行爲也很正常。」

「不要逃避現實。」他務實地提出建議。「凱莉很聰明，而且最近經歷了太多不幸。在這個年紀，姑姑的引導能帶給她長遠的幫助。」

「知道了。」

當車子開上焚燬牛舍前的車道時，梅西鬆了一口氣。她看到比爾·崔克的紅色小卡車。

楚門把車停好，坐在車上不動，透過擋風玻璃看著燒燬的建築。他吞嚥一下，梅西發現他轉動鑰匙熄火時，手微微顫抖。

「白天看到的感覺不一樣嗎？」她問。

「……非常不一樣。就好像看過3D電影之後，再看到畫面的平面素描。不過，還是有喚醒了當時的各種感受。」

她捏捏他的手，注視他的雙眼。「事情已經過去了，什麼都無法改變。」

他點頭，她看到他眼中升起一道防護牆。他已做好心理準備，要去面對三十六個小時前經歷過的地獄，儘管如今徒剩廢墟。

她完全不怪他。

兩人下車，走過去找比爾．崔克，他正忙著挖廢墟裡的瓦礫。比爾用大型雪剷移動一堆灰燼和燒剩的木材，身上穿著連身防護衣、戴著面罩，以免飛揚的大量煤灰進入肺中。他們接近時，他脫掉面罩從廢墟走了出來。一般的犯罪現場蒐證工作都非常謹慎精確，但他的做法完全不同。或許火災調查的方式不一樣。

火災調查是個很髒且不輕鬆的工作。比爾從頭到腳全都是灰，他們走過去時，他笑嘻嘻比了個手勢表明不要握手。「千萬別碰到我。」他告誡，給他們看被煤灰染黑的手套。

「沒問題。」楚門同意。「雪剷是做什麼用的？」

「我需要查看地板。」比爾說，他用前臂抹去額頭上的汗。「看過地板才能知道究竟發生了什麼事，那是我的調查地圖中很重要的部分。」

「目前你發現了什麼？」楚門問。

「基本上有找到了證據，能證實我最初的猜想。有人在外牆上淋了大量汽油，裡面的所有東西也一樣。他們打定主意要讓火燒得很大。」他嚴肅地看他們一眼。「我和地主談過，問她牛舍裡面存放了什麼，她聲稱沒有什麼值得留意的東西，不過我打算也去問問她的親朋好友。」

「爲什麼？」楚門問：「我相信她很多年沒用過這個牛舍了。」

「如果哪個親戚告訴我，她在這裡放了一艘船或昂貴的農耕機具，那問題就大了。」比爾森然地注視著廢墟。「因爲裡面顯然沒有那種東西。」

梅西突然明白了。「如果是自己縱火，一定會事先搬走想要保護的東西，如此一來，或許是屋主爲了詐領保險金而放火燒房子。」

「妳一定不會相信，有多少『意外』發生的住家火災。例如鄰居說以前有一臺很大的電視，但現場完全找不到；不然就是在失火前一週，『剛好』將珍貴的古董槍枝收藏送去別的地方保管。那些人想要保險金，卻忍不住先搬走自己心愛的東西。如果有親戚告訴我，那套槍枝收藏二十年來都放在同一個地方展示，那麼屋主就漏餡了。」

「我認爲蒂爾達．布拉斯不可能縱火。」楚門說。

「我同意。但我不能放過任何可能。」

「除了勘驗火場之外，你的工作還包括什麼？」梅西好奇詢問。

「這個嘛……」比爾略微停頓。「業務滿多的。像是找保險公司、鄰居親友訪談，聯絡醫院和診所詢問有無燒傷或吸入性嗆傷的患者。妳一定想不到有多少人在縱火時燒到手或腳踝。火永遠燒得比他們想像中快，尤其是像這裡用了汽油的時候。」

梅西看了看比爾清出來的那塊水泥地面。那些紋路她完全看不出個所以然。「牛舍裡面也被澆了汽油？不是只有外面？」她問。

「對。」

「也就是說，他們應該看到裡面有一桶丙烷。」

「我想應該是。」比爾同意。「縱火犯要嘛根本沒想到，不然就是認爲正好可以助燃。那個桶子並不大。」

「夠大了，我被炸飛幾英呎，還被一堆燃燒的碎片噴到。」楚門指出。

「因爲丙烷桶剛好放在靠近你的那面牆旁邊。」比爾表示。「如果放在對面，你就不會感受到那種程度的衝擊了。」

楚門轉身走向瓦礫堆的另一頭，望著地面。那是兩位警官斷氣的地方，他在幾英呎前停下腳步，雙手插進口袋。

「他還好嗎？」比爾壓低聲音問梅西。「一般人遇上那種事，絕對會跑去問醫師有沒有藥物可以抹去記憶。」

「我猜他應該也很希望能抹去。」梅西承認。「他以前經歷過類似的慘劇，差點因此放棄執法工作，不過這次他似乎堅強多了，能夠面對事後的情緒波動。說來悲哀，因爲他第一次遇到這種慘劇的時候，學會了怎麼應對。」

「如果他退出調查，也不會有人責怪他。」

「他不是那種人。」

「看得出來。」比爾注視她的雙眼。「但他還是可能會崩潰，他又不是美國隊長（注）。」

楚門確實常穿一件美國隊長圖案的T恤，梅西認爲很適合他。「其實他真的很像。美國隊長的內心溫柔感性，十分具有人情味。確實，他可能會崩潰。」她看了楚門一眼。他仍然一動也不動地站著，梅西知道他在和心魔搏鬥。她的本能要自己快過去安慰他，但她沒有動。楚門需要幫助的時候，自然會開口。

她只需在他身邊守候陪伴。

注 美國隊長（Captain America），為美國漫威漫畫公司（Marvel Comics）旗下作品中的虛構超級英雄，經常被視為美國精神的象徵。

# 7

在本德市調查局的辦公室裡，梅西雙手捧著熱咖啡卻遲遲沒喝入口。她這幾天已經喝太多咖啡。達比留意到了，問她要不要換成果汁，梅西婉拒她的好意。她受夠了一邊工作一邊吃喝。過去兩個星期在寬提科受訓時一直是這樣，而且她回來之後忙到沒時間去買菜。異常的飲食變化讓她的身體開始抗議。

*我需要一整個星期只吃有機蔬菜和草飼牛肉，牛就是要吃草才會快樂。*

以前她從沒想過自己會是*那種*消費者，會問盤子裡的雞胸肉是從哪裡來，但她十八歲離家之後，她驚訝地發現食物的味道不一樣。她從小吃的肉品都來自父親親手宰殺的家禽家畜，蔬菜則是家人或朋友自己種的。吃了幾個月的加工食品，她的身體開始造反，於是她學會要買當地生產的食材。

有幾次和楚門去餐廳吃飯的時候，她的要求太多害他頗尷尬，不過他很快就明白哪些餐廳比較適合她去，這樣他才不用躲在菜單後面，聽她質問服務生食材的來源。

她想起早上在加油站商店隨手買的肉桂捲。*看來我也有心口不一的時候。*

艾迪沉重地在她旁邊坐下。他的髮型不像平時那樣完美，好像一個小時內被主人亂抓了幾十次。他臉上掛著兩個超大的黑眼圈。

「你還好嗎？」她問。

「遭透了。這兩天我忙著和雷夫．朗恩與戴蒙．山德森的家屬談話。」

梅西的心中漲滿同情。她看過山德森家中可愛寶寶的照片，對此相當心痛。「他們有人能依靠嗎？」

「一大堆親戚隨侍在側。」艾迪說：「我覺得這樣不見得好，他的遺孀似乎需要獨自安靜一下。」

「有線索嗎？」

「不算有。案發兩天前的晚上，雷夫制止了一場酒吧鬥毆，我正在調查這件事。當時有人威脅他。雷夫寫在報告裡了，但我一直找不到那個人，而且那天沒人遭到逮捕。」

「這個方向的可能性應該不大。」梅西說：「很多喝醉的爛人都會亂嗆阻止他們找樂子的人。」

「我認爲，調查到最後應該就是那樣而已。今天晚上我要去見酒保和酒吧老闆，看看他們記得什麼，希望能有監視器畫面。」

「戴蒙．山德森那邊有什麼特別的事嗎？」

「沒有。目前我和六個人談過話，他們全都說他是天使，不可能有人討厭他。」

「他們當然會那麼說，這樣我反而覺得怪。沒人會那麼完美。」

「我也這麼想，我會繼續挖下去。」

他們的主管此時加入會議中，脫掉身上的運動外套掛在椅背上，然後坐下。「有什麼進展？」傑夫劈頭就問。「梅西，醫檢官有沒有聯絡？驗屍的結果出來了嗎？」

「她沒有發現異常。兩位警員都死於槍傷，死亡時間相隔不久。」

「什麼時候要舉行葬禮？」達比問。

「明天。」艾迪回答：「家屬決定聯合舉行。」

「很罕見。」傑夫說出想法。

「沒錯，不過雙方的家屬一致贊成。」

「我覺得這樣也不錯。」梅西說。她眞的這麼想。在槍擊事件造成的恐怖氣氛中，聯合葬禮表現出奧勒岡中部的團結力量。

「好幾個人都提到，能夠從那麼遠的距離打中目標，開槍的人肯定槍法驚人。」傑夫繼續說：「艾迪，你去聯絡這一帶的靶場，找出有那種槍法的人。」

「他會不會是想炫耀槍法給朋友看？」達比問：「或許可以公開詢問誰認識具備這種槍法的人，或者鎖定受過軍事訓練的人？我們必須考慮這種可能，說不定他是用納稅人的錢學到這種槍法。」

梅西嘆息。她也在想這件事。**拜託不要是退役軍人**。

艾迪在筆記本上寫不停。「我認爲最好不要昭告大眾我們在找的人**有非常特殊的技能**。」他模仿電影《即刻救援》裡連恩．尼遜（Liam Neeson）的角色（注）。

「我也這麼想。」傑夫說：「過一陣子或許可以考慮，目前先暗中調查。」

達比翻著面前的文件，然後專注看著其中一張。「與民兵組織相關的報案和申訴似乎增加了。」她輕聲說：「不知道是否有關聯。」

會議室安靜下來，大家都在思考她說的話。

「民兵組織活動的傳言從來沒少過。」傑夫終於說：「幾乎每個星期都會有相關的報告交到我的桌上。他們會用縱火這種手段嗎？」

「一般而言不會。」達比說：「我看到的申訴，大多是抱怨公然攜帶槍械或射擊練習引起的問題。」她抽出一張文件仔細閱讀。

「感覺沒什麼不尋常。」梅西說。她從小習慣了到處都能看到槍：小卡車的後擋風玻璃裝著槍架，路人背著來福槍，鄰居家門後也都立著來福槍，腰間更掛著手槍。但現在比較少看到了。

「我也聽到很不尋常的流言，據說有人打算炸掉一座橋。」達比接著說。

「老天。」艾迪說：「我都起雞皮疙瘩了。這個流言眞實性多高？」

「不確定。我一直在尋找源頭，不過太多道聽塗說。」

「交給勒菲爾（Lefebvre）調查。」傑夫指示：「把妳目前查到的資料交給他，順便告訴他我明天要看報告。無論是否與這起案件相關，我認爲值得深入調查。」

梅西完全認同。大眾安全是他們的首要任務。

「我們知道射殺兩位副警長的凶器是來福槍。」傑夫接著說：「我們掌握到彈殼和彈頭。那把槍似乎之前沒有用來犯罪，不過如果找到槍，實驗室可以比對子彈上的膛線紋路。」

「射向班．庫利的子彈找到了嗎？」梅西問。

「還沒有。郡治安處找到了彈殼，但彈頭一直沒出現。警長認爲彈頭可能打中岩石轉向了。他們用

注　電影《即刻救援》中，由連恩．尼遜飾演的前CIA探員曾與綁架女兒的綁匪說「我有的僅是非常特殊的技能，對你這種人來說，那技能是噩夢，到那時你就死定了！」，成為影迷中的經典台詞。

金屬探測器仔細搜查現場四周，但有太多岩石和濃密的灌木，所以效果有限。」

「彈殼是九釐米子彈用的，對吧？」艾迪問。

傑夫點頭。

**不同的槍枝……開槍的人也不一樣嗎？**「凶手沒擊中班．庫利，但射殺副警長的時候四槍都命中。」梅西說出心中的想法。「會是不同的槍手嗎？有沒有女性涉案的可能？」她告訴大家克萊德．簡金斯聽到笑聲一事。

「妳認爲證人可靠嗎？」傑夫問。

「非常可靠。」梅西說：「他不太確定當時有沒有看錯，不過他強烈認爲有必要說出來，所以主動來找我們。」

「嫌犯的範圍越來越廣了。」達比抱怨。

「我們必須考量可能是集體行凶。」梅西補充。

「我希望是如此。」達比說：「他們遲早會出賣彼此，不然也可能因爲對老大不爽，所以把事情全抖出來。我認爲集體行凶比獨自犯案好解決多了。」

「大學炸彈客泰德．卡辛斯基（Ted Kaczynski）（注），他就是個獨行俠。」艾迪說：「警方花了將近二十年才抓到他。」

達比點頭，這個名字讓她皺起眉頭。

「遭到割喉殺害的死者，他的身分有消息了嗎？」主管問。

「還沒。」梅西說：「我知道醫檢官送來指紋了，我們已經轉交給實驗室進行比對。」

「他可能是無辜的受害者，但也可能是縱火犯的同夥。」艾迪指出。

「我猜最後會發現他是縱火犯同夥，即使不符合克萊德．簡金斯的描述。」梅西說：「我接受各種可能，但既然到現在還沒人指認他，可見並非是住在附近的居民……因此，死者去到那裡絕對有目的。」

「結果被同夥殺害嗎？」達比問：「他們認爲他做了什麼不能原諒的事，所以殺死他？」

「有可能。」梅西說：「或許他不贊成殺人，也可能他對縱火的目標有意見。若眞的是集體犯罪，說不定他想脫離團體。」

「都不要有先入爲主的想法。」傑夫表示。「我們後退一步，以全新的眼光再次從頭調查。最初的那三起小型縱火事件，我希望你們重新找受害者問話，明天完成，你們自己分配。」他站起來，將文件收拾好。「還有什麼沒討論到的事嗎？」

艾迪與梅西對看一眼。「沒有了。」他們異口同聲說。

「很好，明天見。」

「我想去準備者的那家。」她對艾迪說。

「沒問題，如果妳包辦下個星期的咖啡，那剩下兩家都由我去。」

注 美國數學家、無政府主義者，綽號「大學航空炸彈客」。為了對抗現代技術和工業化對人類與社會的侵蝕，他於一九七八～一九九五年間在全美針對性地郵寄或放置炸彈，被捕時共造成三死二十三傷。

「成交。」

◆

梅西把車開上雙拼組合屋前的車道，把車停好。她和帕克（Parker）夫婦約好傍晚見面，丈夫是史蒂夫（Steve）、妻子叫茱莉雅（Julia）。聽到調查局要來關心他們家的火災，夫妻倆非常高興。史蒂夫說明他們家的位置時，梅西驚覺他們家距離她父母的牧場不到一英哩。開車經過熟悉的牧場時，她想到已經三週沒有見到蘿絲了，於是叮嚀自己要去看她。

等案子一有進展，她馬上就去。

自從回到鷹巢鎮，她和二姊習慣每星期聚會喝咖啡，總是約在蘿絲的幼幼班下課之後。她們在咖啡館見面，聊上一整個小時，然後梅西會開車送她回家。

蘿絲臉上的疤已經癒合，雖然還有一些粉紅的痕跡，但大部分已消失得差不多。梅西希望剩下的那些也會消失……雖然有些細細的淺色疤痕，不過無所謂，反正失明的二姊看不見。

那次的事件，還留下了另一個永遠不會消失的後果。蘿絲非常期待，等不及要養育、疼愛。

其實梅西也越來越期盼蘿絲腹中的寶寶，心中的感情迅速滋長。她曾經將這個孩子視作包袱，但現在明白其實是種福氣。這孩子真幸運，能有蘿絲這麼棒的母親。

聚會完她送蘿絲回家的時候，母親偶爾會來門口揮手打招呼。雖然有些尷尬，但和父親碰面會更彆扭。對於小女兒的事，母親難得強硬起來，她甚至和梅西見過一、兩次面並喝咖啡。母親講話時非常謹慎……從來不談父親的事，也避談過去的事。

但至少母親願意見她。

帕克家的門上掛著一盞燈泡，朝下投射出錐形的光線，只能勉強照到臺階。梅西坐在車上許久，在黑暗中想盡可能看清他們家土地的其他部分，可惜天色太暗。她隱約看到屋後有類似馬廄和小圍場的建築，但不知道失火的棚屋在哪裡。

她下車走向房屋，在心中比較這裡與其他現場的地理位置。她已盯著地圖研究了很久，想找出五起事件現場的相同之處，但完全沒收穫。梅西敲敲門。大門打開，一位大腹便便的年輕女子出來迎接。

「凱佩奇探員嗎？」茱莉雅．帕克有著一頭直順到不可思議的金髮，長度幾乎到腰。她似乎非常年輕，不應該挺著孕肚，不過梅西知道她已經二十二歲了。

**還是太年輕。**

一個幼童跑出來抱住母親的腿，蹙眉看著逐漸接近的陌生人。小女孩的頭髮和母親一模一樣，藍色大眼睛像彈珠一樣圓。

梅西伸出手。「請叫我梅西。」她對小女孩笑了笑，孩子害羞地把臉埋在母親的褲子裡。

「她是溫斯蕾（Winslet）。」茱莉雅摸摸女兒的頭，然後一手撐住巨大孕肚的下緣，苦著臉說：「這隻大象出生以後叫蘿拉（Lola）。」

「兩個女兒，眞棒。」梅西稱讚。**我永遠不知道該對孕婦說什麼。幼童也是。**

茱莉雅帶她走進擁擠的屋內。她推開一張兒童餐椅，比手勢請梅西在餐桌邊坐下。餐桌中央有個用乾樹葉編成的花環，中央站著三隻感恩節火雞。屋裡沒什麼空間可以移動，但茱莉雅的巧思營造出溫馨氣氛。溫斯蕾要求坐在母親腿上，梅西屏著呼吸看她抱起孩子。**拜託不要突然開始分娩**。茱莉雅俐落地將女兒放在腿上沒被孕肚佔據的小小空間。溫斯蕾用猜忌的眼神打量梅西。

**她好可愛**。但這孩子盯得她有點緊張。

「史蒂夫馬上就回來，牛舍還有些工作要收尾。噢！」她準備把溫斯蕾從腿上放下。「我忘記拿飲料了。」

梅西舉起一隻手制止。「不用麻煩了，我喝不下。我剛剛開會的時候捧著一杯咖啡坐在那裡，一口也沒喝。」

茱莉雅重新坐好，似乎鬆了一口氣。溫斯蕾靠在母親的肚子上，小手輕柔撫摸，很像在摸小貓。這時後門開了，史蒂夫·帕克走進來，在門邊脫掉靴子，只穿著襪子對梅西打招呼。他有張娃娃臉，臉頰紅嫩圓潤，像茱莉雅一樣看起來相當年輕。他把溫斯蕾從茱莉雅腿上抱起，抱著女兒坐在另一張椅子上，給她一本塑膠書玩。「眞高興警方沒有放棄我們的案子。」他說：「那個棚屋裡存放了很多辛苦累積起來的物資。雖然抓到縱火犯也討不回那些東西，至少我心裡會好過許多。」

「我完全能理解。」梅西說：「我知道你們搬來沒多久，不過你們或許有見過住在前面的凱佩奇夫婦？我是他們的女兒。」

史蒂夫臉上閃過恍然大悟的神情，接著雙眼發亮。

得分！現在雙方有共通之處了。

「我們花費一整年製作的罐頭全沒了。」史蒂夫說：「還有好幾箱醫療用品和蔬菜種籽。」他親吻一下溫斯蕾的頭。「我花了力氣、花了錢，爲孩子的將來做準備，結果卻被別人毀了。」

「眞的很遺憾。」他看女兒和孕妻的眼神是那麼溫柔，她不禁感到心痛。**爸也是這樣看待他的準備工作嗎？主要是為了家人著想？**

內疚讓她口中泛起苦澀。她從來沒有這樣思考過，總認爲父親的偏執行爲完全是爲了他自己。

梅西轉頭看茱莉雅。「我在警方報告上看到是妳發現失火，大約凌晨一點從窗戶看到的，是嗎？」

「對。我站在廚房洗碗槽前面，從窗戶看到失火。」她的表情有些難爲情。「那時胃食道逆流發作，所以起來吃藥。我現在沒有一天能睡好，不是胃食道逆流、就是一直起床跑廁所。」

「預產期是什麼時候？」梅西問。

「四週後。」

「聖誕寶寶？」

「希望是，那樣眞的很特別。」茱莉雅與史蒂夫相視而笑，那樣的表情讓梅西覺得自己打擾了這對夫妻。

「妳告訴警方，在失火之前妳什麼都沒有看到或聽到，對嗎？」梅西問。

史蒂夫看著妻子，茱莉雅蹙起眉。「那時候我沒有提到，但我敢發誓，當時有聽到小孩的笑聲。」

梅西呆望著孕婦。**小孩？**

「不過那是在我胃食道逆流醒來之前……我以為那只是作夢。懷這胎我老是作些詭異至極的夢，不過那時候感覺很真實。」

「妳很可能是聽到外面有人在笑。」梅西說，同時腦中努力消化這個新資訊。克萊德．簡金斯說有聽到笑聲，與茱莉雅的說詞有某程度上的契合。

「有可能。我知道這件事可能沒意義，但我希望全部說出來。警察局長來的時候，我應該告訴他才對，不過提到夢境感覺很可笑。」

「一點也不會。」梅西說：「請告訴我所有的事。」

「嗯，這是我唯一想到的事。」茱莉雅把手臂放在肚子上。

「可以帶我去看失火的地方嗎？」

「大部分的瓦礫都被我清掉了。」史蒂夫說：「只剩下一片水泥地和幾塊木板。」

「我還是想看看。」

他站起身，將溫斯蕾交給茱莉雅，示意要梅西跟他走。他在廚房停下腳步，打開櫥櫃拿出兩支手電筒，他把黑色那支給梅西，自己拿米妮造型的。

一走出戶外，梅西看到自己呼出的氣凝結成白霧。氣溫降得非常快，她將大衣拉鍊拉到下巴底。棚屋距離主屋大約一百英呎，比較靠近馬路。史蒂夫說得沒錯，現場只剩一片水泥地和整齊堆放的焦黑木材。依然能聞到淡淡的煙焦味。

「棚屋本體能救的我都盡量補救了。」他踢了踢一片燒焦木板的邊緣。「等我弄到木材，棚屋就可以重建，裡面的物資慢慢也會累積起來。」他看梅西一眼，眼神惆悵。「只是……這眞的很讓人沮喪，妳懂吧？我不想在茱莉雅面前說，但這件事讓我失去安全感。茱莉雅本來就睡不好，這件事又害她更難以入眠。前幾天的殺人案之後又變得更嚴重。」

「完全可以理解。」

「我在家裡和牛舍都裝了更大的鎖，也裝了動態偵測燈，晚上睡覺的時候都會開啓。」他苦笑一聲。「結果變成自找麻煩。因爲常有兔子和鹿經過院子，每隔幾個小時燈就會亮，把我們嚇醒。看來我得重新考慮了。」他停頓一下，望著那片水泥地。「一開始我以爲是蠢小鬼幹的，就算對別人的財物造成損壞，他們也不會在乎。」

「現在呢？」

「自從兩位副警長遭到殺害之後，我怎麼想都不對。感覺不像是小鬼搗蛋。」

她繞著長方形的水泥地走一圈，用手電筒照亮壓實的泥土，不確定想找什麼。「有沒有人因爲你是準備者，所以跑來找過麻煩？」她輕聲問。

「在這裡不會。」史蒂夫抿起嘴唇。「我父親並不贊成，因此態度有些惡劣，不過他住在亞利桑那州。我之所以搬來奧勒岡州，部分原因也是他。爲了遠離他和那些爭執。」

「你有沒有在這裡找到……志同道合的朋友？」

他對上她的視線。「有。妳父親幫了大忙，介紹我們認識很多人。我很慶幸妳母親是經驗豐富的助產士。」

看來他們已經加入爸的圈子了。

「史蒂夫，你是做什麼工作的？」

「我是水電師傅，也很擅長建築。我在這方面很有天分。」

末日準備不只是囤積物資而已，也需要各種必須透過訓練、學習、實務累積的技能。誰都可以買一堆槍枝和罐頭，但如果沒有技能，絕對撐不了多久。史蒂夫和他的家人都非常認眞投入。

光是這樣，便足以讓爸接受史蒂夫加入他的小團體，他們約好當災難發生時要團結求生。末日來臨時，史蒂夫的專業能力將派上很大的用場。

所謂的末日，就是我們熟悉的世界天翻地覆。

以準備者的標準而言，她的父母十分富裕。他們有四輛車：一輛汽油車、一輛柴油車、一輛丙烷車、一輛電動車。像帕克夫婦這種剛起步的新手，通常只有一輛柴油車，這是最務實的選擇。梅西猜想，這對年輕夫婦很可能打算一生致力於準備工作，因此很樂意加入她父親組織的緊密小團體。

「我見過妳的兄長和姊姊。」史蒂夫說：「溫斯蕾很喜歡蘿絲。不過，印象中妳父親沒說過家裡有人在調查局工作。」

「他絕不會提起。」梅西用手電筒照亮幾碼外的樹叢，看哪裡都好，就是不要看史蒂夫滿是疑問的雙眼。

這個鎮很小。最好快點習慣大家問起我和爸決裂的事。

「你是四月搬來的，這裡的人對你好嗎？」談什麼都好，就是不要談我爸。「有沒有和鄰居吵架？

或者發生擅闖土地的事？」

「完全沒有，這裡非常寧靜。如果不去鎮上，我們通常幾天都見不到一個人。」

「嗯，也是因爲這樣，我父親才會選擇把房子蓋在這裡。」梅西說。

「這個地區很好。」史蒂夫說：「冬天是有點太冷、太乾，不過其他季節很適合耕種和工作。我們原本考慮過喀斯喀特山脈西側的威拉梅特山谷（Willamette Valley），不過那裡地價太貴，而且人口太多。」

她很想告訴他，人生不是只有末日準備而已，評估居住地點也不該只看發生災難或政府崩塌時有多適合躲藏。**享受眼前的生活吧。不要只想著還沒發生的事，不要因為偏執的信念而忽視孩子。**

她想起剛才他看妻女的溫柔眼神。那是眞心的愛意與親情。小時候父親曾那樣吻她的頭嗎？**一定有。應該有吧？**

她完全想不起來父親曾經當眾展現親情。從來沒有。

史蒂夫．帕克還沒有變成她父親，至少現在還沒有。

「你的家庭很美滿。」她對史蒂夫說：「蘿拉非常幸運，能夠出生在這樣的家庭。」

即使手電筒的光線微弱，梅西依然能看出他有多開心。「我們等不及想抱抱她了。我不介意第二胎是女兒，女兒很棒。」

「沒錯。」

# 8

凱莉輕輕關上門，躡手躡腳走下公寓樓梯，興奮與期待在她血流中奔竄。自由帶來的激動令她暈眩，想到很快就能和凱德（Cade）見面，她不由得加快腳步。終於到了一樓，她在深夜的人行道上小跑步，奔向和他見面的固定地點，她呼出的氣息在寒冷空氣中形成大片白霧。

*我戀愛了嗎？*

無論這種感覺是什麼，總之美妙極了。儘管現在是淩晨一點，但她身體裡不斷冒出喜悅的能量。她和凱德交往已經超過一個月。他比她大三歲，她知道這個人很久了，不過他們一直沒有講過話，直到有天清晨他去上班的路上來珈琲咖啡館。接連三天他每天都來光顧，最後終於開口約她出去。

爸爸過世後，和他交往是最令她開心的事。梅西姑姑雖然很棒，但凱德讓她覺得自己美麗又獨特。她十七歲生日那天，他送了一條金項鍊，讓這個少了爸爸的生日不那麼難過。他高大帥氣又善良。當他的棕眸凝視她的雙眼時，她覺得自己是全天下唯一且獨一無二的女人。

她加快腳步，冰冷的空氣讓精神爲之一振。

*梅西姑姑會宰了我。*

她不在乎。和凱德在一起，她覺得幸福又充滿活力，只要能和他相處久一點，她什麼都願意做。他在遠離市區的牧場工作，一天十二個小時。剛開始他們只是晚上傳訊息或打Face Time視訊，但很快就覺得不滿足了。他有空的時間通常都是晚上。

她看到他的老舊豐田小卡車停在前方，全身躍動歡喜。

第一次交男朋友的事她沒有說，因爲不知道姑姑會怎麼想，更別說凱德還比她大三歲。爸爸以前說過，爺爺禁止女兒在高中時交男朋友，姑姑會延續這種作風嗎？她感覺不像是認爲年輕人談戀愛都是胡鬧的那種人，但她非常重視獨立自主。而現在凱莉覺得少了凱德，她甚至無法呼吸。

這樣一點也不獨立自主。

光是這樣便足以讓她決定保密。梅西自己也在談戀愛，凱莉知道戴利局長偶爾會在她們家過夜。他總是在凱莉起床前就離開，但她*知道*。他留下來過夜之後的早晨，姑姑總會比平時更常愛發呆，安靜而滿足，帶著一抹淺笑。

凱莉奔向駕駛座的窗戶敲了敲，凱德嚇了一跳，她大笑出聲。她繞過車子到前座，開門坐進溫暖的卡車。他們互相靠近親吻，他一手撫摸她的頭髮。她特別把頭髮放下來，因爲他喜歡。

「嗨，寶貝。」他用低沉性感的聲音說，輕撫她的臉頰，額頭與她相貼。他身上的古龍水香氣讓她心跳加速。簡單來說：他讓她覺得自己活著。他不在身邊的時候，感覺就像在迷霧中亂走，只爲了熬過再次相見前的時間。她對此上癮了。

「今晚你想做什麼？」她問：「我頂多只能出來兩個小時，不然早上起床工作會太痛苦。」

「妳姑姑沒有發現妳出來吧？」

「應該沒有。今晚她回家時很累，直接去睡了。」

「那就好。」他再次吻她。「我好想妳。」

「我也好想你。」她在親吻之間說。

「蘭登和傑森也想一起玩。他們會去林肯路那邊的砂石坑，芬恩可能也會去。」

聽到兩人沒辦法獨處，她的心往下沉。一開始，她很高興能認識凱德的朋友，但眞正相處過後，她發現他們非常自以爲是，而且都二十歲了還很不成熟。凱德不一樣，他成熟又體貼，但他的朋友喧鬧又討人厭，尤其是喝了酒之後。每次聚會都會有人帶一箱酷爾斯或百威啤酒。如果有人勸酒，凱莉會拿一罐喝很久。她不太喜歡啤酒味，但那些男生很愛比賽誰喝得最快，一次能喝多少罐。

「太好了。」她微笑說：「你不會喝酒吧？我得準時回家。」

「我保證不會喝。我明天也要早起去工作。」

「早上傳訊息給我，我會先準備好咖啡，你直接來拿就好。」

「沒問題。」他們往鷹巢鎭駛去，她坐在長條形座位的中間，他一手攬著她的肩。他把暖氣調到最強，雖然她不介意夜晚的寒冷。只要他在身邊，她什麼都無所謂。只要和他在一起，全身每個細胞運作的效力都會加倍，她從來不覺得冷。

凱德單手開車，抓住方向盤頂端，經常帶著笑容偷看她一眼。他離開公路，在小路上轉了幾個彎。凱莉大致知道砂石坑的位置，但在黑暗中轉彎第三次之後，她還是稍微迷失了方向。凱德毫不猶豫地往前開。

「其實我沒有來過這裡。」凱莉承認：「之前好像坐車經過一、兩次，但都是……我爸開車。」提到爸爸，她還是會難過。她已經學到，如果不去想爸爸，她白天的時間會比較好過。每晚她都會花幾分鐘看自己和爸爸的合照，跟他說說今天發生的事。雖然這樣很怪，但對她眞的有幫助。爸爸過世之後，一開始那段時間，如果沒有整天時時刻刻思念他，她就會有罪惡感。梅西帶她去看心理醫師，她們一起研究出一個應對方式，讓凱莉白天可以如常生活，因爲晚上她可以花時間好好思念爸爸。

「那裡很酷。」他往左急轉，開上一條碎石路，車子搖搖晃晃。凱莉看到路的盡頭已經停了三輛小卡車。三輛車並排，大燈亮著。三個人站在車燈前，她看到其中一個人拿著來福槍。另一個人拿著銀色鋁罐仰頭猛灌酒，鋁罐反射車燈，刺到她和凱德的眼睛。那個人捏扁罐子之後隨手一扔。

她坐直，凱德放開她的肩膀，把車開過去加入。「他們在做什麼？」

「既然來了砂石坑，就表示要打靶。」凱德說：「這裡很適合打靶，因爲空間很深。」

「半夜打靶？」

他聳肩。「沒什麼不好。」

「這裡不是私人土地嗎？」

「晚上不會有人跑來這裡。」凱德打開車門，她從駕駛座那邊出去，心裡很希望可以去別的地方，只有他們兩個獨處。凱德的朋友大搖大擺走過來打招呼，把啤酒塞進他們手中。傑森的個子最高，但身材不像凱德那麼精壯，雖然才二十歲，卻已經有啤酒肚了。

而蘭登總是讓凱莉覺得很毛骨悚然。他每次都盯著她太久，坐在她旁邊的時候也太靠近。他瘦得像竹竿，兩隻像老鷹的眼睛太接近細長的鼻子。她聽說他高中沒唸完就被退學了。

芬恩則是這群人中的跟屁蟲、馬屁精，無論別人要他做什麼，他都會急急忙忙去做。凱莉猜想蘭登之所以和芬恩當朋友，只是爲了滿足自己的自大狂妄，加上有個人可以隨便使喚。

凱莉把啤酒還回去。「再過幾個小時我就要起床上班了。」

「我也是。」凱德把啤酒拋回給芬恩。「不是每個人都不用工作。」

「我寧願睡覺。」蘭登說：「更別說明天是週末。連週末都要去上班的工作，爲什麼你願意做？」他喝了一大口啤酒，隔著罐子上緣打量凱莉。他擦擦嘴，然後直接對凱莉說：「對喔，妳還在唸高中。我一點也不懷念那個鬼地方。」

她轉開視線，不舒服的感覺在胃裡糾結。

凱德宣稱雖然她年紀比較小，但他的朋友都覺得她很酷。可是每次一起出來玩的時候，總會有人提起她還在唸書的事，彷彿想提醒凱德，她配不上他。

「輪到你了。」蘭登把槍交給凱德。「我下注五元，賭你沒辦法打中所有靶的頭。」

凱莉看到高聳光滑的岩壁上貼著幾張靶紙。爸爸教過她射擊，同輩親戚之中她的槍法最厲害，但她不想在這群人面前表現。蘭登的槍法非常出色。幾個星期前，凱德帶她去蘭登家的農場。蘭登帶他們去後院，那裡有個他自己建造的靶場。廣大的空地上放著幾個稻草包，標註距離、貼上靶紙。凱莉的父親教她射擊的時候，用的是傳統靶紙，印著圈圈的那種。這些人用的卻印上真正的人臉——不是一般沒有臉的人形。感覺很詭異。

「我好幾個星期沒練習了。」凱德說：「上次去你家之後就沒有練過。」

「那就算了吧，不賭了，孬種。你就打靶吧。」蘭登將一根菸放進口中，拿出打火機點火。他發現凱莉的視線，接著呼出一大口菸，注視她的雙眼，把玩著打火機，讓火一次又一次熄滅再點燃。

一股寒意竄過她的四肢。**他難道是想故意嚇我？**

凱德走到旁邊開始打靶。四分之三都正中目標。

**從這個距離我可以全部命中。很簡單。**

他打完之後，凱莉微笑說：「好厲害喔！」

「妳要試試嗎？」他把槍遞給她。

「不用了，謝謝。我不喜歡。」

「別這樣嘛，凱莉。」芬恩說：「又不會受傷。」

「妳怕啦，凱莉？」蘭登問。他從碎石地上拔起一束雜草點燃，看著草乾枯燃燒。

她不喜歡他眼睛裡的光彩。「讓給下一個人吧。」

「換我了。」芬恩從凱德手上接過槍，走到靶前面的時候差點跌倒。

**他喝醉了。**

凱莉回頭看向凱德的卡車，急著找藉口離開。**想睡覺？或者身體不舒服？**

凱德一手摟著她的肩膀，看著芬恩射擊。「喂，傑森。」凱德說：「我改變心意了，給我啤酒。」

**噢，討厭。**

太浩休旅車的車燈照到砂石坑的老舊路標。楚門打了個呵欠後轉彎，在黑暗中慢慢前進，沒有費事地打開車頂的警示燈。有人報案說聽到槍響。通常鎮民半夜聽到槍響只會翻身繼續睡，但自從槍擊事件之後，大家都變得太過謹慎。楚門很清楚砂石坑這裡傳出槍響代表什麼：有人跑來這裡射擊發洩。他會叫他們去靶場，白天再去。

他抵達砂石坑底端，看到四輛車並排停在一起，車頭燈亮著。一名男子手裡拿著來福槍，另外幾個人都拿著銀色鋁罐。那些人發現他的太浩休旅車上裝著長條警示燈，他們一陣驚慌，急著想藏起啤酒罐。拿著槍的那個人把槍靠在卡車輪胎上，往旁邊退了幾步。

*真要命。酒精加上槍。*

他看一下那些車，認出其中一輛是傑森．埃肯（Jason Eckham）的老舊小卡車。*在場的人當中，至少有一個未成年，而且從他們藏啤酒罐的樣子看來，應該不只一個。*他把車停在那四輛小卡車後面，呼叫德舒特郡治安處請求支援。如果這群人當中有喝了酒的未成年人，他不能讓他們開車。他看一眼來福槍，懷疑是否還有其他槍枝。那群人的姿勢看似沒有惡意，而且剛才那個人把槍放在旁邊的舉動也很有禮貌，但楚門不信任任何人。

*只要看到一把槍，就要假設還有更多槍。*

幾個星期前，他抓到傑森玩非法賽車。他想到就嘆息。那個小鬼出言不遜，對執法人員毫無敬重。

楚門觀察車燈下的其他人。因爲車燈太刺眼，他們舉起手遮住眼睛，想看清前來的人是誰。他們看起來都和傑森年紀差不多——

**有個女生？**

他不太驚訝。

支援警力三分鐘後就會抵達。

楚門下車走向那群人，一手按住腰間的佩槍。「晚安，各位男士。還有那位小姐——**凱莉？**」他的心一沉。梅西懷疑凱莉晚上偷溜出來，果然沒錯。

凱莉靠在一個高大的年輕人身上，他以呵護的姿態摟住她的肩膀。「嗨，局長。」她小聲地說。傑森和另外一個男生惱火地瞪她，無言控斥她竟敢和敵人打招呼。

他決定最好不要再讓她更引人注目——雖然可能來不及彌補了，於是他沒追問梅西知不知道她溜出來。他刻意看一眼地上的啤酒罐。「傑森，我知道你幾歲。至於其他人，請把證件拿出來。」

「除非我們拿著啤酒罐，否則你不能逮捕我們。」最瘦的那個男生說。

**這下可好，小鬼自以為是律師。**

「我不知道你是從哪裡聽到的，不過在奧勒岡州，未成年人持有酒類的規定並非如此。」他一一注視其他人的眼睛。「你們知道這裡是私有土地吧？」

「我們只是來玩，誰會在乎？」傑森急忙說：「很多人都會來。」

**辯不贏時慣用的藉口。**

「我猜你們應該都未成年？」

「我二十一歲了。」瘦子說。「但我沒有帶駕照。」他對楚門冷笑。

「你叫什麼名字？」楚門問。

「蘭登。」

「蘭登，現場有四部車輛，我剛好知道沒有任何一輛屬於凱莉．凱佩奇。如此一來，你肯定是開車過來的……你承認無照駕駛？」

那個年輕人支支吾吾想答案的時候，楚門看著其他人。「請出示證件。」所有人都伸手從後口袋拿出皮夾。他一一收取證件，看著蘭登萬分不情願地掏口袋。四個男生都未滿二十一歲。蘭登至少還有點羞恥心，楚門歸還證件時他低著頭，對於剛才撒謊說已經滿二十一歲的事，他沒再多說什麼。凱莉站著不動。她的神情表明，希望砂石坑此刻裂開把她吞下去。他知道女孩不是因為他而感到緊張，她是擔心姑姑生氣。梅西一定會發飆。

他看一眼凱莉身邊那個男生的證件。凱德．普魯特（Cade Pruit），楚門沒有遇到過其他姓普魯特的人，但他知道鎮上東側住著幾位。至少這個年輕人敢直視他的眼睛，而且表現出敬重。傑森和蘭登則是態度傲慢。芬恩第一個拿出證件，楚門檢查的時候發現他的手在抖。

「凱德載妳來的？」他問凱莉。

「對。」她不敢抬頭看他。

**妳姑姑肯定會氣炸。**

楚門注視凱德的眼睛，掂量這個年輕人。他沒有急於辯解，也沒有轉開視線。「凱德，你今晚喝酒了嗎？」

「那是我的第一罐。」他指著幾英呎外的啤酒罐。「我才喝了不到三分之一。」

「真的，那是他今晚喝的第一罐。」凱莉搶著說：「我們才剛到。」

「那妳呢？」楚門問凱莉。

「我沒喝，再過幾個小時我就要去工作了。」她的肩膀頹然垮下。

「她真的沒喝。」凱德急忙說。他瞪了其他三人一眼，他們有氣無力地一起應和。

楚門知道她沒喝。其他人身上都飄出酒味，但凱莉沒有。剛才拿凱德的證件時，他有特地靠近凱莉聞了一下。

他們在一個小桌子上擺了鋸木架充當槍架，旁邊到處是啤酒罐。楚門高聲清點。十三個。

「既然凱德只喝了一罐，那就表示你們三個人喝了十二罐。」

砂石坑入口處此時出現閃爍的燈光。兩輛德舒特郡的警車開進來，警示燈閃動，但沒有開警笛。

「我幫你們叫好車了。你們四個由他們處置，我送凱莉回家。」

蘭登上前。「可是我們沒有——」

「閉嘴。」凱德打斷他的話，舉起一隻手阻止，不讓他繼續逼近楚門。

兩位副警長過來加入，臉上掛著大大的笑容。「楚門，你今晚逮到一批小鬼？」

「是啊，我送這孩子回家。」他指了指凱莉，女孩似乎整個人縮小了兩吋。「其他四人全都未達合法飲酒年齡（注），而且滿身酒臭。」

「我們很樂意幫忙。轉身。」副警長對蘭登下令。

楚門抓住凱莉的手臂拉著她離開。「我們該走了。」她抗拒著，說什麼都不肯走。

「我要和他說——」

「晚一點再打電話給他。」楚門命令。「如果梅西沒有沒收妳的手機的話。」他瞥她一眼，用眼神表明最好不要找麻煩，她只好匆匆對凱德揮手，然後順從地跟他走。

駛離砂石坑的路上，他們兩人都沒有說話。凱莉雙手抱胸，望著一片漆黑的窗外，鼻環反射儀表板的光。她很漂亮——長得非常像梅西，他很想保護她。爲了她自己，也爲了她姑姑。

「妳應該要慎選交友對象。」楚門終於打破凝滯的沉默。「凱德感覺還算正派，但其他那幾個不是好東西。」

「我知道。我並不想去砂石坑，我們到了以後才發現狀況不對。」

「那妳就應該說出來，要求離開。如果凱德有一絲體貼，就不會強迫妳做不想做的事。」

「我知道。」

「但妳不想破壞氣氛。」

她的沉默便足以回答。

「妳和他交往多久了？」楚門用比較溫和的語氣問。以一個剛失去父親兩個月的孩子而言，她的心理和情緒算是相當穩定。但有時外表會騙人。他跟梅西說青少年晚上偷溜出去很正常，但現在眞的逮到她的姪女，他驚覺自己的想法改變了。從父母或監護人的角度來看這件事，感受真的截然不同：萬一她出事怎麼辦？

他逮到她的現場裡有酒、有槍。所有警察與家長的夢魘。

「幾個星期了。」

「如果妳……和他……那個了，他很可能會觸法。妳未滿十八，而他已經二十了。」他在黑暗中臉紅了。

凱莉雙手摀住臉。「**噢，我的天。**」

「這種事不能輕忽。」

「**我們什麼都沒做！**」

他瞬間安心了。「那就好。至少我不用逮捕他。」

「不可能！」她在座位上轉身看他。「如果我真心愛他呢？這條法律蠢斃了。」

「我的工作不是評論法律。」楚門說：「我只負責執行與遵守。」他斜斜瞥她一眼，她睜大眼睛，眼神滿是懇求。他沒想到自己竟然會覺得心疼。「不要觸犯法律，也不准再偷溜出去。妳應該知道，法律禁止兒少在午夜到凌晨四點這段時間外出吧？我不想再抓到妳。」

她頹然往後一靠。「你討厭我。」

---

注 美國最低合法飲酒年齡為二十一歲。

「我不討厭妳，凱莉。一點也不。老實說，我相當喜歡妳。妳的姑姑很疼妳，我看得出來爲什麼。不過呢，老天爺呀，等她知道這件事的時候會有多生氣，我想都不敢想。妳應該知道她在懷疑妳偷溜出門吧？」

「眞的？」

「對，她昨天才跟我商量這件事。」

「我死定了。」

「跟她好好談，告訴她妳的感受。這並非不准妳出來玩，只是妳住在她家，所以她需要知道妳安全無虞。和一群喝酒玩槍的白痴一起鬼混並不安全。」

「你會告訴她那個部分嗎？」

「妳最好別懷疑。」

# 9

幾個小時後，梅西憤怒地開車前往鷹巢鎮。

凌晨時，楚門帶凱莉回家前，先打電話將她從死沉的睡眠中喚醒，然後以溫和的方式說出壞消息：她的姪女不守規矩，半夜偷跑出去被他抓到。他們兩人到家的時候，他親吻她一下，然後對凱莉比個大拇指，接著幾乎是奔逃下樓，將凱莉扔給不知所措的梅西。

*膽小鬼。*

楚門告訴她的那些事，依然在她腦海盤旋。

*酒？槍？*

梅西無法將那個畫面逐出腦海。*五個人當中只有凱莉一個女生？*

她打了個冷顫。凱莉宣稱那些男生是她的朋友，但梅西沒有因此放心。

「萬一他們攻擊妳呢？」她差點對不斷辯解的姪女大吼。她竟然能以平常的音量講話，她不由得佩服自己。

「他們不會啦，我*了解*他們。」

「哈，但我不了解他們。從今以後，無論妳要和誰出去，都要先讓我見過。*而且*，妳要出門都必須先報備，不准再半夜偷溜出去。妳可以像正常人一樣白天出門。」

「我也不想再半夜偷溜出去了。」凱莉嘟囔。「我受夠了。」

梅西希望她是說真的。想出懲罰的方式最難的部分。她可以禁止姪女開車，但這樣一來凱莉就無法去上學、工作。她可以沒收手機，但萬一遇到緊急狀況，她需要用手機報警，而且梅西希望能隨時聯絡到她。

如此一來，只剩下增加家務了。

接下來一個月，凱莉要負責打掃全家，包括兩間廁所。姪女本來就會自己打掃清潔，所以多做家事感覺不像懲罰，但她不知該如何懲罰一個平常很乖的孩子。

現在她得想辦法處理凱莉的戀情。根據珍珠的說法，如果禁止凱莉見那個男生，只會造成反效果。「要就近監視。」珍珠建議。「邀請他來家裡吃飯，選妳在家的時候找他來家裡玩。不然就帶他們兩個一起出去吃飯。」

梅西光是想像就覺得尷尬透頂。她對凱莉提議請那男生來吃飯的時候，從姪女臉上驚愕的表情看得出她也有同感。

無論如何，至少現在梅西與凱莉有了新的默契：彼此要多溝通。

梅西整個人充滿躁動的能量，她已經超過兩週沒有去木屋了。楚門保證一切平安無事，但她喜歡週末過去那裡，在自己的空間裡忙東忙西。凱莉去過她的木屋，她們合力將李維家的許多東西搬去後面的穀倉存放。李維儲存的物資品質很好，而且充足的器具讓梅西非常激動。大家都同意，他的遺產應該由凱莉繼承，包括賣房子的錢。現在凱莉不必煩惱大學的學費了。

凱莉接納了梅西的木屋，完全當成自己的，而在梅西心中，木屋也逐漸變成爲她們兩人的。這樣的內心轉變一開始很不容易。多年來，她一直想像當災難發生時，自己獨自一人躲在木屋裡，但現在多了凱莉，她覺得踏實多了。凱莉是她的家人。

還有楚門。

她的嘴角揚起笑容。她喜歡有他在，不過他們才交往沒多久，還無法確認他會不會永遠都在。梅西還不允許自己往那個方向思考。慎重與習慣讓她不願意依靠他。或許以後吧。她需要更多時間。

她把車停在珈琲咖啡館前面，下車進去，暫時放下凱莉和懲罰她的事。梅西走向蘿絲的座位，她抬頭對她微笑，柔美的臉龐綻放光彩。

「妳知道是我，對吧？」梅西擁抱二姊。

梅西坐在萊姆綠色調的椅子上。「我的腳步聲和年輕時一樣嗎？」

蘿絲皺起前額思索，雙手捧著咖啡杯。「不一樣。不過和妳相處一個傍晚之後，我記住了妳現在的腳步聲，覆蓋掉大腦裡的舊檔案。」

「舊檔案？」

蘿絲的笑容有如陽光。「這是我自己的想法啦。我聽到的聲音會打開正確的檔案，告訴我來的人是誰。」凱莉走過來，她轉頭面向姪女。凱莉穿著白圍裙，黑眼圈很深，但梅西一點也不覺得可憐。

「梅西姑姑，平常一樣的？」

「謝謝，還要一個妳做的巧克力燕麥方塊餅。」

「我也要。」蘿絲說。

「好，蘿絲姑姑。」

凱莉說完之後走開，蘿絲立刻悄悄問梅西：「凱莉怎麼了？」

梅西一點也不驚訝，蘿絲的感受力非常強。「她昨晚沒睡好。半夜偷溜出去，然後凌晨兩點被警察帶回家，難免會精神不濟。」

她的臉發亮。「噢——快說給我聽！」

梅西告訴她事情的始末。蘿絲露出大大的笑容不停追問，讓梅西看出這個狀況中的一絲幽默。小小一絲而已。

「真可惜妳沒有農場。」蘿絲笑著說：「爸媽絕對會想出各種超痛苦的工作當懲罰。」

「對極了。」梅西決定暫時放下凱莉的事。「妳最近的狀況如何？」

「很好，這個星期比較少害喜了。」蘿絲的肌膚光澤透亮，整個人洋溢幸福。在梅西看來，她平時沉靜的性格似乎更加明顯。事實上，從確認懷孕的第一天起，蘿絲便安然接受這項事實。至少她在梅西面前總是很平靜。焦慮不安的人是梅西，但蘿絲的態度讓她鎮定下來。

凱莉送來梅西要的美式咖啡加高脂鮮奶油，以及兩盤方塊餅。梅西立刻拿起來吃一口，享受巧克力的苦味及杏仁的香脆。這是凱莉開發的甜點中，她最喜歡的一道——滋味有深度，口感紮實，而且不會太甜。

蘿絲也吃一口，配上一口咖啡。「這孩子真有天分。」她咀嚼時臉上綻放喜悅。

「沒錯。等到大學畢業之後，她可以盡情發揮。」

「如果凱莉要去外地上大學，珍珠應該能打理這家店。」蘿絲說：「珍珠聊起咖啡店的時候，我聽出她的心情很興奮。已經很久沒有事情能讓她這麼投入了。」

「我也察覺到了。」梅西贊同。「她最近幾年都沒有工作嗎？」

「沒有。瑞克喜歡她在家，帶孩子、做家事。我認爲珍珠也喜歡待在家，但雀瑞蒂（Charity）離家之後，她好像覺得自己沒用了，而山謬又不太需要父母關注。在這裡工作，讓她每天有所期待。」

「瑞克沒有意見嗎？」梅西只短暫見過珍珠的丈夫和兒子。她看得出來，珍珠認爲最好不要讓梅西和她的家人太親近，梅西盡可能尊重她的想法。但遲早有一天她會好好認識珍珠的兒女。

還有歐文的兒女。

蘿絲舉起一隻手，揮了揮。「瑞克當然有怨言，他好像不太喜歡自己做早餐。」她抿嘴淺笑。

「這樣對他有好處。」梅西說：「對珍珠更有好處。」她看著櫃檯後方的大姊。珍珠的動作充滿自信，客人講的話逗得她仰頭大笑。看得出來她很開心，她的笑聲帶給梅西溫暖感動。

「沒錯。一成不變並非好事。」

梅西改變話題。「妳和帕克夫婦很熟嗎?是一對年輕夫妻，他們家離你們很近。昨晚我見過茱莉雅和史蒂夫，詢問他們家火災的事。」

「我認識。他們家的小溫斯蕾非常可愛。」蘿絲的鼻子動了動。「失火之後的隔天早上我有聞到飄來的煙味。」

「妳有沒有聽到什麼不尋常的事？」梅西問，突然發現二姊是打聽小鎮八卦流言的好對象。「例如——」

「我知道。妳想問我有沒有聽說關於槍擊和縱火的傳言。大家認爲犯人是誰？有沒有人和鄰居結怨所以縱火報復？有沒有人對警察心懷憤恨？」

「沒錯。」

「我聽到的事都不太有幫助。」

「也就是說，**確實**有傳言？」

「當然有，這是所有人最熱衷的話題。」

「他們說了什麼？」梅西知道線索很可能藏在最日常的對話中。她回到鎮上不夠久，鎮民還不願意對她敞開心胸，但所有人都會找蘿絲傾訴。

「嗯，兩位副警長遇害之前，大家原本都認定縱火的人絕對是小孩或青少年。他們相信一定是誰家小孩太愛玩火，家長應該多注意孩子，不然遲早會出大事。」

「帕克家的火災已經算是大事了。他們可能要花好幾年時間才能恢復原本模樣。」

「沒錯。」蘿絲點頭。「爸媽說他們會盡力幫助他們重建。」

梅西心中同時漲起自豪與悲傷。她爲父母感到自豪，他們總是樂於照顧、幫助自己人；悲傷的是他們不再將她納入羽翼之下。

**他們撕裂的東西，我無法恢復。**

「不過，兩位副警長遭到槍殺之後，大家開始緊張起來。原本以爲只是小鬼胡鬧的事情，突然變成潛藏在社區中的威脅。之前以爲是小鬼玩火時，他們的語氣憤慨厭惡；發生槍殺之後，他們說話變小聲，而且語氣流露擔憂。鎮民現在都人人自危。」

「可想而知。」梅西完全理解蘿絲的意思。「大家原本認爲是哪些小鬼在玩火？」

「我聽到的只有埃肯家的兩個兒子，大家都猜應該是他們做的。不過也只是因爲他們之前太愛闖禍，所以大家才這麼說，妳懂吧？」

「他們之前有過縱火的紀錄嗎？」

「我不清楚，我也是聽兩個太太說的。她們之所以懷疑那對兄弟，好像是因爲他們會抽菸、喝酒，騎越野機車在鎮上亂闖。」

昨晚和凱莉在一起的那幾個人當中也有傑森．埃肯。梅西喝一口咖啡，想起兩個哥哥那個年紀時的模樣。男孩似乎到了一定年紀就絕對會做蠢事。

「妳認識蒂爾達．布拉斯嗎？副警長命案現場的地主？」

「我見過她一、兩次。她似乎不太愛說話。動作很輕柔，說話的感覺好像總是心不在焉。」

「楚門說她的記憶混亂，或許可能有早期失智的症狀。」

蘿絲的臉上出現恍然大悟的神情。「難怪我會有那種感覺。看來她的證詞應該沒什麼幫助？」

「對。」

「那兩位副警長和他們的家屬都好可憐。」蘿絲低語：「今晚的葬禮妳會去嗎？」

「會。要順便載妳嗎？」

「不用，珍珠已經說好會來載我。」

她和蘿絲默默對坐片刻，不約而同想起不久前的那場葬禮。

「凱莉還好嗎？」蘿絲問。

「算是很不錯。我鼓勵她多找點事情去忙，這樣才不會一直想李維。」

「有時候我就只是坐著不動思念他。」蘿絲說，手指把玩咖啡杯。「要多回想開心的時候，這很重要。」

**但是想起他，妳也會想起那一天。**

一條粉紅疤痕非常接近蘿絲的右眼，令人心驚。梅西忍不住注視，同時鎖在心中的憤怒與恨意傾巢而出，她無法原諒傷害姊姊的那個人。他殺害她的二哥、凌虐她的二姊。那個傢伙竟然對她的家人做出那種事，她好想親手閹了他。楚門卻一心想救活他，雖然沒有成功。她憎恨一個死人，但她並不覺得有什麼不對；她以這股憤怒作爲力量，激勵自己快點抓到殺警的犯人。

「我該回去工作了。」梅西很不想走。她比較想坐在這裡放空，和姊姊隨意瞎聊。一起想寶寶的名字，還有喝下太多的咖啡。

蘿絲站起來吻她一下。「保重。」

珍珠與凱莉忙著招呼一家五口的客人，梅西對她們揮揮手之後走出咖啡店。

凱莉是個好孩子，梅西希望能繼續引導她，不要造成姪女與其他親戚之間的隔閡。

失去所有親人的支持，這樣的痛苦，梅西不希望發生在任何人身上。

◆

梅西打開太浩休旅車的門，看到馬路對面有兩個男人在講話。剛才和蘿絲聊完之後，她心中滿是喜悅，但一看到大哥歐文，愉快的心情瞬間消失。

**他討厭我。**

和歐文說話的男人非常肥胖，留著濃濃的大鬍子。梅西不認識那個人，但她立刻發現他的厚外套腰側鼓鼓的。他們的談話似乎很平和，但歐文東張西望了好幾次，似乎想確認沒有旁人聽見。

梅西一腳踩著踏板猶豫不決。**要過去找他嗎？**媽和珍珠的態度都有所軟化，說不定現在該開始試著打動歐文。**我只剩下一個哥哥了。**

她不給自己時間改變心意，俐落地關上車門、過馬路。他們兩個一起往她的方向瞥一眼，歐文有回頭多看了一下，想確定沒看錯，確認是她之後，他挺直肩膀。歐文的表情變得冰冷，雙手插進大衣口袋，移開視線。他轉身背對她。

**繼續走過去。**

梅西走上人行道，站在他們面前。大鬍子男好奇地看她一眼，碰一下牛仔帽的帽沿致意。他的眼睛是深棕色，臉頰上曬紅了兩塊。走近一看更覺得此人塊頭驚人，幾乎不輸她木屋附近的一棵巨大松樹。

男人的眼睛四周有許多細紋，剛才在馬路對面時，她以爲他是年輕人，現在她推測應該年近六十。

「嗨，歐文。」她說：「我剛剛和蘿絲喝完咖啡。」歐文瞥了她一眼之後又轉開視線。她對另外那個人伸出手。「我是梅西．凱佩奇，歐文的妹妹。」

那個人的臉上出現恍然大悟的神情，他眨了好幾下眼睛。他握住她的手輕輕搖了搖。當男人深怕會捏碎女人的手，就會這樣握。「我是湯姆．麥唐諾（Tom McDonald），我聽說過妳的事。」他的鬍鬚和唇髭都需要修剪了。他的唇髭捲到嘴唇下，說話時會遮住牙齒。

歐文聽到梅西的話一臉慌張。

「希望都是好事。」梅西對大鬍子男拋個媚眼。她沒聽過這個名字，但他整個人給她感覺很熟悉，不過從小到大她沒遇過體型如此巨大的人。

麥唐諾對歐文嘻嘻一笑，梅西則繼續注視他的雙眼，麥唐諾回過頭時吃了一驚。

**這下可好。歐文的朋友是個混蛋。**

麥唐諾接著告辭，走向一輛雪弗蘭加大款雙廂小卡車，後擋風玻璃的槍架上放著三把來福槍。兩個穿牛仔褲與厚外套的男人靠在保險桿上，顯然在等麥唐諾。他們三人最後上車離開。

「眞友善。」梅西說，默默記住那輛雪弗蘭的車牌號碼。

歐文瞪她一眼，邁步走開。

「歐文，等一下！」她加快腳步追上，對著他的背影說話。「我們應該至少可以說說話吧？我不指望你喜歡我，但和平共處應該不過分？再過七個月我們就會多一個外甥或外甥女。我希望能歡慶寶寶的到來，而且不會覺得家人討厭我。」

歐文猛轉過身，她不得不停下腳步，看到大哥的眼神燃燒著憤怒。**他生氣的樣子好像爸。**

「妳害死了李維。是因爲妳，他才會死。不准跟我說什麼家人。」

梅西無法動彈。她的肺彷彿被擰扁在人行道上，眼前只剩下大哥憤怒的臉孔。無論她剛才抱著怎樣的期待，她都沒料到會這樣。

「什麼？」她終於嗄聲說。

「你們這些臭警察就愛多管閒事。要不是妳回來鎮上，李維現在應該還活著。」

「開槍殺死李維的人是克瑞格．雷佛提！你怎麼能怪我？克瑞格是**你的**朋友，難道你沒發現他很不正常嗎？**他殺死了珍珠最要好的朋友。**」她耳中響起尖銳耳鳴。

「妳殺了克瑞格，不給他機會證明自己的清白。」歐文咬牙切齒地說：「死人無法辯解，警察就是靠這招解決所有問題。」

「那個人殺死了你弟弟，你竟然幫他找藉口？」她低聲說。**歐文真的相信他自己說的這些話？**

「眞正的問題藏在社會核心。」歐文接著說，眼神冒火。「法律和秩序必須回到人民手中……人民應該由人民治理。」

「你以爲法律是誰訂定的？」她怒斥。「貓？外星人？」

「法律是那些官僚訂定的，他們只會躲在豪宅裡，坐在絲絨椅子上，與一般人民徹底脫節。我們必須有自己的聲音。」

「你當然有自己的聲音，每個人都有，那叫做選舉。」

「美國的選舉制度早就敗壞了，該是時候將權力還給一般百姓，他們才最了解眞實的人生。」他的語氣慷慨激昂。「那些在華府的大官……哼，就連州府薩冷（Salem）的官員都不明白這裡的生活是什麼樣子。憑什麼由他們決定我們該怎麼過日子？」

**我們真的在爭辯政治？**

「你們警察是腐敗的副產品。」

她的眼前彷彿冒出紅霧。「你說什麼？」

「李維和克瑞格不該死。」他嘶聲對她說：「妳和妳那個警察男朋友只是工具，操縱這個國家的那些混蛋手中的工具。我們不需要你們，我們可以治理自己。」

梅西張嘴想爭辯，但又閉上，端詳他憤怒的神情。**以他現在的狀態根本聽不進去。**「歐文，你怎麼會變成這樣？」

「我清醒了，我受夠卑躬屈膝、任人踐踏。李維的死讓我再也不願忍氣吞聲。」

「我也很想念他。」

「妳才不想念他！妳根本不知道他是怎樣的人。」他充滿憎恨的語氣令她傷心至極。

「他是我的哥哥。」她低語。

「哼，妳的所作所爲哪裡像個妹妹？」

「現在我回來了，我希望——」

「別說了，梅西。」他大手一揮，打斷她的話。「妳想怎麼做都隨便妳，只要別把我扯進去。妳偷偷摸摸回來鎮上裝模作樣，或許凱莉和蘿絲吃妳那套，但妳休想接近我的孩子。」

梅西說不出話。

他轉身大步離去。

梅西看著大哥遠去，他的姿勢與步伐都和父親一模一樣。

**我盡力了**。他激起她內心的憤怒與悲傷，她才決定放下，但腦中不斷重複播放他剛才說的話。**工具**。**官僚**。**治理自己**。

歐文的腦袋似乎在想些奇怪的事，感覺很危險。

# 10

楚門的禮服穿在身上感覺很不自然，好像借穿別人的衣服一樣。接任警察局長之後，他一共只穿過三次。一次是宣誓就職，另外兩次都是特殊儀式。今天也是特殊儀式，但並非慶祝場合。他多麼希望一開始就沒必要舉行。

今天，兩位執法人員將入土爲安。他花了半天的時間安撫自己的胃，一想起兩位同業遇害的那一夜，他仍不時會感到一波波反胃。

*死的人說不定會是我。*

這樣的事已經發生兩次了，其他警員殉職，他卻逃出鬼門關。

大部分的警員很可能做到退休都沒機會開槍，更別說遇到兩次死裡逃生的狀況。爲什麼他覺得自己運氣快要用盡了？若以機率來說，他應該下半輩子都不用擔心才對，但他卻感到徬徨焦慮，彷彿死神躲在角落等待著，因被他逃跑兩次而氣憤不已。

與他並肩坐在太浩休旅車上的梅西一言不發，她穿著高雅的海軍藍套裝和厚大衣，氣勢十足。凱莉則默默坐在後座。今天稍早，梅西問過凱莉是否眞的想去，畢竟她父親的葬禮才過沒多久，梅西不太確定該不該讓她再參與一次葬禮。但凱莉非常堅持。她希望向兩位在値勤時殉職的警官致敬。

楚門看看後照鏡，發現凱莉臉色蒼白，但眼神與姿態流露出決心。她有如年輕版的梅西，雖然髮色比較淺、身高矮了幾吋，但同樣頑固強悍。

他以這女孩為榮。

他把車停好，他們三個一起穿過停車場，加入前方聚集的一小群人，一起走向德舒特郡公民會館。停車場另一頭擠滿衛星連線的採訪車。攝影師與記者站在隔離線後面，鏡頭默默對準悼客。幾位副警長排成鬆散的行列，面向攝影機，確保記者不會打擾悼客。楚門看到兩家全國有線新聞網也派來了採訪車，並聽到梅西低聲咒罵了聲。他捏捏她的手。一下車時他就牽起她的手，他不打算放開。凱莉發現攝影機後停下腳步，楚門摟住女孩的肩膀。

「不要理他們就好。」他告訴她。

「那是CNN耶。」凱莉小聲說：「他們為什麼來這裡？」

「因為有警察遭到槍擊。」他只需要這麼說就足以說明一切。

「不應該弄得好像一場大秀。」凱莉喃喃說，抹抹臉頰。

「對極了。」楚門同意。

停車場滿是不同單位的巡邏車，光是看到的標誌就有華盛頓州、愛達荷州、內華達州。數量最多的都來自奧勒岡州喀斯喀特山脈東側，他還看到幾個小鄉村的警局標誌，心中不禁感到一股暖意。這些警員肯定開了好幾個小時的車程特地來致意，而留在轄區的警員工作會更加吃重。

警察殉職，他們無論如何都要排除萬難出席葬禮。

凱莉四處張望，而她的視線落在了一個高大年輕人身上。楚門立刻察覺，因為她放慢腳步、挺直背脊。凱德．普魯特就在前方，他似乎和父母一起前來。青年並沒看到凱莉，他停下來和一小群人打招呼。楚門認出那天晚上抓到的另外三個男生，他們和幾個年紀比較大的男性站在一起。

楚門很想知道那些人是誰。**也是家人親戚嗎？**他們之中有幾個人穿著厚重的迷彩外套，帽子拿在手中，似乎是典型的辛勤農民。其中一、兩人有些眼熟，但不足以讓楚門想起名字。

凱德在同齡的人當中顯得鶴立雞群。他整個人抬頭挺胸有精神，而其他人都穿牛仔褲，只有他穿西裝褲。**說不定凱莉沒有看走眼。**

他發現梅西也在來回觀察凱莉和那個年輕人，眉間的兩道細紋越來越深。

**熊媽媽護崽。**

他們魚貫入場就座。梅西坐在他和凱莉中間，他依然緊握她的手。

接下來的四十五分鐘，他心痛不已。

在戴蒙．山德森的照片幻燈秀裡，有他和孕妻的合照，以及新生兒照片。雷夫．朗恩的兄長上臺致詞，述說雷夫有多熱愛警務工作，而他很堅強，途中沒有落下一滴淚，但觀眾全都哭濕了面紙。一位警察獨唱歌手特地從西雅圖坐飛機過來，他演唱的〈奇異恩典〉讓成年男子也感動到淚流滿面。

離開會場時，楚門差點拜託梅西換她開車。他的心和體力全都留在裡面了，就連凱莉也顯得垂頭喪氣。

楚門送凱莉去同學家。「我好像剛跑完一場馬拉松般地累。看來我和珍娜（Jenna）今天晚上不會什麼進度了。」凱莉對他們說。她今晚要住在珍娜家熬夜趕學校的報告。凱莉才剛闖禍，梅西覺得似乎不該讓她去朋友家過夜，但她發現她們的報告眞的進度落後太多。

他們放她下車，梅西給姪女一個擁抱，嚴肅叮嚀晚上不可以亂跑。「今天晚上我哪裡都不想去。」凱莉告訴她：「我們明天一大早就要起床，所以我需要睡眠。」

楚門則心中暗自高興凱莉今晚不在家。他的心情非常低落，想要自私獨佔梅西。

◆

梅西看著楚門再次檢查他家的每扇門。自從進來他家之後，他一直不停走來走去。至今幾個小時內，他已經餵了貓、準備飲料、整理起居室，以及取出洗碗機裡的碗盤。她有預感接下來他大概會拿出吸塵器。

她端起杯子，喝了一口他特調的柳橙汁加伏特加。酒液烈得嚇人，這也很反常，不過也可能是他認爲她會需要，因爲剛才的告別式激起太多情緒。

賽門跳上椅子擠在她身邊默默討摸，牠的金黃眼眸注視梅西的雙眼。她輕撫貓咪柔順的黑毛，好希望楚門可以坐下休息，讓賽門窩在他腿上，感染一點貓咪的平靜。

楚門回來廚房，一看到貓兒，便停下腳步搔搔牠的下巴。

「發生了什麼事？」梅西沒有拐彎抹角。

他一直看著賽門。「今天很不順。」

「我完全同意，不過一定還有別的事，你才會這樣坐立不安。」她把貓放在椅子上，過去站在他身邊，雙手按住他的上臂。「說給我聽。」

他的喉嚨微微鼓動，她看到他的頸子上有條筋在抽動。

「我知道告別式讓你很難過。」梅西接著說：「事發當時你人在現場，就在他們的身邊，看著他們嚥下最後一口氣。」

「不只是這樣。」他說，依然撫摸著賽門。「今天早上發生了一件事。」

梅西耐心等候，她很想撫摸他的手臂，就像他摸貓那樣，但她努力克制。

「只是很簡單的交通違規攔查。」

「違規攔查一點也不簡單，什麼狀況都可能發生。」她拉著他走向沙發，強迫他坐下，然後自己坐在他旁邊，大腿緊貼著他，握住他的雙手。

「我眞的不想講這件事。」他還是不肯看她的眼睛。

「說給我聽，楚門。」梅西低語。他需要釋放心中的重擔，而她也希望成爲他尋求安慰的對象。對梅西而言，這樣的渴望很陌生。以前她會希望別人靠自己想辦法解決問題，不要用他們的困難來打擾她的生活。但她內心有個東西等不及想知道他的痛苦。她想要他給予這樣的親密。

她輕撫他下顎側邊的鬍碴。他微微一縮，握住她的手，轉身面向她。楚門眼神中的遮掩不見了，他內心所受的折磨有如岩石強烈衝擊到她。

「那輛卡車的兩盞尾燈都壞了。**兩個都壞了。**」

「那一定得攔下來。」她同意。「這樣的車開在路上很危險。」

「我在東側剛進鎮上的地方攔下那輛車。就是波克農場附近那條彎彎曲曲的雙線道，妳知道吧？」

「嗯，那裡的路肩很寬，非常適合攔車。空間充足。」

「沒錯。」他望著前方，眼神遙遠，回憶當時的狀況。「並沒有出什麼事。我查了一下他們的車牌號碼，通報我的位置，然後走向駕駛座的車窗。」

楚門停住，她等了許久後才催促他繼續說。「發生了什麼事？」

「現在回想起來眞的很蠢。妳不會明白我對自己多生氣，竟然做出那種反應。」他握緊她的手。

「交通違規攔查確實會讓人很焦慮。」

「我走向駕駛座的時候，另一輛車高速經過，輪胎激起一顆石頭。」他低頭看兩人緊緊交握的手。

「石頭打中卡車的保險桿，我以爲是槍響。」

「噢——」**現在我懂了**。她爲他感到心痛。

「就是這樣。我還來不及思考，人就已經衝到卡車後斗後面、拔出槍來。」

「卡車的司機有什麼反應？」

「他應該根本沒發現我突然消失。我聽到他跟車上的乘客抱怨石頭打到保險桿，我才意識到根本不是子彈。」

楚門繼續說：「梅西，我嚇壞了。媽的，我的心臟差點從胸口跳出來，而且整個人滿身大汗，彷彿像身處在休士頓潮濕的氣候中。**一瞬間。只是一瞬間發生的事**。我過了將近二十秒才有辦法從卡車後面走出來。」

「你有沒有跟卡車司機說違規的事？」

「我幾乎沒辦法說話，只想上車離開。他一定覺得我是白痴。我跟他要了兩次駕照，因爲第一次我沒看就還他了。我的頭腦當時根本斷線了。最後，我只告誡一番後就讓對方走了，接著在車上呆坐了十分鐘，想弄清楚到底怎麼回事。」

「我完全可以理解——」

「不要哄我！」楚門突然爆發。「就只是一顆石頭，我竟然崩潰了。**只是一顆該死的石頭！**我幾乎沒辦法繼續工作。一小時之後，我發現有人看到停車再開的標誌時卻沒有停下，但我完全沒辦法讓自己動起來，就那樣看著他們呼嘯而過。我整個人呆住了。」

梅西的心彷彿裂成兩半。有次她不小心撞到門閂，扯下大腿上的一大塊皮，現在的感受就像那樣。**他不需要聽我說「經歷過那天的事之後，有這種反應很正常」。他不需要聽我用邏輯解釋他的反應。**

**他只需要我的傾聽。**

「我不知道自己有沒有資格繼續做這份工作。」他低語。「我以前也跌入谷底過，花了好大的工夫才爬出那個深淵……不知道這次還能不能重新站起來。」

「你不必今晚就整理好情緒。」她屏住呼吸，深怕說錯話。

他彎下腰，臉埋在雙手中。「可惡，我太累了，沒辦法正常思考。」

「今天的告別式也讓我身心俱疲。」梅西承認。「早上發生了那樣的事，你竟然還能出席，我無法想像那是什麼感覺。」

「問題是根本沒有發生**任何事**。只是攔查的時候一塊石頭飛過來而已。換做其他人一定會閃開然後一笑置之，而不是崩潰躲起來。」

「你不是**其他人**，你是**你**。人是過往經歷所造就而成的，所以每個人才會都有各自獨特的地方。發生在你身上的事、發生在我身上的事，其他人都沒有經歷過。沒什麼好可恥的。」

「可是我還有資格當警察局長嗎？我之所以來鷹巢鎮，是因爲覺得似乎可以勝任這份工作，因爲我需要離開大城市，那裡有太多我無法解決的事。我爲了逃離恐懼，跑來全美國最平靜的小鎮，結果卻只是讓恐懼再次冒出？我只是在騙自己嗎？那一夜的火災如果現在發生，我看到戴蒙．山德森倒在地上，恐怕根本沒有勇氣過去。」他驚恐的雙眼對上她的視線。「我是不是已經失去資格了？」

她雙手捧著他的臉轉向自己，額頭與他輕抵。「你幫助了這個小鎮很多，不要讓這件事妨礙你。」

「可是——」

「現在不要想這麼多。今晚不可能找到答案，等到明天你就會有不同的看法了。」她站起來，然後將他拉起來抱住，頭窩在他的下巴底端，雙手環抱他的胸口。兩人站著不動，就這樣過了漫長的數秒。他的脈搏貼著她的髮絲跳動。

「帶我去床上。」她低語。

他緊緊抱住她。她無須再多言語。

# 11

昨夜梅西讓他徹底拋開自己。她以一種他不曾體驗過的方式對他敞開。她沒說任何言語、僅用身體溝通，而他發現自己與梅西的情緒共感。在沙發上對她坦承脆弱後，他還以為自己會因內心崩潰而無法運作，但他最後向她證明，他的內在依然保有一些力量。

**那樣的能量與激情究竟從何而來？**

儘管從昨天中午開始他就一直想睡覺，但還是找出力氣保持清醒一個小時，和她一起得到滿足。今天早上他幾乎起不來，此刻他茫然地開車在鎮上亂逛，腦中依然在回味昨夜。

此時無線電發出聲響，路卡斯通報珊蒂民宿發生家暴事件。

楚門在下一個街角右轉。「我一分鐘就到，怎麼回事？」

「珊蒂說，有一位客人在民宿後院打老婆。」

他加速駛過沒有車的街道，激起無數色彩繽紛的落葉在車子後面迴旋飛舞。

那棟堂皇的老宅位於小鎮最熱鬧的地帶。楚門把車停在路邊，通知路卡斯他已經抵達。路卡斯說羅伊斯也在路上了，再過幾分鐘就到。

珊蒂從前門出來，小跑步下門階。高大紅髮的女老闆手中拿著擀麵棍，一臉隨時要用來敲別人腦袋的表情。「他們在涼亭後面，從那邊過去。」她指著房子側邊，眼眸燃燒憤怒。「我本來想拿菜刀去自己解決，不過我認爲你應該更能鎮住他。」

楚門看看她手中的擀麵棍和嚴肅的眼神。珊蒂發脾氣的時候很嚇人。「對方有武器嗎？」他問，大步繞過民宿。珊蒂緊跟在後，他們繞到房子後方時，她因爲憤怒而咬緊牙關。

「沒有。他住進來之後，我有幾次看到他帶槍，今天是沒看到。但不表示沒有。」

「他們住進來多久了？」

「四個晚上。」

「名字？」

「他們姓戴維森，先生是韋恩、太太是金柏莉。來自愛達荷州的柯達倫市（Coeur d'Alene）。」

兩人這時聽見吼罵聲傳來。

「待在這裡。」他命令珊蒂。他躲在房屋外牆的角落探頭張望，外觀浪漫的涼亭裡，有個男人站在那裡，舉起拳頭正毆打一名婦女的臉頰。婦女後退兩步，一手摀住挨打的地方，似乎一時呆住了，驚愕地瞪向男人，背脊用力挺直。下一個瞬間，她撲過去用指甲抓他。

楚門急忙上前。「鷹巢鎮警局！」他打開槍套，一手懸在佩槍上方，但沒有拔出來。

那對夫妻聞聲立刻分開。「這下你完了！」女人對丈夫怒吼。

男子因被干擾而一臉不爽，他摸摸腰間，楚門從這個動作看出此人習慣帶槍。**就算那裡沒槍，其他地方也可能有**。他停下腳步，與那對夫妻保持安全距離。金柏莉的嘴唇在流血，臉頰也有一道紅痕。她丈夫的前額有幾道抓痕，頭髮亂七八糟，看來被她用力拽過。

「你們打完了嗎？」楚門禮貌詢問。

「不關你的事。」韋恩怒斥：「我們夫妻在討論私事。」

「你們在我的鎮上互毆到流血，企圖扒了對方的皮，那就關我的事。」

「你沒有別的事可做嗎，一定要來騷擾民眾？」韋恩輕蔑冷笑。「那些懂得尊重公民的警察上哪去了？去找眞正犯罪的人吧。」

楚門對金柏莉一撇頭。「她的臉告訴我犯罪的人就是你。現在請兩位各自後退，爲了我自身的安全著想，請舉起雙手放在我能看見的地方。」

金柏莉立刻遵從，但韋恩一直在拖拖拉拉。他注視楚門的雙眼，慢吞吞舉起手，以非常誇張的動作將十指交叉之後放在頭上。楚門上前幾步，從韋恩的眼神看出他打算做蠢事。

韋恩往前走了兩步，突然撲向楚門。楚門早已料到對方會這麼做，往側邊跨出一步，伸手抓住韋恩的一隻手臂，一扭、一扣，用力壓住手肘。

「靠——！」韋恩被楚門抓住手臂而無法動彈。

楚門再施加力量壓制，韋恩終於支撐不住、膝蓋一軟；他這才稍微放鬆力道，韋恩吁了口氣，全身顫抖。

「媽的，你是公務員耶！你沒有權利碰我！」

「所以我只能乖乖站著被你攻擊？我這個公務員的客服水準，完全看你配合的程度而定。到目前爲止你的態度非常惡劣，我只是以同樣的方式回敬而已。」

「放開他！」金柏莉往他們的方向前進一步。

「妳再過來我就扭斷他的手臂。」楚門壓住韋恩的手肘，他淒厲慘叫。

「不要傷害他。」她哀求。

「噢，拜託。」珊蒂大步走來，用擀麵棍指著金柏莉。那女人蹣跚後退幾步，重新把手放回頭上。

**非常明智。**

「那傢伙把妳的臉打成這樣，妳還幫他求情？」珊蒂厭惡地說：「難道接下來妳要說是妳自找的？」正門傳來警笛聲，楚門的支援到了。

「你沒有權利這樣對我。」韋恩抱怨。

「我剛才不是已經解釋過了？」楚門說：「簡單地說，我有權這麼做。」

「你們這些臭警察就快完蛋了。」韋恩繼續罵。「你們很快就要失業了。」

「如果有一天不再需要警察，那就表示不再有你這種打老婆的混蛋。我十分樂見。」

韋恩氣呼呼地對珊蒂說：「妳的民宿根本是黑店。價錢太誇張。」

珊蒂的笑容甜得膩死人。「我好怕你不來住喔，才怪咧！」

「安分一點。」楚門命令，繼續用力壓他的手肘。韋恩全身發抖，於是楚門稍微放鬆了些。

**快點來啊，羅伊斯。**

◆

一個小時後，楚門完成逮捕戴維森夫婦的文書作業。這對夫妻眞是天生一對，他心想。他們的反政府狂怒讓他難以忍受，顯然夫婦倆都認爲所謂的理想國度，是韋恩可以盡情打老婆的地方。楚門費盡唇舌勸說，但金柏莉依然堅持那是她老公的權利。

楚門等不及想送他們去理想國度。

他沒有查出他們造訪鷹巢鎮的目的，雖然兩人都說是來度假。

*誰會想來這裡度假？*

他也發現韋恩在愛達荷州有幾項前科。超速罰單、酒駕、施暴（挨揍的不是他老婆）。楚門一點也不感到意外，但另外一條前科讓他提高警覺。他聯絡當初逮捕韋恩的警局，打聽出他曾經加入一個反政府組織，那些人不想再繳稅，於是決定提起訴訟。但他們沒有出庭打官司，反而跑去法官家「親自」表達不滿。

韋恩因爲這件事服刑了一個月。

早上解決完夫妻打架的事之後，楚門稍微恢復一點信心，不再像昨晚那麼沮喪。那個打老婆的爛人，扭拗那人的手臂帶給楚門莫名的滿足。珊蒂的態度也讓他心情好轉很多。

這時他的手機響起，來電顯示梅西的號碼，楚門的心跳喜悅加速。他接聽後，一聽到她的聲音，便立刻將早上的事拋在腦後。

「你今天忙了什麼啊？」她問。

「我逮捕了兩個人，珊蒂送我一堆剛出爐的餅乾，謝謝我幫她解決問題。」

「看來你沒有白忙一場，不要全吃光喔。」

「太遲了。我一走進警局，路卡斯、羅伊斯和班立刻聞香而來。幸好我很聰明，路上先吃了一片。妳那裡有什麼事嗎？」他從她的語氣聽出似乎有重大消息。

「班發現的那具遺體，我們比對出身分了。內華達州的約書亞・潘斯（Joshua Pence）。」

「內華達州？他來這裡做什麼？」

「好問題。我們原本想透過信用卡追查他的動向，但他似乎沒有信用卡。他在內華達州擁有一小片土地，一年前被查封了，我們查不出他後來住在哪裡。這人已經四年沒有繳牌照稅，駕照也過期兩個月了，他沒有去換照。」

「他的車是什麼款式？」

「九五年的福特Ranger小卡車，紅色款。」

「我會留意的。那他的家人呢？」

「他離婚多年，有一個女兒住在奧勒岡州——不過是在波特蘭那一帶，不是這裡。我猜想這段時間他可能是住在她家。」

「應該有更新的資料吧？感覺你們目前找到的資訊都很舊了。」

「確實很舊。」

「四年沒繳牌照稅的車怎麼開上路？」楚門揉揉眉間。「不用理我，我知道答案。有時候我會忘記並非每個人像我一樣守法。」

「這種事還能忘掉啊？」梅西回答，語氣帶著揶揄。

「是我太樂觀了吧。」

「這樣很好，保持下去。」

「有時候眞的很難。」

「不過有時候也會遇到有人送你一打餅乾。」

「然後我對人的信心就會恢復。」楚門頓了頓。「約書亞．潘斯有前科嗎？」

「十年前被逮捕過一次，因此才會比對到指紋。在那之後就沒有其他前科了。」

「嗯。」楚門覺得不對勁。他原本以爲死者會前科累累。「妳應該也覺得怪吧？」

「沒錯。我們正在調查他是否有其他化名。」

「說不定他只是碰巧經過，無辜受害。」他提出看法，想抓住一絲希望。

「半夜經過那裡？」梅西聲音帶著懷疑。「而且他小腿部分的褲管和雙手都濺到汽油。根據我的了解，這表示他曾經噴灑助燃劑，比爾．崔克也這麼認爲。最大的問題是，是誰決定他們不再需要潘斯的效力，而開除他最好的辦法就是割斷喉嚨？」

「我原本希望查明身分後，所有問題都能迎刃而解……說不定他女兒會知道一些事？有查到他的就業紀錄嗎，他在哪裡工作？」

「潘斯已經失業六年了，一直在領社福津貼，支票寄送的地址是內華達州的私人郵局，可以租借郵箱的那種地方。他們沒有他的聯絡地址，這個月的支票還在郵箱裡。」

「眞想不到，以他的狀況看來，應該很需要那張支票才對。他沒有立刻去拿，感覺很不尋常。」

「我也這麼想。」

「還有其他事嗎？凱莉還好嗎？」

「她還在同學家趕報告。她有打電話過來，進度似乎不錯，今天應該能搞定。」

「我打算調查一下那個凱德．普魯特。」楚門承認。「以高中生交往的對象而言，他的年紀有點大。」

梅西大笑。「你的語氣好像保護過度的父親。」

「這就是我的感受。那天晚上看到她和四個男生在一起，我說不出來有多麼不安。我心中的絕地武士很想揮舞光劍砍死他們四個，救她離開那裡。」

「你認爲他們不是好東西？」

楚門想了下。「不確定。老實說，我相當能理解他們。我還記得那個年紀住在這裡的感覺。或許就是因爲如此，我才想仔細調查一下。我知道那年紀的男生會想什麼、做什麼。」他有些難爲情地承認。

這時電話一端傳來有人跟梅西說話的聲音，梅西急忙告別，並承諾如果查出約書亞．潘斯的新資料會立刻告訴他。

楚門掛斷電話，立刻開始挖掘約書亞．潘斯的生平經歷。潘斯失去生命的臉龐烙印在他腦中。他感到一股強烈的動力，一定要查出這個人過去幾個月的行蹤。

**到底是誰殺了你？**

# 12

凱德將另一根釘子敲進木板。這種建造宿舍用的木板，其實不適合使用這種太多節疤的，不過他可以理解，因為這種木材比較便宜，而他也沒資格發表意見。湯姆．麥唐諾是雇用他的老闆，凱德要聽從他的吩咐。麥唐諾給的薪水很高，而且有很多工作要做，所以凱德不打算惹事。自己對木材的看法一點也不重要。

至少這裡的木頭味道很香，比起幫麥唐諾養牛或養豬好多了。凱德很熟悉農牧工作，因此獲得鄰居推薦，才會來到麥唐諾的牧場。他的存款正在慢慢增加，很快就能存到頭期款，換一輛比較新的卡車。他現在的車簡直是破銅爛鐵，每次開去載凱莉都覺得有點丟臉，但她好像不介意。

換輛新卡車一定能讓她刮目相看。

他用力拍一下木板，結實的程度感覺很不錯，他拿起另外一塊準備繼續釘。

齊普（Chip）探頭進來。「喂！去牛舍旁邊的倉庫拿釘子。我們用完了。」

齊普很討人厭。他明明可以自己去拿釘子，但就是喜歡使喚凱德。附近有人在的時候他更愛發號施令。凱德學會咬牙忍耐，聽那個爛人的吩咐。他很清楚齊普是哪種人：惡霸。面對惡霸的時候，最好不要流露任何情緒。他們想要的就是這個：情緒和反應。

「沒問題。」凱德放下榔頭，因為齊普就站在門口，他出去時不得不經過對方。齊普和另外幾個人正在進行擴建工程，擴大現有的小廚房、大型食堂和會議室。建築工程讓凱德精神振奮。有人說鷹巢鎮一蹶不振、即將滅亡，但湯姆·麥唐諾的想法不一樣，他的牧場有很多工作，即將雇用很多人手，因此需要建造宿舍。

凱德目前蓋的那棟宿舍可以容納十個人。目前已經完工了四棟，他聽說還要再建十棟，也想知道能不能介紹朋友一起來工作。不過，為什麼麥唐諾需要這麼多宿舍？牧場其實不需要那麼多人才對。這裡的牲口沒那麼多，只有一小群牛和幾頭豬，一個人就能處理。凱德看不出來有什麼工作需要蓋宿舍供那麼多人住。

然而，有很多人住在這座偏遠的牧場。根據凱德的觀察，那些人好像只是整天在講話。建築團隊目前有五個人，包括他和齊普，他們五個人晚上都會回自己家、不在此過夜。但自從來這裡工作，幾個星期以來，他已經看過十多輛陌生的小卡車進進出出，許多人會去麥唐諾的老舊小農舍和他見面。

他們全都來自外地。愛達荷州、蒙大拿州、內華達州的車牌。也有幾輛車掛著奧勒岡州的車牌。那些人大多不會理他，而麥唐諾偶爾會帶人參觀宿舍和食堂。他們和已經入住的人見面談話，然後徒步去參觀牧場的森林。**難道麥唐諾打算伐木？**有時他們會站在一起，看麥唐諾指著以後要建造其他宿舍的地方，點頭表示讚賞。凱德總是站在一邊看那些人檢查自己的工作。他並不介意，他知道自己的工作成果經得起考驗。

那些人全都是樸實的勞工。厚重靴子、藍哥牛仔褲，頭上戴著牛仔帽或鴨舌帽，神情嚴肅。這些人從來不笑，只會搔搔大鬍子或緊皺眉頭，在飽經風霜的額頭上，兩條眉毛中間擠出一道深溝。

他們來這裡找工作嗎？

凱德不懂他們爲什麼要來這裡。說不定是打算投資麥唐諾的牧場？不過他們的卡車都很老舊，每個人的表情都十分滄桑，感覺不像可以拿出幾萬元來投資的人。因此凱德只是敬重地點頭，然後仔細聆聽。他已經犯過一次錯了，他向齊普打聽麥唐諾建造這麼多新房舍是有什麼計畫。

當時齊普對他的靴子吐了一口痰，冷笑一聲說：「不關你的事，你有拿到錢吧？」

「有。」

「那就閉嘴好好做事。有工作就該偷笑了。」

凱德謹記在心。閉上嘴巴。張開耳朵。

他打開倉庫沉重的門，走向放釘子的架子。他拿了幾盒釘子，轉身正要往門口走去又停下腳步。他聞到一股怪味。有點甜甜的，但很陌生。在昏暗的光線下，他瞇起眼睛看向倉庫後方，發現一堆之前沒看過的木箱。有人在上面蓋了一塊老舊帆布，但最外面的箱子沒蓋到，露出角落的楔形榫頭。他掀起帆布，看看箱子上寫的字。杜邦（注）炸藥。

他急忙放下帆布轉過身，大步走出倉庫。

炸藥？

小時候他在爺爺的舊牛舍看過一模一樣的箱子，爸不准他接近。可想而知，他一逮到機會就跑去偷看。那些老舊褪色的紙張包著一條條東西，紙張下面還滲出黏黏的物質，好像快乾掉了。

他感覺既失望又刺激。

據他所知，一般民眾現在已經無法取得炸藥了。麥唐諾存放在倉庫裡的這些炸藥，幾乎像爺爺牛舍裡的一樣古老。幾十年前，牧場上經常使用炸藥，他記得爺爺說過飼料店就有在賣。凱德確信那種時代早已過去了。不過老人家的牛舍裡肯定還能找到。

他走在碎石路上，往建造速度緩慢的食堂走去，手中拿著釘子，腦子瘋狂運轉，很想知道那些炸藥是從哪來的。他上個星期才去過倉庫，他很確定當時那個角落沒有東西。這時，一陣輪胎壓在碎石路上的聲音傳來，凱德看到一輛相當新的雪弗蘭小卡車停在農舍附近。那輛車乾淨閃亮，和其他訪客的車大不相同。那個人下車，往凱德的方向瞥一眼，沒有敲門就進去了。

凱德愣住，放慢腳步。

**那個人……難道是凱莉的伯父歐文？**

他再看那輛車一眼，發現了當地高中的保險桿貼紙，他記得凱莉有幾個同輩親戚就讀那間高中。他努力回想，記起曾經在這裡看過那輛車一、兩次，但沒有看到駕駛。他其實在鎮上見過凱莉的伯父幾次。凱德的父親從年輕時就認識歐文，但凱德從來沒有跟凱莉說過。鷹巢鎮的人本來就大多彼此認識，沒什麼特別。認識很正常，不認識才奇怪。

凱德默默將釘子交給齊普，齊普收下時露出輕蔑的笑容。「喂，去幫忙米契（Mitch），他需要人幫忙扶板子。」

---

注　杜邦（DuPont），世界排名第二大的美國化工公司，旗下產品包括火藥、炸藥和尼龍等發明。

在對面工作的米契回頭看一眼，表情驚訝，顯然他自己扶得很好，根本不需要幫忙。凱德沒說什麼，只是過去幫米契扶住板子另一頭，用眼神表明他只是奉命行事。米契點點頭，沒有說什麼，將那塊板子釘好。

凱德送上另一塊木板，扶好尾端。

「謝了，凱德。」米契小聲說：「你可以回去宿舍那裡了。」

齊普正手忙腳亂還在弄電工，凱德假裝沒看見，盡可能不動聲色地走向門口，希望不會被齊普發現。齊普不在的時候，凱德的工作進度比較好。不知爲什麼，齊普總是喜歡使喚他、派他去做沒用的事，不讓他好好做完該做的工作。

走出食堂的時候，他差點一頭撞上湯姆．麥唐諾和歐文．凱佩奇。他向他們點頭打招呼，視線對上一下後，便急忙回去繼續建造宿舍。

歐文．凱佩奇認出他了，而對方眼中一閃而過的神情讓凱德一直心神不寧。

◆

梅西把車開進波特蘭舊郊區，停在一棟工匠風格小房子前，欣賞完美的庭院造景。約書亞．潘斯的女兒黛比（Debby）同意見她和楚門。梅西以前在波特蘭調查局的同事艾娃．麥克連（Ava McLane）（注）已經親自去見過黛比，傳達她父親過世的噩耗。麥克連探員去見過黛比之後，梅西和她通過電話，得知黛比已經半年沒有和父親聯絡了。梅西特地請艾娃去一趟，便是因爲知道好友一定會以體貼委婉的方式傳達。

梅西與楚門決定去喀斯喀特山脈另一側，親自找死者的女兒談談。她看看儀表板上的時鐘，希望不會弄到太晚，不然她和楚門還得開很久的車回家。

「這房子很不錯。」楚門評論。「但我再也不想住在車那麼多的地方了。今天甚至不是上班日，路上還是塞得像聖誕假期一樣。」

「阿門。」梅西自己也感到意外，州際公路塞車竟然令她如此煩躁。她開車走這條路很多年，早就習慣和其他車輛的保險桿貼在一起、慢吞吞開向目的地，浪費無數時間。但今晚慢吞吞的北上交通讓她心浮氣躁。「要是再有人超車插隊，我就撞他的保險桿。」

「可能也是因爲下週四就要過感恩節了。節日快到的時候，車流量總是會增加。」

她沒有說話。前幾天討論過感恩節的事之後，這是他再一次提起。她答應去他家吃他煮的大餐，但心中有非常小的一部分，依然希望父母會邀請自己。

如果他們問歐文的意見，那八成是不可能了。

厚重的木門上掛著很漂亮的秋季花環，彷彿像圖片網站Pinterest主題分類裡會出現的夢幻照片，不

---

注 作者另一部警偵懸疑系列《*Callahan & McLane*》的主角之一，講述她與一位男警探Mason Callahan搭檔辦案的故事。

然就是在市區最高級的花店賣的。梅西很想拍張照片傳給凱莉。她相信姪女只要花一個小時，就能做出一模一樣的花環。

門開了，一位嬌小的女性出來迎接，她留著時尚的短髮，黑色眼線很濃。梅西差點問她母親在不在家，幸好即時領悟到她就是黛比．潘斯本人。梅西知道她今年三十歲，但整個人感覺好像工讀生，在大聲播放搖滾樂的咖啡店打工，就是點餐時要大吼，店員才能聽見的那種店。好友艾娃告訴她，黛比是個很有成就的律師，在市中心的大型事務所上班。

艾娃的語氣帶著一絲笑意，現在梅西終於懂了。

梅西和她握手，站在嬌小的黛比身邊，她覺得自己像個巨人。黛比全身散發活力，儘管眼神悲傷且眼睛有點紅腫。楚門自我介紹的時候，黛比帶著無比欣賞的眼神看著他，佔有慾頓時在梅西的胸口燃燒。她對此感到非常意外，連忙克制熄滅嫉火。

大門進去右手邊就是客廳。精緻的古老內建式櫥櫃，天花板邊緣有深色木質裝飾，牆壁上的木飾板在柔和燈光下微微反光。

「這房子眞美。」梅西說，抬頭欣賞燈具。這些燈的造型很像二十世紀初期的古董，不過她懷疑應該是從文青風燈具店買來的，在那種地方買一盞吊燈，光是訂金就貴到嚇死人。

「謝謝。這房子大部分都是我自己整修的，花了兩年的時間。這是我的嗜好。」黛比有些自豪地說。

「妳不是在法律事務所上班嗎？那種地方一星期至少要工作六十個小時。」楚門問。

「沒錯。不過扣掉工作時間，一週還剩下一百八十個小時。我喜歡忙碌。」

梅西露出微笑，立刻覺得很欣賞這個人。她也討厭無所事事。

「一般人偶爾會需要睡一下。」楚門說。

「沒錯，確實是這樣。」黛比並沒有說自己也是一般人。她比了比沙發請他們入座，並詢問他們是否需要飲料。他們婉拒後，黛比嘆息一聲沉沉坐下。「我好像從早上到現在都沒有坐下來。」

「謝謝妳願意在週末和我們見面。」梅西說。

「很難得一天之中會有調查局探員上門兩次。其實從來沒有。」

「很遺憾妳痛失親人。」楚門說，他這種平靜的語氣，總是讓梅西想要爬進他懷裡、窩在他腿上睡一下。黛比的表情突然變了，她似乎也有同感。

「謝謝。我跟之前來的那位女探員說過，我很久沒有和父親見面了。上次已經是五年前，我去雷諾市參加研討會，特地開車去看他。」接著她的表情滿是好奇。「我知道他遭到殺害，但為什麼調查局會介入？」

「這件事說來話長。」梅西說。見黛比質疑的表情，她急忙舉起一隻手。「但我保證會盡可能詳細說明。不過，首先可以先告訴我們關於令尊的事嗎？妳知道他去奧勒岡中部的原因？」

「完全不知道。我非常震驚，他跑來離我這麼近的地方，竟然沒有打電話給我。我們已經很久沒有通電話了。」她低頭望著緊緊交握、放在腿上的雙手。「和他講電話很彆扭。他從來都沒有什麼事可說，我得一直想問題才能讓談話繼續下去。不過，很久之前他開始會使用電子郵件，從此取代了電話。

兩年前手機簡訊更取代電子郵件，我還鬆了一口氣，因爲這樣輕鬆多了。不過，無論如何我都很驚訝，他竟然沒有告訴我他在這麼近的地方。」

「我們沒查出他住在哪裡，也不清楚他來這裡多久了。他沒有信用卡，是一直沒有辦嗎？」

黛比仰頭大笑。「老天，沒錯。他討厭那些塑膠製的『惡魔卡』。我眞的不懂，沒有信用卡，他怎麼有辦法活這麼久。現在沒有信用卡幾乎什麼都做不了。」

「確實很困難。」梅西同意。「那他的工作呢？他似乎六年來都沒有就業紀錄。」

「應該是這樣沒錯。六年前，他在鋸木廠工作的時候背部受傷，五年前我和他見面時，他還很高興不必繼續做苦工。他說自己正在申請殘障津貼。」她坐直一些，注視他們的眼睛。「那是他應得的，他的傷勢眞的很嚴重。發生意外之後，他足足胖了五十磅，幾乎動不了。他不是死皮賴臉給政府養。」

「當然。」梅西說：「既然他受過傷，獨自生活沒有困難嗎？」

「我也很擔心。但我去看他的時候，狀況似乎很不錯。他的鄰居都很熱心。」

「妳很小的時候父母就離婚了，對吧？」楚門問。

「對，我母親在兩年前過世。」黛比抿起嘴唇。「我是獨生女……現在雙親都過世了。」她低語，但依然高高抬起下巴，眼神也沒有改變。不過梅西看出她的僞裝出現了細小裂痕。

「妳知道他在內華達州的房子被查封了嗎？」梅西柔聲地問。

黛比瞠目結舌。「他跟我說是賣掉了。」

「他這段時間可能住在哪裡？」楚門問。

「我不知道……」黛比的語氣十分錯愕。「他從來沒跟我說他需要有個住的地方。我猜他大概租了一個小房子吧。」她來回看梅西與楚門。「看來你們沒有查到租賃紀錄？」

「沒有，不過可能是私下交易或沒有簽約。」

「可是他確實住在奧勒岡州？」黛比問：「他離開內華達多久了？」

「我們原本希望妳能告訴我們。」梅西停頓一下，思考下一個問題該怎麼表達才不會太敏感。「妳認爲令尊是否……不喜歡被管？他有沒有抱怨過法律過度干涉人民生活？」

黛比臉上出現恍然大悟的神情。「我懂妳的意思了。妳想知道他有沒有加入奇怪的組織，認爲政府太多管閒事？」她因爲憋笑而嘴唇抽動。

「差不多是這樣。」

「這麼說吧，我決定要讀法學院的時候，我爸嚇了一大跳。」

「他很生氣嗎？」楚門問。

黛比沉吟片刻，思考這個問題。「他一直都很生氣。」她輕聲說：「他父母的家很久以前被查封了。在我的印象中，他一直爲這件事而憤恨不已。他經常說，人民應該要能自由自在地生活，而不是走到哪裡都要繳稅。」

「他對執法人員有什麼看法？」梅西用力呑嚥，不確定是否眞的想聽到黛比的回答。

「他一直很討厭警察。」黛比表示。「警察和軍人。我記得我小時候他就那樣了，但從來都不知道原因。」

梅西看到楚門的下顎緊繃。我希望犯人不是為了傷害執法人員而縱火。

「告訴我調查局爲什麼介入。」黛比的語氣與姿勢切換成律師模式。

「鷹巢鎮之前發生一連串小型縱火事件，我正在調查。」楚門說：「後來又發生了一起規模較大的火災，兩位副警長接獲通報，前往查看時遭到殺害。而在發現令尊遺體的火災現場，有人對我手下的警員開槍。調查局協助偵查兩位副警長的命案，令尊的案件也被一併納入。」

「你的警員沒事吧？」黛比問。

「沒事，他沒有被打中。謝謝關心。」楚門對她點頭道謝。

「你們懷疑我父親與縱火案有關。命案也是。」

梅西與楚門沉默不語，看著黛比。黛比轉過頭，微微發抖。「太可怕了。我很遺憾有執法人員遇害，但很難想像我父親會參與犯罪。」她對上梅西的視線。「他毫無殺傷力，就像個巨型泰迪熊。他善良又溫和，連蒼蠅都不會傷害。他不是那種人。當然，他批評政治時話說得很凶狠，但我不認爲他眞的會行動。」

「據我所知，他過世時名下登記了兩把槍。」梅西說。「他還有其他槍嗎？」

黛比聳肩。「妳問錯人了，我不清楚他有什麼槍枝。我爸很愛射擊沒錯，甚至得過獎。他用來福槍射擊眞的很厲害。」她的視線轉向楚門。「不過他絕不會殺人。」

一時間，三人都沒有說話。

「他在本德地區有沒有熟人？妳想得到嗎？」梅西緊接著問，覺得必須打破沉默。

黛比望著右邊的地板，抿著嘴唇。「我眞的不知道。每次他聊起我不認識的人，我都會放空。」她用力眨眼，視線回到梅西身上。「我不知道過去十年他交了什麼朋友……我是不是很不孝？」她低語。

「一點也不會。」梅西的胃一陣翻騰，感覺不孝的標籤也貼在自己頭上。

「他有沒有說過想搬來奧勒岡州？」楚門問。

「好像隱約提過。」黛比揮去陰霾，在椅子上坐直。「四年前，我爲了工作搬來這裡，那時他說自己永遠不會離開內華達州。不過一年前……」她搓搓下巴，專心回想。「……應該是萬聖節那時候。他說有個認識的人搬來奧勒岡州，他開玩笑說自己也在考慮要搬來。不過那時我以爲他不是認眞的。」黛比的深棕色眼眸來回看著梅西與楚門。「他就是那時候房子被查封的，對吧？」

梅西點頭。

黛比的肩膀頹然垂下。「我應該認眞聽他說話。說不定他想要我幫忙找住的地方。」她用掌根壓住眼睛。「可惡。我當時好像一笑置之，還對他說，我知道他永遠不會離開內華達州。眞希望我記得他說要搬來的人是誰，但我眞的想不起來他以前聊過的那些人叫什麼名字，甚至不知道當年住在他隔壁熱心的鄰居名字。」

「我們還沒查出他的居住地，因此除了他身上的衣服之外，目前還沒辦法取得他的任何遺物。」梅西繼續說：「等明天公布他的身分後，應該會有人來提供資訊，到時就會知道更多關於他的事。我們想在公布之前先來找妳談談。」

「一定有人知道他過去一年住在哪裡。」黛比的眼神充滿希望。「我現在就授權給你們，只要有助於查出是誰殺害了那兩位副警長，他的遺物你們可以隨意調查。」她停頓一下，若有所思地接著說：

「我父親過世了，他的過去沒有我必須保護的部分。」

「謝謝。」梅西對上楚門的視線，揚起一條眉毛。*還有問題嗎？*

他搖頭之後站起來，拿出名片交給黛比，例行性地要求如果她想起任何事，請和他們聯絡。梅西也遞上名片，接著他們便告辭離開。

戶外的氣溫寒冷刺骨，走出黛比家的車道時，梅西拉起外套領子包住脖子。「感覺快下雨了。」

「這裡確實濕度比較高。」楚門同意。「她說她父親像泰迪熊一樣，妳有什麼看法？」

「我認爲她剛失去父親太難過。」

「她很敏銳。」楚門說：「如果潘斯是會殺人的那類人，我認爲她一定會知道。」

「我不認爲有*任何人*能夠眞正知曉別人內心潛藏著什麼，就算是親子或夫妻也一樣。大家只看到他們想看的東西。」楚門轉頭看她，她轉開視線。「她承認潘斯的槍法很厲害，而殺害那兩位副警長的人槍法一流。」

「我們的山脈那一側有很多槍法一流的人。」

「是沒錯。」梅西承認。*我們的山脈那一側*。她好想快點回去。才短短幾個月而已，波特蘭已經不是她的家了。或許從來都不是。過去她住在這裡，只是爲了等待可以回家的時機嗎？這座城市沒有任何讓她留戀的東西。

*嗯，還是有啦。*

「你有沒有吃過橄欖油冰淇淋？」她問，突然想吃到受不了。

楚門一縮。「那是什麼鬼東西？感覺好噁。」

「你相信我嗎？」她在車子旁邊停下腳步，隔著引擎蓋看楚門。

「現在不相信。」他一臉苦相。

「只要吃一次，就會徹底改變你對冰淇淋的看法，我保證。回家之前一定要去一趟。」

楚門做了個深呼吸。「最好眞有那麼棒。」

# 13

楚門看著桌上型電腦的螢幕，努力專心寫電子郵件。他打了好幾次呵欠，雖然昨晚熟睡了六個小時。

昨晚梅西的推薦很正確，橄欖油冰淇淋非常獨特。雖然不至於讓他想衝回波特蘭再吃一次，但這次的體驗確實讓他開了眼界。他真希望有勇氣試試骨髓口味或煙燻櫻桃口味，而不是選安全的海鹽焦糖。

他看著梅西享用奇特的冰淇淋，很喜歡她洋溢幸福的表情。她對食物的態度很特別，挑剔又講究，他只在網路和電影上看過這種人。不過只要是冰淇淋，她就會拋開所有規則。他從沒看過她拒絕任何種類的冰淇淋。

有人敲敲他的門之後打開。梅西的大姊珍珠走進來。

「你有空嗎？」珍珠問。

他十分驚訝，站起來比了比對面的椅子。「當然有，珍珠。有什麼事嗎？」

珍珠穿著珈琲咖啡店的圍裙，長髮紮成馬尾。現在還不到早上八點，正是咖啡店最忙的時候，他很驚訝她竟然沒有在店裡。她沒有坐下，於是他也繼續站著。

「幾個客人告訴我，縱火現場發現的遺體已經確認身分了。」她歪頭看著他，雙手插在圍裙的大口袋裡。「今天早上我在手機上看新聞，發現相關報導。上面說調查局在追查他過去幾個月的行蹤，是真的嗎？」

「沒錯。我們沒有查到他的居住地，妳認識他嗎？」

「不認識，但看到照片之後才發現我見過他。我看了報導才知道他的名字叫約書亞・潘斯。他最近來過店裡，這一、兩個月大概來過五、六趟。」

「也就是說，他肯定住在附近。」

「我不確定。」珍珠澄清。「說不定他住在距離一、兩個小時車程的地方，只是上班途中經過鷹巢鎮。」

「有道理。」楚門看著她。她的手在口袋裡不停亂動，而且不太願意看楚門的眼睛。「看來妳沒有問過他住在哪裡。」

「印象中他不太愛說話。不過他的塊頭很大，讓我印象深刻，所以才會記得。」

楚門繼續等待著。珍珠丟下咖啡店的忙碌生意跑來找他，絕對不只為了說她認出一位顧客。

「他和湯姆・麥唐諾一起來過幾次。」

*這才是重點。*

楚門不認識麥唐諾，只是路上遇到時會點頭打招呼。他的牧場離鎮上很遠，而且從來沒有發生過需要警察到場處理的事。楚門喜歡這種不惹事的好居民，不過他也想多認識鎮民。但麥唐諾似乎不願意讓人認識他，他總是很難接近。

「麥唐諾也是個大塊頭。」楚門評論。

「所以我才會記得他。他們兩人走在一起很引人注目。」

「也就是說，應該要去找這個麥唐諾談談。」楚門說：「希望他能告訴我們潘斯生前的事。」

「我要先回去工作了，只想告訴你這件事而已。我不確定有沒有幫助。」

「非常有幫助。」

珍珠轉身準備離開，楚門從辦公桌後面走出來。「珍珠，等一下。」她停下腳步看著他，表情彷彿快被車子撞上的鹿。「報上說調查局想知道關於約書亞．潘斯的任何資料，對吧？」

她點頭。

「爲什麼妳不聯絡梅西？」

她的視線左右飄移。「反正告訴你也一樣嘛，你應該知道怎麼處理。而且跑來這裡很快。」

「打通電話給她也很快。」他柔和地說，知道這是不能輕易觸及的地帶。此刻珍珠的表情似乎等不及想逃出去。

「來這裡比較輕鬆。」她承認。

「我懂。」只是珍珠想盡辦法躲妹妹一事，依然讓他心中柔軟的部分感到痛楚。

珍珠再次歪頭看他。「你懂？」

「我認爲妳想在梅西與其他家人之間小心保持平衡，就像走鋼索一樣。」他輕觸一下她的手臂。「妳覺得自己被夾在中間，想維持和平，又不想惹惱任何一邊，但依然保持少量聯絡。」

珍珠抿緊嘴唇。

「我認爲妳希望讓所有人都開心。」

「沒錯。」

「感恩節妳有什麼計畫？」他問。

就算他用趕牛刺棒戳她，她也不會像現在這樣驚慌。

「應該會去我女兒家。」

「妳還沒決定？」

珍珠左右移動身體重心。「這是慣例。這兩年我們都去她家，只是還沒有正式約好。」

楚門覺得她八成在騙人。他記得以前母親是如何準備感恩節大餐。她會先和家人討論菜色，然後兩週前就寫好購物清單。珍珠感覺也是會這樣規劃的女性。

「妳可以帶家人來我家吃甜點。我負責煮飯，梅西和凱莉會來，不過我們也非常歡迎更多客人。」

珍珠稍微放鬆了一些，他就知道會這樣。相較於一起吃大餐，甜點比較沒有威脅。

「我問問大家，然後再告訴你。」

楚門注視她的眼睛。「請一定要考慮。凱莉負責烘焙，一定會有很多好吃的。」

珍珠似乎在認眞思考。「如果這樣的話，那我就省事了。凱莉是我們家最會做點心的，比我媽還厲害。」

楚門終於放心了。**她在考慮**。他不希望請太多家人來，擔心梅西會有壓力，因此珍珠一家是最好的選擇。梅西告訴過他之前遇到歐文的狀況，所以他知道不可以找他。他不確定梅西父母的態度，或許問一下蘿絲就會知道。「謝謝妳，珍珠。這件事對我很重要。」

珍珠若有所思地打量他。「楚門．戴利，你眞是不同品種的男人，好的那種。我老公瑞克絕不會爲別人的事動腦筋。」她大笑。「大部分的時候我很慶幸他是這樣的人，不過有時眞希望他不要滿腦子只想著晚餐要吃什麼。」

楚門很好奇，珍珠會不會幫瑞克盛菜。二十年前，他去過一個阿姨家吃飯，她就那樣做。他母親對此猛翻白眼，但父親十分羨慕。因爲這件事，他們回家時在車上還進行了熱烈討論。

「妳在咖啡店工作，瑞克有什麼想法？」

「哼。」珍珠的嘴角稍微往上揚。

「這樣啊。」

「他很快就會習慣了。現在我們女兒嫁人了，兒子也快要獨立，我需要工作，能分擔一些家裡的經濟也是好事。我知道瑞克也覺得這部分很不錯……只是他需要一點時間才能想通。」

「希望一切順利。」

「謝啦。」她再次轉身準備離開，但又回頭看他一眼。「楚門，多保重，」她彆扭地說，似乎因爲有點難爲情而低著頭。

他目送珍珠離去，覺得這次和她聊完的感覺很不錯。他會盡全力幫助梅西重新融入鷹巢鎮，他希望她能長久留下來。

梅西接到楚門的電話，他說有人通報，過去幾個月曾看過約書亞．潘斯和湯姆．麥唐諾一起出現在鎮上，因此她立刻查出地址，號召艾迪一起去麥唐諾的牧場。艾迪負責管理所有火場的證物分析，他說大部分的工作都是在發電子郵件、打電話，還有跪求大家加快工作速度。

梅西跟隨導航的指示離開公路，她的太浩休旅車在凹凸不平的泥土路上顛簸前進。

「妳確定這條路沒錯？」艾迪死命抓著車門上方的「救命啊」把手。「感覺已經好幾個月沒人開車經過這條路了。」

「我猜是他刻意製造出這種感覺。」果然沒錯，一分鐘之後，顛簸泥土路消失，變成平整的碎石路。「說不定有另外一條比較常用的路。」

「爲什麼這裡的人都在費盡心思躲開其他人？」艾迪嘀咕。

梅西露出微笑。「我恐怕無法回答你啊。」

「他們的空閒時間太多了。」艾迪思索著。「而且我認爲他們看太多陰謀論的電視節目。」

「有可能。」

車子行駛在兩座孤峰之間，逐漸往上爬。周遭的植物變得乾枯稀少，大地呈現單調的米黃色，經常出現滿是岩石的路段，這是德舒特郡高海拔沙漠的典型景觀。道路急轉彎，梅西的車開進一片平坦的區域，綿延好幾十英畝。一邊的遠處有棟老舊小農舍，彷彿從一九五〇年代就孤零零座立在這裡。刺網隔出一片片牧草原，幾棟附屬建築周圍放著新砍伐的原木，而那十多輛的小卡車表明這裡一定有人在。

梅西把車停在一輛小卡車旁邊，下車觀察正在興建的建築。新建築的後面有幾棟舊房子，感覺跟那棟農舍一樣老。梅西看看那棟農舍，再看看剛才駛過的孤峰，有種似曾相識的感覺。

她確定自己從來沒有來過這座牧場，不過這裡的氣氛很像她以前去過的地方。梅西繼續觀察那些建築，等人出來招呼她和艾迪，並在記憶中尋找類似的地方。

**是舅舅的牧場！**

沒錯。一股滿足感竄過。母親的五個兄弟在奧勒岡州東南部的牧場就像這裡。其中三位舅舅已經過世了，兩位死於心臟病，最小的舅舅則是在一九八〇年遇到聖海倫火山爆發（注）而罹難。剩下的兩位舅舅現在居住華盛頓州東部，梅西十五年前離家之後，就再也沒有想起這些舅舅。

她還記得，小時候要坐好久的車才到得了舅舅家，他們住在奧勒岡州很偏遠的地區。她和哥哥姊姊在農場隨意奔跑探險，大人則在屋裡聊天。她仔細回想了下，最後一次拜訪應該是她滿十二歲那年的夏天。她不知爲什麼後來沒有再過去，不過知道在其中兩位舅舅相繼去世後，剩下的兩位舅舅便認爲是時候該賣掉牧場、各自發展了。

記憶中，那裡到處都是男人。這麼多位舅舅，加上人數眾多的牧場工人，一點也不奇怪。印象中，她很少和舅媽們互動，頂多只有幫忙煮飯或雜務。僅存的兩位舅舅搬去華盛頓州之後，似乎就和母親斷了聯絡。梅西突然懷疑，是否發生過什麼衝突，導致舅舅們和母親決定互不往來，可能她當時還太小，所以很幸運地毫不知情。

這就是當小孩的優點。

「這裡很像我舅舅的牧場。」她告訴艾迪：「我小時候會去玩，那裡很適合和哥哥姊姊一起玩捉迷藏。」

「也像這裡一樣偏遠嗎？」

「更偏遠。」

艾迪的表情表明他感到完全不意外。

有人終於從最靠近他們的建築工地走出來。那個年輕人繫著工具腰帶，他四處張望，彷彿想找年紀大一點的人來處理訪客。梅西很同情他，於是大步走過去，決定採取主動。

「早安。」她說：「我是凱佩奇探員，這位是彼德森探員。」

年輕人呆望著她許久，然後低下頭，臉色發白。「眞的很對不起，我不是故意害她惹上麻煩。」他說得太急，字全糊在一起。

「什麼？」梅西被搞迷糊了。他是個好看的年輕人，但顯然誤解了他們來這裡的原因。她的眼角餘光瞥見艾迪在憋笑。

「可以告訴我們事情的經過嗎？」艾迪用嚴肅的語氣問。

---

注 聖海倫火山（Mount St. Helens）位於美國華盛頓州，隸屬於喀斯喀特火山群。一九八〇年發生的重大爆發，是美國史上死亡人數最多、經濟損失最為慘重的火山爆發。

梅西好想用手肘戳他一下，竟然這樣欺負小朋友。

年輕人急忙站直，轉頭看梅西，這次他直接對上她的視線。「我眞的很喜歡凱莉。」他的聲音有點發抖，而且因緊張而抿了抿嘴唇。「對不起，我不該說服她晚上偷溜出來見面。都是我不好，不是她的錯。」

梅西恍然大悟。「你是凱德？」她驚呼，想起之前在告別式上看到凱莉遙遙凝望著他。她不知道該訓這年輕人一頓，還是該讚賞他的膽量，竟敢直接面對她。

他迅速眨了幾次眼睛。「呃……對。妳不是爲了這件事來的嗎？不是來找我？凱莉說妳想見我。」

「沒錯，不過我原本計畫要一邊吃晚餐一邊慢慢聊。」梅西在錯愕中回答：「我不知道你在這裡工作。」

凱德困惑地來回看她和艾迪。「我不懂。」

「我們是來找湯姆．麥唐諾的。」艾迪告訴他：「不是你。」接著轉向梅西。「這小子就是凱莉偷溜出去見的人？」他不懷好意地打量凱德。「你幾歲？」

「二、二十。」

「她還在唸高中。」艾迪指出，繼續用他的凶惡警察語氣。

「別鬧了。」梅西急忙制止。「現在時間和場合都不適合。麥唐諾在嗎？」

「怎麼回事？有什麼問題嗎，凱德？」兩個男人從工地後面走過來，其中一個發問。他們像凱德一樣繫著工具腰帶，但年紀至少比他大十幾二十歲。一個矮壯精瘦，另一個略高幾吋、站在後方，出現陌生訪客似乎讓他不太自在。

梅西立刻感覺講話的矮子很討厭。他瞇著眼睛，眼神充滿惡意。

「我們來找麥唐諾。」她客氣地說。

「你們是誰？」那個混蛋問。他雙手抱胸，用那雙眼睛挑釁她。

「聯邦調查局。」她介紹自己和艾迪，微笑露出一整排牙齒。

「麥唐諾不在。」矮子繼續瞇著眼說。

「他去薩冷了。」另一個人搭腔解釋，語氣比較和氣。「他說今天可能不會回來。」瞇瞇眼一聞言便怒瞪同伴，責怪他不該多解釋，也不該熱心幫忙。

艾迪拿出約書亞．潘斯的照片，這是從他的舊駕照翻拍的。梅西推估照片上的他體重應該比如今輕很多，但髮型和大鬍子依舊相同。「認識這個人嗎？」

瞇瞇眼看照片一下，然後轉開視線。「不認識，從來沒見過。」

*騙人。*

另外那個人注視著照片搖頭。

*沒有膽量反駁瞇瞇眼。*

艾迪把照片拿給凱德看。凱德仔細看了幾秒之後皺起眉頭。「我不太確定。」他緩緩說：「他怎麼了嗎？」

「他死了，被謀殺。我們想查出過去半年他住在哪裡，從事什麼工作。」

凱德臉色蒼白。「太糟糕了，可是我不太留意來這裡的人。很多人都來來去去。」

**保險的回答。**

「爲什麼？」梅西追問。她刻意環顧四周。「因爲麥唐諾養很多牛或豬？我沒看到大量牲口。爲什麼有這麼多人來來去去？」她一臉無辜地對凱德微笑。

「不是爲了畜牧。我不知道，這很難說。我只是在這裡工作，不過問其他事情。」凱德低頭望著腳，踢踢碎石，泥土路塵土飛揚。「我剛來沒多久。我只是做好自己的工作。」

「你的工作究竟是什麼？」艾迪問。

凱德回答時，梅西用眼角餘光觀察瞇瞇眼。那傢伙重心往前移動，身體靠過來一吋，緊盯著凱德。

「蓋房子。」凱德指著自己身後興建中的建築，木材散發清新氣息。

「你們兩個呢？」艾迪問另外兩個人。

「一樣，蓋房子。」瞇瞇眼回答。另一個人默默點頭。

「看來麥唐諾有大規模的計畫？」梅西說，以很明顯的動作看看那些興建中的建築。

沒有人回答。

五十碼外，一位婦女從另一棟建築走出來。她的辮子塞進厚重的男裝帆布外套裡，迷彩褲配厚重靴子。她看了訪客一眼，把裝在大鍋子裡的水倒在門外幾英呎處，然後就回去屋內。

「我們想讓其他人看看這張照片。」艾迪說。

「麥唐諾不在，不方便讓你們在他的土地上亂跑。」瞇瞇眼說：「他應該不希望你們打擾正在工作的人。請先和他約好時間再來，我相信他應該會很樂意見你們。」瞇瞇眼露齒而笑，判斷現在是對梅西嘻皮笑臉的好時機。

她注視他的雙眼，假裝沒看到歪七扭八的牙齒，以及卡在齒縫的菸草渣。「我們留下名片，麻煩轉交給麥唐諾，請他回來打電話給我們。」她故意將名片交給凱德，他非常勉強地收下，表情活像收下一張罰單。她一直沒有鬆手，等他抬頭看她。她注視青年困惑的雙眼，然後放手讓他拿走名片。

「有勞各位老鄉。」艾迪揮揮手，他們轉身離開。

走向車子的途中，梅西問他：「你幹嘛模仿南方人說話？」

「時機感覺很合適嘛。」

「你以爲他們會回答，『下次再來玩呀，老鄉』？」她打開太浩休旅車的門。

「懷抱希望不犯法嘛。妳覺得凱德會聯絡妳嗎？」

「懷抱希望不犯法嘛。」她發動引擎，在狹小空間迴轉，然後從來路離開。「事實上，我確定他很快就會聯絡。」

◆

## 二十五年前

「抓穩了，孩子。」

梅西聞到約翰（John）舅舅身上的菸斗味，他蹲在她身後，幫助八歲的她將小手臂和小手掌放在巨大來福槍的正確位置上。乾草推中冒出的草稈刺著她的肚子和膝蓋，她得跪在上面才能握住槍架上的來福槍。

歐文在後面發牢騷，說她每次打靶都花太多時間。

「比起你這個年紀的時候，她的動作快多了。」約翰舅舅對她的大哥說：「而且槍法也是。」

梅西微笑，但眼睛對準瞄準器。十六歲的歐文做什麼都比她強，不過既然舅舅說她比歐文小時候厲害，那一定是真的。

「讓她好好練習啦，歐文。」蘿絲跟著說：「你每次打靶更花時間。」

「可是我學射擊很有用，女生學很蠢。」

「先等一下喔。」舅舅在她耳邊說。

梅西的手指離開扳機，回過頭看。歐文噘著嘴，蘿絲直搖頭。李維蹲在蘿絲旁邊，不理會這場小爭執，拿著樹枝在地上畫圖。他們兄弟姊妹很難得和平相處，平常總是至少有兩個人在吵架。

約翰舅舅走到十六歲的歐文面前。「你認為妹妹沒資格學射擊？」

歐文聳肩。「她們學了也沒用。」

「萬一她們去健行，遇到發怒的熊該怎麼辦？萬一她們長大以後有人闖進她們家、企圖襲擊她們，那該怎麼辦？萬一她們的丈夫受傷，無法保護她們，又該怎麼辦？」

歐文轉開視線，輕輕聳肩。「喔。」

「每個人學會射擊都有好處。有能力自衛，這是我們的權利。」

「教小孩射擊很蠢。」

約翰舅舅緩緩搖頭，語氣滿是不齒。「你以為你是怎麼學會的？你爸和我們兄弟一致同意，最好從小就學習謹慎用槍，這樣才不會因為禁止接觸反而讓小孩更想偷玩。從小學會正確態度的孩子，比較不會意外闖禍。這件事很嚴肅，你爸願意讓我教你們這些孩子用槍，我感到十分榮幸。」

「包括我。」蘿絲說。她也和其他手足一起學射擊。她會用指尖摸索研究槍枝，熟悉每種槍的後座力。她不可能打靶，但知道如何射擊，舅舅說過，只要朝著正確的方向開槍，就能嚇跑大部分的壞人。

「沒錯。」他對蘿絲說：「你們永遠不知道何時會需要拿起槍來保護自己。」他繼續告誡歐文：「甚至是為了保護自己而對抗政府。我希望不會有那一天，但如果真的發生了，我們早已做好萬全的準備。」

「政府為什麼會攻擊我們？」歐文問。

舅舅輕撫鬍鬚望著遠方。「你現在還不需要知道這些。總之，預先為各種變故做好準備，就可以高枕無憂啦。不要再抱怨了，慢慢等妹妹練習完。」

梅西馬上轉回頭。看到歐文挨罵，她開心得快要飛上天。

「克制一點。」舅舅在她耳邊笑著說：「好，深吸一口氣，呼出來，然後射擊。連續五次。」

梅西聽從舅舅的指示，很高興看到五十碼外的靶紙上出現五個彈孔，全都在第三和第四圈。

「很棒喔，梅西。」

她燦爛一笑，重新瞄準，準備再射一輪。

那天晚上，在大人的餐桌上，舅舅大肆誇讚她槍法很準。餐桌上擠滿了人，五個孩子另外一桌，坐摺疊椅圍著撲克牌桌。歐文很不高興，因為他被迫坐兒童桌，舅舅稱讚梅西的槍法更讓他心裡不痛快。

歐文越坐越垂頭喪氣，梅西則越坐越挺直背脊。珍珠和李維在吵明天誰先騎馬，她不理他們，仔細聽大人講話。她很喜歡來舅舅的牧場。四位舅舅擁有很多匹馬，所以就算要坐很久的車她也願意。梅西喜歡騎馬，喜歡和哥哥姊姊一起在廣大的牧場探險，也喜歡幫忙舅媽們準備超大份量的員工餐。

幾位舅媽在餐桌上總是很安靜，都只讓男人講話。就連她母親也比在家時寡言。可能是因為這裡的人比較多，聽別人說話就夠了。四個舅舅互相搶著說話，每個人都在比大聲，想壓過彼此的聲音。他們談到政府的時候更是激動，每次都能讓講到口沫橫飛。他們不信任政府，經常討論規避政府的方法。

最後大人的話題換到牛，她嫌無聊，所以研究起牆上的家族照片。梅西早就全部記住了，每次來都是一樣的那些：外公外婆的照片，他們在梅西出生前就過世了；母親小時候的照片，模樣比現在的梅西還小。大家都說梅西和母親小時候一模一樣，但梅西看不出來哪裡像。母親小時候的的劉海非常短，還有一大堆雀斑。亞朗（Aaron）舅舅的照片則掛在特別的地方。當年聖海倫火山爆發，將近六十人罹難，他也是其中一名。好幾張他的照片圍成一個圈，中央是他的高中畢業照。

她對這位舅舅毫無印象，他過世時才二十出頭，她還沒出生，但從照片看來，他模樣也很像其他舅舅。而她最喜歡約翰舅舅，他最好玩。

「把豌豆吃掉。」珍珠命令她。

梅西瞪大姊一眼。「妳憑什麼管我？」她討厭豌豆。

「媽不在的時候，珍珠負責管我們。」李維說，把豌豆掃進嘴裡。他咬了咬，然後對她吐出滿是綠色爛泥的舌頭。

「可是媽在呀。」梅西緊張地看大人桌一眼，擔心母親發現他們吵架。換做其他日子，她一定會罵李維噁心，但她不想被母親發現她沒吃豌豆。「我把胡蘿蔔全吃光了，這樣就夠了吧。」

她往大桌看過去，對上約翰舅舅的眼睛。他在聽，並對她眨眨一隻眼睛，然後以誇張的動作把他盤子裡的豌豆撥到一邊。她心中感到一股暖意，難為情又開心地低下頭。

雖然舅舅的牧場有那麼多男人，但她不會覺得自己處於弱勢。在家的時候雖然只有李維和歐文，卻感覺很壓迫。她的生活時時刻刻都擺脫不了兩個哥哥。

他們還要住三天，梅西打算每一分鐘都要盡情玩樂。

# 14

梅西經過主管傑夫的辦公室門口，被攔住停下腳步。傑夫說：「聽說湯姆．麥唐諾出遠門了。」

「看來艾迪已經報告過我們去找他的經過了。」梅西回答：「我原本想經過順便說一下。今天不是週末嗎，你怎麼會在辦公室？」

「執法人員遭到槍殺，破案之前，對我而言每天都是星期一。麥唐諾回來會聯絡妳嗎？」

她對他揚起一條眉毛。

傑夫嘆氣。「看來不會。這樣只能繼續去他的牧場，直到見到他本人。」

「他的牧場很遠，不可能上班的路上順便去。今天這趟花了我大半天的時間，不過我會繼續去找他。」

「不要一個人去。」傑夫敲著鍵盤，注視電腦螢幕。

梅西心中冒火。「如果是艾迪，你還會說這種話嗎？」

傑夫又嘆息一聲，往椅背上一靠，雙手交握放在胸前。這種姿勢總讓梅西覺得好像在被父親訓誡。

「如果是艾迪，我也會說一樣的話。位在偏遠地區的牧場，在那裡工作的人全都是大老粗，而且討厭警察干涉太多。不用懷疑，我絕對也會交代艾迪不要一個人前去。」

梅西的火氣消了。「對不起，你說得沒錯。我絕對會想都不想就獨自跑去，幸好你提醒我。我從小在這一帶長大，感覺太過熟悉……就好像我和他們有同樣的根源。但我必須以執法人員的角度看待他們，而不是小鎮鄉親。」她蹙眉，終於發現問題的癥結。她依然將自己視爲他們的一份子，所以認定他們不會傷害她。這樣的想法其實可能太輕率。別人只會看到她是調查局探員。

「雖然妳在這裡出生，但並不會因此得到特別保護。妳在外地待了太多年。」

「經常有事情提醒我已經是個外人了，但有時我感覺自己從未離開過。案子有新的進展嗎？」

「已經好幾天沒發生新的縱火案了。」

「這表示很快就會再發生，還是犯人收手了？」梅西問。

「或許約書亞‧潘斯就是我們要找的縱火犯。他的衣服確實沾到了汽油。」

**沒錯**。「不過克萊德‧簡金斯說，看到去他家縱火的人跑得很快，這一點我一直無法放下。而且帕克夫婦說有聽到年輕人的聲音，潘斯不符合這兩種描述。」

「最初那兩起比較大的火災，我們還在分析證物，希望能在下次犯案前有所突破。」

「希望囉。」

傑夫揮手要她出去，然後繼續敲鍵盤。梅西回到自己的座位，拿起包包出去開車，覺得必須再看一次兩位副警長遇害的現場。雖然楚門和傑夫說蒂爾達‧布拉斯的記憶不可靠，但她還是想去見見那位女士。

她打了一通電話給蒂爾達‧布拉斯，老人家約她下午四點一起喝下午茶。梅西不記得她有多久沒喝「下午茶」了，最後一次應該是小時候和蘿絲玩家家酒茶會。蒂爾達的家離本德市很遠，於是她提早出發，離開本德市的範圍，開上通往布拉斯家土地的雙線道公路。她在腦中提醒自己要打電話給比爾・崔克，看看火場調查有沒有進展。

她的身後有輛小卡車似乎想超車，她稍微放慢速度。她知道青少年最愛這種又直又長的馬路，常常會突然開始飆車。

幾秒後，那輛車竟突然撞上她的後保險桿左邊，她的休旅車失控轉圈，打滑到對向車道。她腦中一片空白，雙手死命抓住方向盤，車窗外的景象一片模糊。車子衝出馬路、墜落路肩，她猛踩煞車。汽車底盤刮到火山岩，金屬發出刺耳聲響。安全氣囊爆開打到她的臉，肺部受到衝擊而一時無法呼吸。休旅車以一個驚險的角度搖晃一陣後突然停住，車尾翹得太高，她的胸口緊壓上安全帶，身體懸在車廂中。她拚命喘氣，想讓狂跳的心臟慢下來。

**那個王八蛋竟然用警察的攔截招數**（注）**！**

這是美國警察攔阻違規車輛時最愛用的一招。她在寬提科受過訓練，知道遭到撞擊截停時該如何應對，可是車子眞的被撞上時，所有記憶瞬間消散。更何況，她從來沒有在時速六十英哩的高速中遇到這種狀況。

她做好準備，按下按鈕解開安全帶，下車時的距離比平常高出兩英呎。因爲安全氣囊爆開，她的衣服上全是灰，她伸手拍了拍，雙腿發抖，後退幾步查看車子，然後全身無力地靠在一塊大岩石上，慶幸有個穩固的東西可以依靠。休旅車的後車軸卡在一塊大石頭上，後輪離地面很遠。

**看來我哪裡也去不了了。**

她拿出手機，努力回想撞向自己的那輛小卡車有什麼特徵。她只有隱約印象，沒有明確記憶。車身好像是深紅色，車上似乎有兩個人，但她不確定。

**為什麼？誰會把我撞下馬路？**

她的頭腦現在無法思考這個問題，現在的首要行動是求救。

梅西打緊急報案專線通報事故，告知接線人員撞她的那輛車右前方可能有損傷。她向接線人員一再保證自己沒有受傷，掛斷電話後手腳並用爬回公路上。她的車往下墜落了十多英呎。

**他們很會選地點。萬一我受傷，絕不會被發現。**

她非常氣憤。算她走運，休旅車沒有翻覆。她跌落路肩的地方剛好又平又寬，下降到岩石的坡度也很緩和。假使地面是軟泥土，或者坡度再陡峭一點，車子就會整個翻滾撞上巨大火山岩。她打給艾迪。

「妳確定沒有受傷？」艾迪問：「有時候晚一點才會發現。」

「明天我的背和脖子可能就會知道了。」她承認。「但目前我沒事。可以來接我然後載我去租車嗎？」

「我去接妳，不過要先送妳去醫院。妳的脊椎要做X光檢查，結果出來之前，妳哪裡都不准去。傑夫的意見和我一致。」

---

注 PIT maneuver（車輛追擊策略），為美國警方攔截逃亡車輛時常用的策略，警察會巧妙地用警車前方鈑金去推擠嫌犯車輛的後鈑金，造成被追擊車輛打滑失控。

「煩死了。」她沒時間搞這些。

「妳有沒有打給楚門？」

「還沒。」

「快打吧。」

「他在上班，我不想打擾他。我沒事，而且你會來接我。晚上再告訴他就好了。」

電話傳來艾迪重重的嘆息。「妳眞的一點都不懂男人，對吧？」

「我不需要楚門來接我。我在工作，所以聯絡同事，這樣做才對吧？」

「快點打電話告訴他妳出事了，不要逼我打。」

「爲什麼你要打給他？」梅西氣急敗壞，好想用力搖晃搭檔。

「姑且稱之爲男人之間的默契吧。朋友的馬子出意外，當然要讓他知道。」

「我從沒聽你說過這麼像原始人的話。」她不知該感到震驚、榮幸，還是好笑。「我怎麼不知道你和楚門之間有默契？」

「總之打就對了，好嗎？」他懇求。「告訴他我已經出發了，我會送妳去醫院。」

「順便幫我叫拖吊車。」掛電話之前她急忙補上一句。

她看看自己的車，懷疑是否還能開。她很喜歡這輛太浩休旅車，這輛車是她的好伙伴，開起來很安全有保障。**萬一底盤受損太嚴重無法修復，那該怎麼辦？**想到這裡，她變得有點憂鬱。

她動手清理車上的東西，從藏在後面的備用物資背包開始。她的車上也放了很多工作用的器具。拖吊車來之前，這些東西得先搬到艾迪的車上。

她坐在車子旁邊的岩石上，打電話給蒂爾達取消下午茶之約，保證明天會過去。

然後她打電話給楚門。

他一接起電話，她立刻脫口而出說：「那個，我的車撞壞了。」

「妳沒事吧？」他幾乎是用吼的。

「我沒事，不用擔心。我只是很火大，自己太大意了，這下原本要去見證人也不能去了。」

「發生了什麼事？」他用比較冷靜的語氣問。

她描述從頭到尾的事發經過，敘述的過程中，楚門變得越來越安靜，害她有點不安。

「把妳撞下公路的那輛車，妳只記得這些？」

「很可惜，但只有這些。我眞是了不起的探員。」

「今天妳有沒有爲了公務去什麼地方？」

她告訴他早上有和艾迪一起去找湯姆．麥唐諾的事。

「那輛車會不會是從牧場來的？」

「無法排除這種可能。」她揉了揉前額，感覺腦袋開始悶痛。為什麼我沒有在卡車超車之前看清楚？該不會是牧場裡那個瞇瞇眼混蛋把她撞出路面？

這個想法害她頭更痛。

「艾迪什麼時候會到？」

「很快。他要我告訴你，他會帶我去醫院，照X光檢查背部。」

「很好。」

「然後我得去租車。」

「今天不可能了。等妳從急診室出來，租車場已經休息了。」

**他說得沒錯。可惡。**

「我去急診室找妳。」

「不用啦，我不希望你——」

「我去急診室找妳。」他的語氣多了一絲怒氣。

艾迪之前所說關於楚門的話閃過她的腦海。「好吧。」

他們掛斷電話，她回到馬路邊等艾迪。一個好心人停車問她需不需要幫忙。駕駛大約七十多歲，堅持要陪梅西等到有人來接她。「同樣身爲女性，我不能讓妳獨自待在這種荒郊野外。既然妳不需要搭便車，那我就留下來陪妳，等接妳的人來。」她叫梅西上車比較溫暖，但梅西婉拒了，她想站在艾迪可以一眼看到的地方。

而且低溫可以讓她頭腦清醒。她越是回想事故經過，越確信一定是牧場的人在跟蹤她。她知道他們的造訪讓對方有點緊張，但那些人應該不至於會想傷害她吧？

**老天，我搞不好會沒命。**

因爲她站在路邊，不久又有兩個好心人停下車前來關心。梅西最後只好接受老太太的建議上車吹暖氣，她打電話給艾迪，叫他找一輛車齡二十年的白色凱迪拉克，就停在路邊。

他們一邊等，老太太一邊開心閒聊，梅西得知她是名退休的護理師。

「停車幫助陌生人，妳不會怕嗎？」梅西問。

「不會啦，我從妳的臉就看得出來妳是好孩子。」

梅西思考片刻，不確定這算不算是稱讚。

艾迪終於來了，施展魅力把老太太迷得暈頭轉向，梅西便趁機把東西搬上他的車。不久之後拖吊車也抵達，駕駛看著卡在馬路下方岩石上的休旅車，苦惱地直搔頭。梅西也幫不上忙。他才是專家，這個問題就交給他解決吧。

幾分鐘後，他們出發去急診室。梅西把頭靠在椅背上，唉聲嘆氣抱怨：「我沒時間搞這些。」

「認命吧。」艾迪說：「萬一妳明天一覺醒來，發現有骨頭碎片跑進脊髓或內臟，那就出大事了，還是去檢查吧。」

她瞪他一眼。「感謝你豐富的想像力。」

「楚門說他一個小時之後會到。」

「你打給他了？我不是叫你不要打？」

「他打給我，問我來接妳了沒。」

她沒有說話。知道別人在她不在場時討論自己的事，讓她想像個鬧脾氣的幼兒般噘嘴。即使他們是好心也一樣。這起衝撞事件，加上她越來越確定有人故意想加害她，讓她的心情迅速變得陰暗。

◆

緊張擔憂在楚門的血管中奔竄，他依照護理師的指示，找到位在小急診室盡頭被布簾遮住的床位。他從布簾底下看到一雙男鞋。

「艾迪？」他問。

艾迪拉開布簾，粗框眼鏡後方的雙眼流露安心與疲憊。「眞高興你來了，我要閃人了。」他對梅西一撇頭，她穿著病患袍坐在病床邊，似乎隨時會衝向大門逃跑。「她交給你了。」

「我不需要被交給任何人！」梅西怒吼。「我不是六歲小孩。」

艾迪對楚門翻個白眼。**保重**。他用嘴型無聲說道。

楚門坐在梅西身邊，將她拉進懷中，給她一個深情擁吻。她先是僵硬地坐著，但很快就投入親吻中，最後嘆息一聲把頭靠在他肩上。他敢發誓，她的壞心情瞬間蒸發，有如柏油路面上的雨水。將她抱在懷中、與她肌膚接觸，他的擔憂也減輕許多。開車趕往醫院的路上，他一直擔心她會有內傷，很怕到了急診室會發現她失去意識。

他緊緊擁抱梅西。

「照過X光了嗎？妳完好無缺嗎？」她身上有醫院的氣味——繃帶和消毒藥水。她的手肘內側貼著OK繃，他猜想醫院的人是不是有抽血驗酒精濃度。如果是警察送她來的，那麼抽血驗酒測很正常。

「還沒有人告訴我是不是完好無缺。三十分鐘前他們拍了X光，我一直在等人來說明。我還沒有裂成兩半，所以應該沒事吧。」她順著他的視線看向自己的手臂。「我有要求驗血。我不希望監察單位跑來問我是否酒駕撞毀政府公務車，保險一點總沒錯。」

她的語氣滿是濃濃的厭煩，楚門知道她很不喜歡枯等。梅西是行動派，如果狀況准許，她八成早就去催促放射科醫師，逼問對方「現在已經檢查完畢了吧」。她的煩躁讓他安心；她感覺一切都很正常。

她問：「撞我的那輛車有線索了嗎？」

「沒有。」楚門說：「德舒特郡治安處和我的下屬都在留意，尋找一輛前方有損傷的紅色小卡車。」

「如果開車的人夠聰明，應該會立刻把車藏起來。」

「如果他夠聰明，就不會把調查局探員的車撞下馬路了。」

「沒錯。」她同意。

「他們爲什麼要做那種事？」他率直地問：「妳應該有點想法吧？」來醫院的路上，他和她的上司談過，傑夫也認爲她和艾迪一定是在麥唐諾的牧場遇到心懷憤恨的人。

梅西看著地板，顯然在思考各種可能。「嫌疑最大的肯定是麥唐諾牧場的人。眞是的，他們顯然是故意撞我。我在他們的車子前面打滑轉圈，如果是意外，他們應該會停車。」

「說不定他們沒保險又怕惹禍。」

「也是。」

「我們還沒找到約書亞．潘斯的紅色小卡車。」

梅西的視線迅速回到他身上。「我也想過這個可能。你認爲麥唐諾牧場裡有人霸佔他的車？」

「珍珠說潘斯和麥唐諾一起去過咖啡店幾次，所以他可能也在那裡工作，雖然妳去那裡問話得到的答案並非如此。他的車還沒被找到，所以，如果知道他死訊的人決定把車佔爲己有，我也不會太意外。」

「一堆白痴。」梅西嘀咕。「我們得再去一趟，檢查那裡的車輛——」

一名感覺很疲憊的年輕醫師，此時掀開布簾走進來。「凱佩奇女士，妳的X光片沒有問題。」他穿著淺藍色手術服，腳下那雙慢跑鞋，楚門曾經考慮要買，但一發現要價將近兩百美元就立刻打消念頭。醫師看了楚門一眼，繼續接著說：「放射科醫師也會確認X光片，他們會另外開帳單……」

「我知道。」梅西打斷醫師的話：「所以你沒有發現任何問題？」

「沒有。」

「我可以走了嗎？」

「我正在列印出院文件。明天早上妳可能會覺得痠痛僵硬，可以服用市售止痛藥，有必要的話也可以冰敷。如果出現劇烈頭痛，立刻回來，或去找妳的家庭醫師。」

「我還沒有固定的家庭醫師。」她說：「我剛從外地搬回來幾個月而已。」

「那就利用這次機會找一個吧。」年輕醫師客氣微笑，表明這不是他的問題，並且說完之後便迅速消失離去。

「換衣服吧。」楚門走出布簾外負責看守，等她換衣服。知道她平安無事，他鬆了一口氣，肩頭感覺輕了一點。

**不過，誰會故意把聯邦調查局探員撞下馬路？**

他想到很多很難回答的問題，等不及要去問麥唐諾牧場的人。

◆

楚門開車前往梅西的公寓，好希望她能去他家。但梅西表示，爲了凱莉她一定要回家，明天早上才能確定姪女有準時起床上學。他很清楚和撫養青少年的女人交往有多難。即使凱莉十分獨立自主，梅西依然覺得必須處處照顧她，他只能認命。畢竟那孩子才剛失去父親。

不過有時候他希望能獨佔梅西。

「謝謝你送我回來，其實你眞的不必去醫院。」

**真是夠了！**

憤怒席捲全身，他做個深呼吸，把車停在路邊，轉動鑰匙熄火。距離她家還有幾條街。他在休旅車的駕駛座上轉身看她，心臟劇烈敲打，沮喪在四肢蔓延。「爲什麼我不該送妳回家？」

大大的眼睛對他眨了眨。他成功抓住她的注意。

「艾迪會送我回家，反正他已經在那裡了。」

「如果說我想要去接呢？我想要去醫院？」

「可是——」

「沒有可是。我知道自己的感受，不需要妳告訴我。」

「我只是不希望你覺得有負擔。」

「我知道艾迪費了一番工夫，才說服妳告訴我車禍的事。」

她眼神冒火。「那個小——」

「不是他告訴我的，是傑夫。艾迪跟他提了一下，我打給傑夫的時候，他告知我的。」

她雙手一甩。「為什麼所有人都要在我背後講我的事？」

「因爲我們在乎！」他咬牙切齒擠出這句話，盡可能壓抑大吼的衝動。

她張嘴想回答，但是在昏暗的車廂中看著他，她又把嘴閉上。

「爲什麼對妳而言，受別人照顧那麼難？」

「我不需要別人照顧。」她沒好氣地說：「我是成年人了。」

「看來我不該用照顧這個詞……爲什麼妳這麼難以接受別人的好意？爲什麼妳不想讓我知道車禍的事？」

「因爲我知道你會丟下工作，你要好好工作才行。鎮民仰賴你，案件也需要調查。很重要的案件。」

「妳也很重要。」

「可是我有艾迪。爲什麼需要兩個人來救援？我還得告訴多少人我太粗心，被人撞下馬路？」

「這件事不是妳的錯，但我希望當妳出事的時候，永遠會打給我。」

路過車輛的燈光照亮休旅車的車廂，梅西的綠眸閃耀。*那是眼淚嗎？*

「爲什麼這麼難？」他問，輕輕握住她的手。感覺有如握住冰塊。

「我從來不依靠別人，我習慣自立自強。」她停頓許久。「就連應該無條件愛我的家人都不能依靠了，又怎麼能依靠認識沒多久的人？」她越說越小聲。

這是必須謹慎面對的時刻。她掀開了遮掩情緒的簾幕，揭露自己的軟弱。他不敢動，更不敢說話，深怕她會就此將他封鎖在心門外。*我該怎麼讓她相信，她很安全？*

「告訴我，」他愼重地說：「妳希望凱莉依靠妳、依賴妳嗎？」

「當然！她的世界徹底崩塌，她需要穩定。我希望她知道，她需要幫助的時候永遠有我在……我十八歲之後，就再也沒有人這樣對待我了。」

「因爲她必須知道，她的人生中還有很多人愛她。」他接著說。

「沒錯。我眞希望最辛苦的那些年裡，能有愛我的人在。」

「我想成爲那個人。」他屛住呼吸，小心觀察她是否要逃跑。

她迅速眨眼。「你不了解我……我們才——」

「妳離家的時候，凱莉才一歲，妳們這期間很多年沒見。但妳會介意嗎？妳會需要花一整年的時間了解她，然後才願意對她付出眞心嗎？」

「那不一樣！」梅西想抽回她的手，但他握緊不願讓她輕易避開。

「聽我說。」他等到她願意看自己的眼睛時，才繼續講下去。「妳擔心明天我就不在妳身邊了，或是兩個月後。所以妳有所保留，不肯賭上妳的心。我可以保證，妳可以儘管放心，我是安全的選擇。」

「你不可能保證——」

「我能不能保證，不必由妳來告訴我，我知道我能做到什麼程度。梅西，我不怕把心掏出來給妳看，但我知道妳不敢這麼做。」

她沉默不語。

「不過沒關係，我懂。被家人拋棄深深傷透妳的心，妳爲了不想再傷心，所以築起高牆作爲保護。然而妳必須明白，允許自己被愛，並非軟弱的象徵。」

「我做不到。」她低語。

「現在還不行。」他認同。「但最終妳會學到，那其實是力量的象徵。妳會學到那是天下最難的賭注，不過呢……如果找到對的愛，所得到的報酬將會非常不可思議。」他輕觸梅西的臉頰，擔心自己逼得太緊。但她沒有逃走。還沒有。

她頑固又獨立。

但若非如此，他也不會愛上她。

# 15

梅西一見到蒂爾達·布拉斯就覺得很對味。

這位高雅有禮的老人家穿著男裝吊帶褲和橡膠雨靴，講話的語氣很和藹。蒂爾達為她斟茶，梅西婉拒加入牛奶，選了檸檬片。她請蒂爾達將下午茶改到上午，梅西很慶幸自己已經補充過咖啡因。茶不是她偏好的飲品。

她早上起床時脖子僵硬，但熱水澡加上止痛藥暫時解決了問題。艾迪來接她，先去了一趟星巴克，然後送她去租車公司；排在她前面的兩組觀光客一直無法決定要哪種車，害她等得不耐煩。櫃檯後面的業務才二十出頭，每次他往旁邊看的時候，一不小心對上梅西兇巴巴的眼神，就會注意力徹底渙散，必須請客人再說一次。四十分鐘後，她終於開著租來的福特休旅車上路，同時感覺背叛了她的太浩車。

楚門昨晚說的話依然鮮明印在她的腦海。老實說，昨晚那些話在她腦中迴盪了幾乎一整夜。他願意為她賭一把，就算可能傷心也不怕。

她還沒準備好為他賭這麼大。現在還沒有。

**需要多一點時間沒什麼不對。**

她喝一小口茶，欣賞蒂爾達的壁爐架，雕刻非常精美。風格莊重的客廳裡，所有能放東西的地方都擺滿相框。精緻的蕾絲桌墊與織毯和女主人的打扮形成強烈對比，梅西很欣賞，因為她相信穿衣服就是要舒服。「妳住在這裡多久了？」她看過楚門的報告，上面寫著二十年。小時候她朋友住在這裡時，房子相當小，但現在變得完全不一樣，似乎擴建過很多次。

「超過二十年了。」蒂爾達回答：「那時候我已經快六十歲了，不過體力比一般二十歲的年輕人更好。當時買下這麼大的農場感覺沒什麼，但十多年之後，我先生就有點吃不消了。他比我大十歲，體力衰退了不少。」她隔著杯緣打量梅西。「前兩天來找我問話的那個帥哥警察，聽說妳和他睡了。」

梅西聞言差點把嘴裡的茶噴出來。蒂爾達雖然儀態高雅，但似乎想到什麼就說什麼。

「不要這麼驚訝嘛，鎮上有兩個人跟我說過這件事。大家都愛八卦，妳也知道。」

「妳不是很少去鎮上嗎？」梅西無力地問。

「很少去，不過常打電話，我還是很喜歡聽聽新消息。我的好姊妹最愛聊誰和誰睡了，她們似乎很支持你們兩個在一起。」

「呃……眞是太好了。」

「我很想見見常聽到名字的那些人，所以妳打電話來約見面的時候，我開心極了。」她上下打量梅西，評估一番之後點點頭，彷彿覺得還不賴。「妳好像幾乎跟他一樣高，對吧？」

「差不多。」

「這樣很好。我比第一任丈夫高，我原本不介意，不過再婚之後，第二任丈夫可以和我視線相對，我才發現原來這麼棒。」

「我懂。」梅西確實懂。讀高中的時候，她比大部分的男同學高，很少有男生喜歡他們得抬頭仰望的女生。

「不過在床上就沒差了，對吧？」

梅西努力保持面無表情。「應該吧。」

「妳的局長很像我的第二任丈夫，身材高大、深色頭髮，而且眼神善良、笑容可愛。」

梅西不由得燦爛微笑。「沒錯，楚門就是那樣。」

「妳散發出那種氣息。」蒂爾達思索著說，端詳梅西的臉。「妳說他的名字的時候，我看得出來妳有多重視他。妳有女人戀愛時那種特別的表情。我還沒忘記那種感覺。」

梅西一時忘記呼吸。她和楚門還沒互相說過那三個字。有幾次她覺得他好像在等她先說，而昨晚他們討論時，她以為他會說出口。

但他沒說。**我覺得失望嗎？**

有一點。她心中有一部分很想聽他說，但其他部分吵著說她還沒準備好。

因為假使他說了，她就也得說。**對吧？**

**我準備好了嗎？**

她想起手臂上貼著的棉花，幾個小時前她才在淋浴間撕掉。她告訴楚門抽血是為了證明她沒有酒駕，其實並非如此。要拍X光片的時候，梅西無法百分之百確定自己沒有懷孕，於是醫師吩咐進行快速驗孕。「保險一點總是好。」醫師說。

接下來幾分鐘，梅西心中惴惴不安，深怕懷孕。

幸好沒有。

「不過有時候他們又會惹得妳火冒三丈，讓妳很想拿剷子打爆他們的腦袋，在牧草原挖個洞埋起來。」蒂爾達笑嘻嘻接著說：「最後通常都以火辣性愛和解，接下來一切相安無事，直到下次妳又想打爆他們的頭。」

梅西又喝了一口茶，依然無語。

「不過妳來找我應該不是爲了聊男人，妳想知道我有沒有想起關於火災的其他事。」

梅西終於鬆了一口氣。「對，妳有想到嗎？」

「沒有，什麼都沒有。」蒂爾達喝了一大口茶。「妳知道，我還記得妳父母剛搬來鎮上那時候。原本我們住在他們附近，住了很久。事實上，有一年妳爸要裝柵欄，我老公還去幫忙挖洞立柱子呢。」

「我不知道這件事。」**蒂爾達只是需要有人跟她聊八卦，而不是關心火災。**她得努力想辦法把話題引回火災上。

「我記得他們那時候很年輕、很有幹勁，一心想要保護自己不受世界傷害。」

「我爸媽確實是那樣。」

「有些準備者瘋瘋癲癲的，但他們不一樣。我從沒看過他們戴防毒面具演習，也沒看過他們挖地窖預防輻射線。他們似乎只是想回到比較純樸的時代，大家凡事靠自己。」

「他們想要的就是那種生活。」

「他們是好鄰居。妳媽生了第一胎之後，我們搬去鎮上另一邊。我老公很愛搬家，每次都麻煩得要命，每次打包、整理行李大多由我包辦。」她嘆息。「看來又到了要搬家的時候……我看這次找個年輕人來幫我整理吧。」

「妳要搬家？」

「有人出了不錯的價錢要買這片土地。」

「我不知道妳打算出售。」

「原本沒有。不過人家都來敲門送錢了，剛好這棟房子對我來說也實在太大了，就當作是上帝給的暗示吧。」

「妳要搬去哪裡？」

蒂爾達歪著頭，遙望遠方。「我覺得現在是時候該找安養之家啦。平常可以自己住，但需要幫忙的時候隨時有人在的那種。有點像公寓大樓，但特別爲老人家設計。我很清楚自己多老了，想像過萬一跌倒摔斷骨盆會怎樣。我認爲那個想買土地的人來的正是時候，我打算再去問問。希望他能理解，女人就是三心二意。」

「妳當初跟他說不想賣？」

「是啊。我承認那只是一時衝動。我不喜歡那個人的態度，跑來我家，說話的語氣活像我是個老糊塗。我把他趕走，但過了幾天他又來，那次就比較有禮貌，但我還是不想賣。他最後留了電話號碼，我打算再考慮幾天，然後打電話給他。」

「如果妳準備好要賣，那就賣吧。不過要先找人來估價，說不定他以爲能騙妳低價賣給他。」

「這部分倒是不用擔心。我有個姪孫在做不動產仲介，他會幫我搞定。」

蒂爾達之前太勁爆的直率讓梅西招架不住，不過討論不動產一事讓她的思緒回歸正軌。「我看過上次的訪談報告，當時妳說最近只有一個找狗的人來過。說要買土地的人是什麼時候來的？」

蒂爾達睜大眼睛。「哎呀，妳可真機靈。妳說得沒錯。妳男朋友和另外那個探員來的時候，我忘記跟他們說這件事。那個人第一次來是在十一月初。我會記得，是因為他說我掛在門上的秋季花環很漂亮。萬聖節的時候，我在門上掛了一隻假貓做裝飾，他來的時候已經換掉了。」

「可以告訴我那個人叫什麼名字嗎？」

「沒問題，我找找他的名片。」她站起來的動作有點僵硬，但大步走出客廳時精力充沛的模樣不輸年輕人。梅西看了看壁爐架上那張德國牧羊犬的照片，想起楚門說過，那次他們來的時候，一開始她宣稱狗還活著。**但今天她感覺很頭腦很清楚。**

「真是的，我忘記把他的名片放哪裡了。」蒂爾達說著回到客廳。她環顧客聽，尋找那張討厭的小紙片。「我發誓，那天就放在電話旁邊。一開始我扔掉了，但後來又從垃圾桶撿出來，想說或許哪天會改變心意。」

「妳記得對方的名字嗎？」

蒂爾達思索著，伸出一隻手指點點下巴。「不記得了，名片上有。我之前沒見過他，也沒聽說過這個人。」

**或許無關緊要。**但梅西一直感覺有什麼地方不對勁。蒂爾達拒絕出售土地之後，就發生了縱火事件。這值得仔細調查一下。

「我會繼續找。」老人家說。

梅西準備離開，拿出自己的名片交給蒂爾達。「這張可別弄丟了。等妳找到那個人的名片，打電話給我，我想知道是誰這麼想買妳的土地。」

「妳該不會認爲，是那個人放火想嚇跑我吧？」

「這種做法有點太極端，妳不覺得嗎？」梅西問，希望她的想法沒錯。

「如果他們想趕走我，放火燒那座舊牛舍一點用都沒有。那座牛舍有沒有我都沒差。不過如果他們膽敢對我的房子動手腳，絕對會大吃一驚。」蒂爾達拍拍吊帶褲鼓鼓的口袋，梅西這才驚覺，和她一起喝茶的老太太身上有槍。

**提高警覺啊，凱佩奇探員。**

◆

外面的碎石路傳來好幾輛車的輪胎聲，凱德放下工作仔細聽。時間將近晚上九點了，他從來沒工作到這麼晚，但現在他沒必要急著回家，因爲凱莉不能偷溜出來見面了。他兩次把完成的工作又拆開，因爲犯了很蠢的錯誤。兩次都是因爲他分心了，想著凱莉的姑姑上次來牧場的事，沒有專心工作。他決定要把工作處理好再回家。

外面有好幾個人在講話，他聽出麥唐諾獨特的低沉嗓音。其他人的語氣感覺擔憂又不快。凱德走到正在建造的宿舍門邊，貼在牆上仔細聽。齊普正在抱怨。凱德聽不清楚他說的內容，但聽得出齊普的語調比平常高亢。齊普似乎重複了幾次「調查局」這個詞，還有約書亞．潘斯的名字。麥唐諾回答時，低沉的聲調讓人心安，腳步聲往擴建中的食堂移動。

凱德吁了一口氣，這才發現剛才偷聽的時候，自己一直憋著氣。可想而知，齊普會報告調查局探員找上門的事。看到凱莉的姑姑出現在他工作的地方，他差點當場昏倒，而鼓起勇氣和她說話，比想像中困難一百倍。她說話的同時，彷彿看穿了他的所有祕密，那雙綠眸能透視他的腦袋。他很想老實說出自己認識約書亞．潘斯。那人比他更早開始在牧場工作，善良又開朗，不過經常和其他人起爭執。

有一天，潘斯突然沒有來上班。似乎沒有人在乎。凱德問過米契，他只是聳肩說：「他大概找到更好的工作了。」他察覺，米契說完之後和齊普互使眼色。

沒想到潘斯竟然被謀殺了？

凱德上Google搜尋潘斯的名字，想知道命案的詳情，但牧場的網路很不穩，今晚更是根本沒訊號。完全、徹底沒有。看來只能等回家再說了。不停思考潘斯的遭遇，讓他更不專心，工作錯誤更多。

他吞嚥一下，忽然覺得喉嚨好乾。

**快跟去偷聽。**

**潘斯出事了，他們一定知情。**

凱德打開宿舍的門，看到那些人還在前往食堂的路上。幾個小時前就已經日落，天色十分昏暗。食堂上方的微弱燈光，讓那些人顯得有如黑夜中的鬼影。麥唐諾無論去哪裡，身邊都會跟著兩個人，此刻那兩人正走在麥唐諾身後。現在麥唐諾再也不會一個人出現了，那兩人根本就像保鏢。

**麥唐諾像潘斯一樣惹上殺身之禍嗎？**

**所以才會去哪裡都帶著兩個人？**

他的腦袋還沒有察覺自己在做什麼，雙腳就已先行移動跟了上去。凱德偷偷摸摸溜到碎石地外圍，走在泥土上沒有聲音，比較不會被發現。他呼出的氣息凝結成霧，雙眼逐漸適應昏暗光線。他到了食堂外，轉彎走向後方。米契和齊普還沒有裝好廚房後門。萬一等等遇到在廚房工作的女人，他就藉口說想來拿點東西在回家的路上吃。還沒完工的門一推就開，凱德走進空無一人的黑暗廚房。他因為鬆了一口氣而膝蓋發軟。牆壁另一邊傳來交談聲，那裡是用餐區，空間比較大。

他翻找櫥櫃，拿出兩片麵包、抹上花生醬，在微弱光線中瞇起眼睛努力看清楚。

**這個三明治可以證明我的說詞。**

他彎腰沿著長長流理臺走向送餐口，那裡透進一點燈光。那是廚房盡頭的一個大窗口，廚師煮好的食物會送來這裡，方便用餐的人拿取。凱德蹲在送餐口前的桌臺下仔細聽。

「戴維森夫婦不能繼續住在鎮上。他們惹是生非，引來警察注意。」

**我聽不出來是誰在說話。**

「他們到底在想什麼？」湯姆．麥唐諾問。

「天曉得。」剛才那個人說：「金柏莉惹火了韋恩。」

「罰她做十天廚役。」麥唐諾說：「每一餐都要。」

**廚役是什麼？**

「他們要睡哪裡？現在床位全滿了。」

「先睡快完工的那間宿舍，鋪睡袋湊合一下。讓他們吹吹冷風清醒一下。」麥唐諾說。

眾人低聲贊同。

「齊普，解釋一下爲什麼調查局會盯上我們。」麥唐諾說。

說話聲停了一下，穿著靴子的腳步聲移動，凱德猜想應該是齊普上前回答。從聲音的遠近判斷，麥唐諾應該站在距離出餐口幾英呎處，其他人則全部站在一起面向他。

**除了那兩個跟班**。凱德猜想他們應該站在麥唐諾的左右兩側。

「我不知道，老大。」凱德第一次聽到齊普用這麼恭敬的語氣說話。「他們不知怎麼查到潘斯和牧場有關，他們拿照片來問我們認不認識他。」

「你們怎麼回答？」

「我和米契說不認識。凱德說不確定，然後說有很多人在牧場出入。」

麥唐諾罵了一句，那一小群人紛紛低聲表示同感。凱德抹去人中冒出的汗水。

「那孩子表現不錯。」

米契的話讓凱德振作起來。

「兩個調查局探員瞪著他，在那種狀況下凱德算是相當冷靜。」米契接著說。「我認爲他很眞誠，他的回應就像是一無所知，但很想協助警方的感覺。」

全場一片死寂，凱德希望米契不會後悔站出來幫他說話。

「盯著那男孩。」麥唐諾下令。「如果調查局的人再來，要把他藏好，不准他亂說話。萬一出事，責任由你來扛。」

「是，老大。」米契回答。

「他們如果又來問潘斯的事該怎麼辦？」第一個說話的人問。

「回答他們，就說我們對他一無所知。」麥唐諾說：「想辦法弄清楚他們怎麼會知道我們認識他，一定有人亂說話把他們引來。」

「你要打電話給他們嗎？」齊普問。

「爲什麼？」

一片沉默。

「這裡是我的土地，我不欠他們什麼。很快我們就不必忍受他們了。」

眾人齊聲歡呼，夾雜著一些「媽的，對極了」之類的回答。

「你們自行選擇來到這裡。」麥唐諾以鄭重的語氣說。「你們對我有信心，我們擁有共同的目標，我保證會讓目標實現。潘斯闖禍了，因此付出了代價。這件事讓我們學到，必須將眼光放在未來的報酬上。我們的未來將會無比偉大，那是我們身爲美國人應得的榮光。」

更多人紛紛回應「媽的，對極了」，這次音量很大。

「歐文怎麼辦？」一個凱德不認識的聲音問：「那兩個探員其中一個是他妹妹。」

「歐文由我處理，完全不需要擔心。」麥唐諾承諾。「他討厭那個探員妹妹，連看都不想看她。」

「可是我很想看她耶。」一個人嘀咕。其他人哄堂大笑。

「她不會造成問題，也不用擔心沒有女人可看。女人很快就會蜂擁而至，強大的男人有多吸引女人，到時你們一定會大吃一驚。她們的內心深處渴望被照顧，很快地，她們就會看出這裡是最理想的地方。」

凱德聽到那些人熱烈贊同，同時也聽到廚房門突然打開的聲音。他用雙手和膝蓋爬行躲到一堆蔬果箱後面，祈求那個人不會開燈。他往後靠在箱子上，盡可能將一雙長腿收起來貼著腹部。微弱燈光亮起，蔬果箱的影子籠罩凱德。光照到他的右腳鞋尖，他緩緩移動藏好。

**老天救命、老天救命、老天救命呀**。

燈光一下就熄滅了，凱德領悟到原來是那個人打開冰箱又關上。穿著靴子的腳步聲從他身後經過，從通往食堂的門離開。門打開又關上。凱德鬆了一口氣，把頭埋在膝蓋上。

**我得快點出去**。

他鬆開雙腿，悄悄爬向後門，心跳劇烈敲打耳朵。就快到門口的時候，他突然聽見炸藥這個詞。他停住動作，拉長耳朵，但心跳聲讓他很難聽清楚。

食堂傳來大笑。剛才麥唐諾說的話肯定很好笑。

凱德無法想像炸藥有什麼好笑。

恐懼驅使他走出門口、離開廚房。他將三明治扔進灌木叢，知道如果吃下去自己一定會吐。他小跑步回到興建中的宿舍，整理好工具方便明天上工，然後跑向自己的小卡車。開車離開牧場時，他的手腳都在發抖，外套口袋中凱佩奇探員的名片感覺沉重無比。

**該不會是麥唐諾派人殺死約書亞・潘斯吧？**

# 16

*有空一起吃午餐嗎？*

凱莉看著凱德的簡訊，心中無比歡喜。她立刻回訊說有空，所以第三堂課剩下的三十分鐘都盯著時鐘，幾乎沒辦法坐在位子上聽豪斯曼老師講解她讀過最讓人發毛的小說《蒼蠅王》。凱德要來耶，她怎麼有心思研究兒童殺人犯？

下課鐘終於響了，她沒有去置物櫃放東西，而是直奔校門。午休只有半小時，絕不能浪費一分一秒。一看到凱德的卡車停在學校正門外，她的全身神經立刻騷動起來。

*真希望我已經畢業了。*

當妳心愛的人不用上學，每天去學校就變得好痛苦。

她打開前座車門、跳上車，在長條形座位上移動到他身邊，欣賞他穿牛仔褲配皮夾克的模樣。他把她拉過去來個激情深吻。

她融化了。

熱吻結束，他打檔開車，她急忙問：「你怎麼沒有去上班？」

「我來鎮上買工作用的東西。就算我晚一點回去，他們也不會發現。」

「可以去冰雪皇后（注）嗎？」她很想吃漢堡。

「沒問題。」

他開車時，她依偎在他肩上，凱德身上總是有木材的清新香氣。

**我不能整個下午都蹺課**。可是老天，她眞的好想。幸好他得回去工作。

「妳姑姑有沒有說關於我的事？」他問。

「沒有。我們得選個日子，你來我家吃晚餐，正式和她見個面。」

「她又提起這件事？」

「沒有。自從那天的重大討論之後，她再也沒提過，不過我答應會和你約時間。」

他點點頭，打方向燈轉彎開進冰雪皇后的停車場。

「她在調查局負責什麼案子？」他問。

「我知道她正在調查那兩位副警長的命案，也包括前幾天晚上找到的那個死者，他們認爲這兩起案件有所關聯……還有其他幾件小型縱火案。她在家很少講工作的事。」

「說不定是不能說。」

「沒錯，而且她需要暫時放下工作。晚餐的時候我都會盡量跟她講話，因爲有時候她眞的好安靜，我知道她一定又沒辦法不去想案件的事。」

「很投入。」

注 冰雪皇后（Dairy Queen）為美國連鎖冰淇淋和速食餐廳。

「沒錯。」

「也就是說，她負責殺人案？」講到殺人的時候，他的聲音有點卡住。

「不一定。自從她調職來本德市之後，什麼案子都會負責到。以前在波特蘭的時候，她主要負責本土反恐。這裡的探員比較少，所以每個人都要承接各種案件。」

他停好車，但沒有下車，反而轉身看她，棕眸若有所思。「最近遭到殺害的那三個人當中，有妳認識的人嗎？兩位副警長……和另外那個人？」

凱莉搖頭。「不認識。楚門和兩位副警長多少合作過，另外那個人的身分也才剛確認，不過我從來沒聽過他的名字。他們不確定他是從哪裡來的。」

「他們一定很沮喪吧？」

「梅西姑姑說他在波特蘭有個女兒，她安排將他葬在那裡。」

他好像突然放心了。「那就好。」

*他真的好感性。*「你餓了嗎？我們買外帶回學校停車場吃好了，這樣我才不會遲到。」

「走吧。」

他們進店裡點餐，然後等出餐。*為什麼這家店每次都這麼慢？*

她忙著計算還能和凱德在一起幾分鐘，這時聽到他和別人打招呼。她的視線離開手機，看到蘭登那張陰險的臉，而芬恩站在他身後。

她勉強擠出笑容，好希望這瞬間能聽到店員叫到他們的號碼。

「妳蹺課？」蘭登問她。

「現在是午休時間。」

「那天晚上是不是妳報警抓我們？」蘭登滿臉笑容，但語氣很嚴厲。

「你在說什麼鬼話？」凱德問。凱莉呆住，恐懼在心中盤旋。

「我只是覺得，那晚警察跑來應該不是巧合。誰是唯一沒被抓進警察局的人？」站在蘭登身後的芬恩想表示贊成，但凱莉瞪他一眼，他立刻退縮了。

「你有看到她打電話嗎？」凱德氣沖沖質問。「還是你認爲她有超能力，可以用心電感應召喚警察局長？因爲這是唯一的可能。」

「我沒有打電話。」凱莉澄清。「如果你不想被警察抓，那就不要做蠢事。」憤怒讓她看不清周圍。蘭登怎麼不去死？要是凱德到現在還看不出來好友是個爛人，那她得好好和他談談了。

「你有沒有幫我問你老闆找工作的事？」蘭登問凱德，突然改變話題。

凱莉氣炸了。**凱德該不會要幫他找工作吧？**

「他們現在不缺人。」凱德說：「不過我會繼續打聽。」

**感覺得出來他在撒謊。或許他終於看清了蘭登的本質。**

「二十三號！」

「是我們的號碼。」凱莉急忙上前取餐。「我得回學校了。」她往門口走去，讓凱德和朋友道別。

她受夠了。

他出來之後接過她手中的袋子，牽著她的手走向車子。

「你不希望蘭登去牧場工作，對吧？」她問。

凱德先幫她開車門之後才回答。「我認爲他不太合適。」他關上車門，繞過去駕駛座。

「如果是我的話，絕不會推薦他。」凱莉表明。「總覺得他不太可靠。」她仔細觀察凱德，等候他的回應。

「沒錯，所以他才會被開除這麼多次。」

她深吸一口氣。「我知道他是你的好朋友，但我不太喜歡他。」

凱德沒有說話，只是專心開車。

「每次見面他都酸我。」

「他只是——」

「無論有什麼理由，都不能那麼沒禮貌。」

他再次沉默。

「你剛才騙他說工地不缺人，你眞的問過老闆嗎？」

「沒有，但我不能告訴他。」

「可以理解。」她知道凱德和蘭登是多年好友，但她不會自己被欺負了還默不作聲。「眞不敢相信他懷疑我那晚打電話給楚門。」

「他總愛找怪罪的對象。」凱德緩緩地說，彷彿終於看清眞相。

「這樣很不酷。」

「是啊。下次我們一起出去的時候，我不會再和他們一起混了。」他把車開進學校停車場，熄火之後摟住她的肩膀吻她。「對不起，我的朋友都是混蛋。」

她貼著他的嘴大笑。「他們眞的很混蛋，不過我想和其他情侶一起出去。你工作的地方有可以一起玩的人嗎？」

他稍微後退，皺起眉頭。「沒有。」他打開一個袋子，把漢堡拿給她。

她等他繼續說明，但他沒有開口。「一個都沒有？眞的？你不喜歡一起工作的人？」她打開包裝紙，一大滴油滑落，她急忙用餐巾紙接住。她咬了一口，美味多汁的肉搭配起司，太好吃了。

「那些人的年紀比較大，我們和他們恐怕玩不起來。」他看著開進停車場的車輛，出去吃飯的學生回來了。

「好吧，我想想哪天比較合適，你來我家吃晚餐，讓梅西姑姑見見你。」

他縮了一下，幾乎難以察覺。「我已經見過她了。」

「什麼！什麼時候？」凱莉差點被嘴裡的漢堡噎死。「她沒有告訴我！」

「昨天她來牧場，調查被割喉殺害的那個人。」

「噢，難怪了。那你有沒有自我介紹？」

「算是有吧，她好像不太喜歡我。」

「她還不了解你。不要因爲她工作時的樣子就怕她。我看過，眞的很嚴肅。平常她會比較放鬆。」

「我不知道耶……」

「感恩節晚上你可以嗎？我們會提早吃大餐，然後和其他人一起吃甜點。你可以來嗎？」

他似乎很不自在。「嗯，應該吧。」

凱莉迅速把漢堡吃完，擦擦嘴。「我得快點去上課了。眞高興你來了，雖然眞的很趕。」他的吻讓她考慮乾脆蹺掉最後一堂的數學考試。**但他也要回去上班。**

她下車，向他揮手道別。凱德顯得有點難過，她暗自欣喜。他也不想與她分開。

# 17

凱德從卡車上的一堆木板中搬下三塊，扛進前幾天發現炸藥的那間倉庫。

炸藥不見了。原本堆放的地方空無一物，他甚至懷疑那天看到的，是否只是自己的想像。

**不。我真的看到了。**

他魂不守舍地走了好幾趟，把車上的木板搬進倉庫，納悶炸藥去哪裡了。

**他們是不是故意般走，以免被我發現？**

**他們弄來那些炸藥要做什麼？**

**我為什麼要在乎？**

他在腦中重複最後那句話十次。無論湯姆．麥唐諾在他的土地上做什麼，總之不關凱德的事。他只是來工作的。這裡薪水不錯，而且他喜歡看建築物慢慢成形的過程，能夠看到辛勤的成果很有滿足感。齊普說過，下星期另一棟宿舍的地基要灌漿了，對凱德而言，這表示可以繼續在牧場工作，以及拿到優渥的薪水。他從來沒賺過這麼多錢，他說什麼也不會毀了這個機會。

他將一塊木板放好，轉身要回卡車那裡準備搬另一塊，沒想到差點一頭撞上湯姆．麥唐諾。

麥唐諾擋住倉庫出口，身後明亮的天空襯出他壯碩的身影。凱德讓到旁邊，以爲麥唐諾要進倉庫。

麥唐諾沒有移動，因爲天空太亮，凱德看不清他的眼睛。他本能地看一眼麥唐諾身後，尋找那兩個從不缺席的……保鏢？跟班？猴子？麥唐諾難得獨自一人出現。凱德瞇起眼睛，舉起一隻手擋光，終於看清麥唐諾的臉。

「請借過，先生。」

麥唐諾沒有動。「凱德，你是個有禮貌的好孩子，我很欣賞。這年頭有禮貌的人不多了。」

「謝謝您。」凱德不介意麥唐諾叫他孩子。只要他記得給薪水，想叫什麼都可以。

「剛才我在看你建造宿舍，工作確實又整潔，很不錯。我很高興有人推薦你的時候我採納了。」麥唐諾繼續看著他。

「再次謝謝您。我很喜歡這份工作。」

**這是某種測試嗎？**

「你的工作態度很好。」麥唐諾點頭。「眞希望這裡有更多人像你這樣。你一天完成的工作量，齊普和米契合力才能做完。」

**我還以為永遠不會有人發現呢**。

凱德看向麥唐諾的眼神更加敬重。**他有注意觀察我**。老實說，凱德很少在牧場見到他，不禁納悶他如何掌握大小事。

「有時候人不得不做討厭的事。」麥唐諾接著說：「不過我一直相信，無論工作多糟、同事多討厭，都要付出百分之一百一十的努力。重點在於，你完成了應該做的事，而且成果出色。」麥唐諾的臉很大又滿是橫肉，以致於眼睛顯得很小。他的臉頰總是很紅潤，但今天感覺更漲紅，而且呼吸也有點吃力。要移動這麼巨大的身體一定非常吃力。不過他並不懶惰。他總是在走動視察、發號施令。

凱德感覺自己腋下汗濕。**他到底有什麼事？是不是有什麼事惹他生氣了？**

「請問我是不是做錯了什麼？」

麥唐諾的表情變得開朗。「沒這回事，孩子。你表現很好，我滿意到不行。我只是想聽聽你對調查局來牧場的看法。」

「噢。」他的汗流得更凶了。「他們拿了一張照片，問我有沒有看過那個人。」

「你看過嗎？」

凱德直視大塊頭麥唐諾的雙眼。「我覺得好像在這裡見過，但不確定。所以我沒說認識他。」

麥唐諾的眼神似乎在思考，他掂量凱德的回答足足五秒。「他之前在這裡工作過一陣子。他不太適應，所以我叫他走了。我不知道他跑去失火的農場做什麼……說不定是躲在牛舍裡睡覺。被我開除之後，他應該沒有地方可去。」他的眼神似乎變得有些陰沉。「沒必要讓調查局的人知道他在這裡工作過，有時候我的聘僱紀錄不太完整。」

凱德鬆了一口氣，死命抓住這個藉口。「我懂您的意思。」

「有些員工比較喜歡在檯面下拿現金。我不願意看他們被迫繳稅，政府根本不配拿我們的錢。」

「您很好心。」

「政府太貪心，什麼油水都想撈。那麼多錢都用在哪裡了？我需要錢的時候，他們可沒有資助我。只是鋪設、維修馬路，到底要收多少稅金？我不需要政府做別的事，只要有馬路可以開車就好。」

凱德點頭，這種話他從小到大聽多了。他不見得同意，不過每週領到的薪水都要扣那麼多稅，他也覺得很心痛。

**難道他在暗示，要在檯面下付現給我？**

不安的心情讓他忍不住左右移動重心。他不想走上那條路。他希望累積優秀的工作資歷，謹慎守法——所有法律。

「我眞不懂，修路那麼簡單的事，爲什麼要經過那麼多官僚機構？」麥唐諾接著說：「我們繳的稅絕大部分都用在那裡——冗員的薪水。這裡的警察也一樣，他們根本沒有爲我們服務；他們效忠政府，執行一堆根本沒人想要的法律。我們有能力自己執法，我們能明辨是非，不需要一堆政客幫我們做決定。」

麥唐諾的視線彷彿穿透他的腦殼。**我應該要附和嗎？**

他決定還是閉嘴比較安全。**不確定該說什麼就別開口。**

麥唐諾繼續盯著他看，凱德感覺汗水從身體兩側往下流。最後麥唐諾露出大大的笑容。「你很明智呢。你的眼神表明你不太同意我說的話，但你沒有開口，我欣賞你的做法，這表示你有能力傾聽。」

「每個人都有自己的看法，我尊重這一點。」

「很好。」他打量凱德，眼神似乎在思考。「我會找找還有沒有其他工作可以交給你，或許會是責任更重大的職位。不過，如果那些調查局探員或其他警察跑來，一定要讓我知道。我們不必回答他們的問題，他們只是好管閒事。政府一直對我很有意見，因爲我不吃他們那套狗屁。他們一有機會就跑來騷擾我，而我感覺得出來，這只是開頭而已。我之所以離開愛達荷州，就是因爲狀況變得太複雜。我不希望這裡也搞成那樣。」

「沒問題。」責任更重大的職位？他想收買我嗎？讓我閉嘴？

萬一他發現我女朋友的姑姑是調查局探員，他會怎麼做？

凱德腦中突然冒出這個想法，因過於驚慌而瞬間有些暈眩。他沒有說出凱莉的姑姑是探員，這樣是不是已經在對老闆撒謊了？

該不會他已經知道，只是裝模作樣試探我吧？

凱德心生膽怯，膝蓋有些發軟。他繼續注視麥唐諾的雙眼，但心中覺得自己隨時會癱倒，他很想知道汗水有沒有浸透上衣。

麥唐諾拍拍他的肩膀。「凱德，下次見囉。」他捏捏凱德的肩膀，轉身離開。擋住門口的巨大身影一消失，倉庫裡便突然變得明亮。凱德往前走了兩步，背靠在牆壁上，然後彎下腰，雙手按住膝蓋。他努力壓抑想嘔吐的感覺。

我是不是沒有通過測驗？

現在該怎麼辦？

絕不能讓凱莉接近這裡。

梅西從背影就認出大哥，他正在和蘿絲說話。蘿絲坐在餐館的卡座沙發中，歐文站在桌邊，蘿絲朝他的方向抬起頭。梅西停下腳步，不想打擾，但她看到蘿絲的臉上出現奇怪的表情，於是決定還是走過去，明目張膽地偷聽。

上次她和歐文的討論她依然記得很清楚。**討論**這個詞其實太客氣，他根本是在責罵她，她不想再聽一次那些話，但蘿絲的表情讓她拋開謹愼。自從梅西回到鷹巢鎭，她發現自己願意爲家人赴湯蹈火。就連歐文也一樣。

蘿絲厭惡的表情讓她繼續往前走。

「……他們都認爲這樣做才對。」歐文強勢地對蘿絲說。

「你瘋了。」蘿絲回答。

「他眞的是個好人。昨天我第一次見到他，就知道妳一定會喜歡他。」

「你要把我嫁給只見過一次面的人？老天，歐文，你知道你剛才說的話有多少毛病嗎？」

「嫁？」梅西再也忍不住了。蘿絲聽到妹妹的聲音，鬆了一口氣，歐文則迅速轉過身。

「妳跟歐文講講理吧。」蘿絲說：「他和爸急著幫我找老公。」

「**老公**？」梅西轉身問歐文。「你認爲她需要**老公**？」

歐文瞬間昂起下巴，抬頭挺胸。「她懷孕了。」

「那又怎樣？」

「她該結婚才對。」

「你是從哪個世紀來的？」

他的眼睛冒出怒火，梅西轉頭看蘿絲。「妳應該不會聽他們的話吧？」

「當然不會。」

「她需要有人——」

「你知道自己在說什麼嗎？」梅西說：「你有見過比蘿絲更能幹、更堅強的人嗎？她什麼都做得到！」

「妳不懂。」他開始爭辯。

「我怎麼會不懂？」梅西反駁。「你認爲女人需要男人照顧。沒錯，兩個人彼此相愛，一起建立新生活，這樣當然很好。可是，老天啊，歐文，你不能強迫別人結婚！」

「爸媽老了，很快他們就不能繼續照顧——」

「給我等一下。」梅西舉起一隻手。「現在是誰在照顧誰？根據我看到的狀況，是蘿絲在照顧家裡所有人，她唯一做不到的事只有開車而已。」她仔細觀察大哥。「你難道忘記我們是一起長大的？蘿絲從來不讓失明阻撓她想做的事，不是嗎？」

「現在的世界不一樣了。」他爭辯。「她需要有個男人在家保護她，我們全都需要保衛自己。」

「那就教她怎麼做。坦白說，我想不出來還有什麼可以教她，她全都會了。」她看著蘿絲，二姊竟然沒有氣到耳朵冒煙，她非常驚訝。「所有能上的防身術課程妳都上過了，對吧？」

「沒錯。」

「可是兩個月前還是發生了那種事！」歐文怒斥。

整間餐館安靜下來。

「看吧？」歐文降低音量。「妳知道我說得沒錯。她沒有辦法保護自己。」

「你忘記了嗎？襲擊她的人是你的**朋友**。」梅西咬牙切齒說：「我絕不會相信你看人的眼光，你的紀錄爛透了，更別說你竟然推薦一個第一次見面的人？你怎麼知道他不是會打老婆的爛人？你太想保護她，以致於扭曲了判斷力。」她怒瞪大哥。「也可能不是這樣，說不定你眞的這麼相信……再爛的男人也總比沒有好。」

「我可以說句話嗎？」蘿絲的語氣酸到不行。

歐文與梅西同時看向她。

「你們兩個的反應都太激動了，各自都想以自己的方式保護我。夠了，我完全有能力替自己發言。歐文，放棄吧，**再也**不要跟我講嫁人的事。梅西，冷靜一點，我可以爲自己戰鬥。」

梅西做個深呼吸，緊緊抿著嘴唇，決心不說話。蘿絲說得對。感覺彷彿他們又變回小孩子，蘿絲因手足擅自想幫忙而斥責他們。她一向有能力自己做所有事；她不需要梅西出面捍衛自己。

**可是，老天爺啊，要我閉嘴不發表意見真的很難。**

梅西看歐文一眼，發現他也在努力克制。他們的眼神交流默契。蘿絲不需要他們兩人爲她做任何事。

「對不起，蘿絲。」歐文低聲說：「我覺得好像又回到小時候，一心想保護妹妹。」

「不准再跟我說找老公的事。」她命令。

「好吧。」歐文不甘願地說，表情彷彿被迫答應永遠不吃紅肉。「可是寶寶——」

**「歐文！」**

他明智地選擇閉嘴。

「我等不及想見到還沒出生的外甥或外甥女。」梅西說：「想幫忙的人會多到妳不知道該怎麼辦呢。」

歐文道別之後大步走出餐館。梅西坐進蘿絲對面的位子，看到二姊紅潤的氣色，她非常高興。**她會是個超級好母親**。想到蘿絲要生下強暴犯的孩子，梅西依然感到害怕。然而，相較於恐懼的時刻，以姊姊爲榮的時候多更多。她知道一定有人在蘿絲背後說閒話，但只要讓梅西抓到，他們這輩子就休想再說話了。

倘若有人膽敢因父親的身分而欺負無辜的孩子，梅西阿姨絕對會讓他們吃不完兜著走。但前提是蘿絲媽媽教訓過之後，那些人還有剩半口氣。

「歐文變了。」蘿絲說：「他一直太急著想保護我，但我從沒聽過他這麼憤怒的語氣。」

「他生妳的氣？」

「不是，不是直接生我的氣，我從他說話的感覺聽得出來。就好像……他胸口積壓了一百萬件事，需要抒解。自從李維過世後，他就一直這樣。他和以前不一樣了。」

「我知道。」但我不是「真的」知道。李維過世之前，我還來不及重新認識歐文。「這件事依然讓我很內疚。」梅西低語，想起二哥，她心中無限感傷。

「別這麼想。」蘿絲命令。「完全不是妳的錯。」

「我知道。」梅西重複，但這次也是在說謊。我永遠會覺得是自己的錯。

「嗨，兩位！」艾娜．史密斯、芭芭拉．強森，以及民宿老闆珊蒂一起進入餐館，她們向姊妹倆打招呼，梅西在巨大的卡座中移動，讓出位子給她們。幾秒後，珍珠也來了，擠進卡座裡最後的一點空位。梅西默默聽大家聊天。

這一小群女人每隔幾週就會見面聊天、講八卦，蘿絲邀請梅西加入。雖然感覺有點像在找藉口，但她們也會商量如何幫助鎮上困苦的人。梅西突然意識到，小鎮的隱形力量此刻正齊聚桌邊。這些女人認識鎮上所有人，知道每個人的處境，而且樂於助人。自從梅西加入以來，她們募款為一對年輕夫妻添購孩子上學用的文具和衣物，以及莎拉．布朗（Sarah Browne）的丈夫過世後，她們連續三個星期送飯菜給她。

她們主要幫助的對象都是家庭。

「寶寶有沒有讓媽媽很累啊？」珊蒂問，眼神滿是羨慕。梅西不懂為什麼高大紅髮的珊蒂沒有結婚也沒有生孩子。她是梅西見過最愛照顧人的人，這種個性非常適合經營民宿。

「我狀況很好。」蘿絲像平常一樣甜美微笑。「精神充沛。」

這個答案讓艾娜、珍珠與芭芭拉同時開始發表意見。「我從懷孕第一天就累得要死。」珍珠說：

「兩次懷孕都一樣。直到他們去上學之後才好一點。」

艾娜與芭芭拉點頭表示同感。

梅西看一下時間，她頂多只能再待個幾分鐘，然後就得回辦公室了。

「賽莉・埃肯（Celie Ekham）說她兒子傑森在找工作。」珊蒂說：「有人知道哪裡有機會嗎？」她滿懷希望看看眾人。

「聽說湯姆・麥唐諾在徵人。」芭芭拉回答：「但去他的牧場要開很久的車。」

梅西立刻打起精神。「我見過麥唐諾。」她假裝只是隨口說說：「他雇用那麼多人要做什麼？」

她以前的高中英文老師皺起眉頭。「好像是在蓋房子，所以需要工人。我聽說他以後會有很多工人，所以需要宿舍。」

「他從事畜牧嗎？是養什麼？」梅西問。

芭芭拉揚起一條眉毛看艾娜，艾娜搖頭，板起臉來。「不知道，我不喜歡那個人。」艾娜說：「我們還是別介紹人去他那裡吧，傑森去其他地方也找得到工作。」她看著梅西。「我不知道他在那麼偏遠的地方做什麼。他剛搬來一年左右，帶著一大群人一起搬去那裡。」

「妳為什麼不喜歡他？」

艾娜・史密斯認識所有人，梅西相信她看人的眼光。梅西會特別提防她不喜歡的人。

老太太想了一下。「有一次我在超市等結帳，排在他後面。收銀員明明沒有做錯什麼，卻還是被他數落了一頓。沒禮貌的人真的很差勁。有次我在街上遇到他，我的小童軍（Scout）對他一直吠叫，而且還想躲在我的腿後面。小童軍平常誰都喜歡，我相信狗狗的本能。」

梅西不知道該說什麼。

「妳不能聽狗的意見。」芭芭拉反駁。「我相信湯姆．麥唐諾的錢一樣是錢。爲了繳帳單，不喜歡的工作也得做。賽莉說，傑森幾乎整天躺在沙發上吃速食、看電視。她快發瘋了，更別說養他很花錢。」

「他需要受點教訓才會清醒。」艾娜說：「賽莉從來就很不會管教兩個兒子，看看現在他們變成什麼樣子。」

「麥唐諾爲什麼會搬來？」梅西問，想知道更多關於那個人的事。她從搜查到的資料得知，麥唐諾一年前買下牧場，他那乾乾淨淨、奉公守法的規矩人生大多在愛達荷州度過。他的紀錄無聊到令人失望。她研究螢幕上的駕照照片時，覺得以七十歲的人而言，他實在看起來太年輕，不過有些人天生基因好。他沒有結婚、沒有子女，或許這就是保持青春的關鍵。相信在場的幾位女性都會贊成。

她們幾個互相對看，沒有人能回答梅西的問題。

「我聽說他在愛達荷州和鄰居鬧得很不愉快。」珍珠終於壓低聲音說。

「一定吵得很嚴重，他才會不惜搬去另一個州。」梅西說出想法。

「那個鄰居是賽拉斯．坎貝爾（Silas Campbell）。」

「噢！」梅西急忙坐直。賽拉斯．坎貝爾是西岸最惡名昭彰的民兵領袖，調查局一直在嚴密監視他。此人在八〇年代坐過牢，之後很長一段時間都循規蹈矩，但跟隨他的那些人卻是另外一回事。這表示麥唐諾支持他的理念，還是反對？為什麼麥唐諾的檔案裡沒有紀錄？如果麥唐諾來往的人當中有賽拉斯．坎貝爾，梅西絕對會發現。

「噢，這算什麼啦！」艾娜說：「全都是謠言。我比較在意小童軍不喜歡他這件事。爲什麼他從來沒結婚？光是從這一點就能看出他的爲人。」

大家紛紛點頭。

「我也沒結婚。」梅西忍不住說：「我的爲人有問題嗎？珊蒂和蘿絲呢？」

艾娜伸手越過桌子拍拍她的手。「孩子，再等等吧。下一個就是妳了。」她衰老的眼眸滿是慈愛，坐在旁邊的芭芭拉．強森笑得很開心。

「等一下，先別急著把我嫁出去。我喜歡單身。要我放棄獨立自主，沒這麼容易。」

「親愛的，挑對男人，他自然會保護妳的獨立自主。」芭芭拉說：「我們認爲妳選的男人絕不會改變妳一絲一毫。」

她們在背後講我的事？

一點也不奇怪。

梅西氣憤地轉頭看珊蒂，她默默坐著，笑容滿面。蘿絲的表情也一樣。她們在慶幸話題的焦點不是她們。

「還很難說。」梅西爭辯。「我們才剛認識沒多久，甚至還沒——」

她急忙緊閉嘴巴。還沒說過我愛你。

艾娜歪頭端詳梅西。「遲早的啦。楚門比聖人更有耐心，他很清楚自己在做什麼。」

「他在做什麼？」梅西嘟囔，感覺彷彿有道聚光燈打在自己臉上。這群女人的視線讓她腋下汗濕。

「他在等妳看清他是怎樣的人，親愛的。他是個穩定的好男人。」

大家再次點頭。

梅西輪流觀察每個人。**她們是認真的。**

她吞嚥一下，感覺被困住。

**原來楚門在等我？**

# 18

凱德無法入眠。

他躺在床上，兩隻手臂枕著頭，在黑暗中呆望天花板。

他不斷重溫與湯姆·麥唐諾的對話，很想知道自己的回答有沒有出錯。

*為什麼我要在意那人的想法？*

因爲他需要那份工作的薪水。現在他願意暫時對一切視而不見，說他們想聽的話，只要錢繼續進來就好。上週他加班十小時，時薪是正常的一點五倍，但麥唐諾連眼睛都沒眨一下就給他。照這種速度，聖誕節前他就能存到新車的頭期款。

*那約書亞·潘斯該怎麼辦？*

不說出認識他的事，眞的沒關係嗎？

凱德腦中浮現梅西·凱佩奇去麥唐諾牧場時堅決的表情。

他認識潘斯一事對破案沒有幫助。潘斯被殺確實很可憐，但他沒必要幫忙抓凶手。

他坐起來掀起被子。他下床在房間裡踱步，緊張的能量流過每根神經。他忽然有股強烈的衝動，想要開車去兜風，把車窗打開吹吹風。他想讓夜晚的冷風颳在臉上。

*說不定凱莉……*

不。她不可能出來見面。

他繼續踱步，知道如果自己眞的上車，他一定會開去她姑姑家。

**絕對不可以。**

他拿起手機打給凱莉。他聽著撥號音，希望能打Face Time視訊，但他知道她不會想在三更半夜做這種事。

「凱德？」他耳邊響起凱莉滿是睡意的聲音。「怎麼了嗎？」

「只是想聽聽妳的聲音。」這是眞的。聽到她說話，他的心情立刻鎮定下來，思緒也變得平靜。

「你在做什麼？」她似乎比較清醒了。

「努力入睡，但我好想去兜風。」

她發出失望的嘆息。「我不能去見你。」她低語。

「我知道。我只是沒辦法靜下來，我很想念晚上和妳見面的日子。我大概習慣了吧。」

她輕柔的笑聲讓他腹部發熱。「我也很懷念。不過現在早上起床輕鬆多了，而且我們今天午餐才見過面。」

「那不一樣。」

「我也覺得。」

兩人沉默許久，他拚命思考該如何表達對她的思念，但又不會像個得相思病的傻瓜。「我想妳。」他說，知道這句話只能表達自己千萬分之一的心情。

「我也是。你要睡了嗎？」

還沒有。「不確定，我現在還很清醒。」

「要是你自己一個人出去兜風，我好像會吃醋。這樣想很傻吧？」

「非常傻，不過我懂。那是我們的約會。」他沒有說出，他其實很高興她會吃醋。

「我們來想點新的事情做。我們都知道那樣撐不了多久，隔天太累了。」

「如果我說眞的要去兜風，妳會很生氣嗎？我好像眞的睡不著。」

她沉默片刻。「不要來這裡。」

「我不會，我保證。」他掛斷電話、換好衣服，感覺內心莫名空洞，知道就算出去兜風，也塡不滿那種空虛。

◆

「我馬上到。」楚門的聲音睡意很濃，班知道他吵醒上司了。

這次又在半夜接到電話通知有人擅闖私人土地，班立刻通知楚門。

「我有支援了。我呼叫德舒特郡治安處派人來幫忙。」班說：「一個月前我一定會自己去，但經過上次——」

「我要去。」楚門表明。「我們必須制止縱火犯，就算最後發現只是鹿跑進去也沒關係。從今天開始，所有深夜報案都要多派一些人去。」

班終於安心了。他覺得自己很沒種，竟然通知郡治安處又打給上司。但楚門說得沒錯。現在有個殺人犯逍遙法外，而夜晚是那人最常作案的時間。

今晚報案的人說考勒（Cowler）家後面有越野機車的噪音，班很清楚要去哪裡抓那些吵鬧的人。考勒家的土地以一條小溪作爲北方的邊界，那裡有一座存放曳引機的棚屋，只是現在已經廢棄了。以前考勒家的人會把工具存放在那裡，但在九○年代早期，考勒家的大家長過世之後，這座棚屋再也沒有使用，被棄置那裡任由荒廢，木板一塊塊逐漸腐朽。現在那座棚屋只剩老舊的木材骨架，隨時會坍塌砸破某個青少年的腦袋。過去二十年裡，班處理過六次青少年在那裡喝酒鬧事的案子。他曾請考勒家的人拆掉棚屋，但他們說擅闖私人土地的傢伙，活該被屋梁砸破頭。

那座棚屋附近什麼都沒有，藏在一小片樹叢裡，旁邊的小溪只有春秋兩季有水。老舊棚屋附近的原野有許多自然形成的跳臺和坡道，越野機車愛好者最喜歡跑來這裡挑戰。考勒家的住宅聽不見機車噪音，但吹東風的時候，鄰居就聽得見機車引擎聲。今晚打電話報警的就是鄰居。

班關掉車頭燈，開上通往考勒家土地後方的泥土路。今晚氣溫很低、萬里無雲，星星感覺太過接近頭頂，顯得很不自然；夜空中的彎月灑下淡淡光線，幫警員照路。開了幾百碼之後，路面變寬，班把車停在路邊等楚門。他搖下車窗，聽到微微的機車引擎聲，不禁微笑。闖入的人還沒離開。

班看看時鐘，現在才剛過午夜。車窗飄進來的冷空氣讓他的呼息變成白霧，但他不想關上。只要還能聽到機車引擎聲，他們就能抓到擅闖者。他用無線電通知治安處的警車，請支援警力守住在棚屋北邊的小溪對岸，這樣一來就能截斷對方逃跑的路線。擅闖者只能選擇直接騎來到班面前，或是越過小溪奔向治安處的警車。

此時，身後傳來比較大的引擎聲，班從後視鏡看到楚門的休旅車輪廓，楚門也關掉了車頭燈。班下車走過去，楚門降下車窗。

「我聽見聲音了。」楚門說：「你有看到人嗎？」

「有看到車頭燈閃過。從聲音判斷應該有兩輛，很可能在比賽。」

「治安處的人說他們守在北邊，如果那些人想逃，就會被一網打盡。」

「他們沒有其他路可逃了，除非衝破柵欄。」

「這樣更好，我們可以撿便宜。」楚門開玩笑。「準備好了嗎？」

「就等你了。」班回到車上。他開回路上，很高興看到楚門等他帶頭。換做其他局長，絕對會搶先出發，但楚門不介意讓班先走。這種做法很明智，班確實比較了解這一帶的狀況。但有些長官太愛面子，說什麼都要搶先。楚門不會那樣。

這也是班如此欣賞他的原因之一。

車子開在硬泥土上，幾乎沒有聲音。他把車停在樹叢邊，這裡可以更清楚聽見機車引擎聲。他也聽見笑聲了，女人的笑聲。**會不會單純只是青少年跑來玩？**

失望漲滿他的喉嚨。他多希望能抓到殺人凶手。

楚門突然出現在班的車門邊，班這才驚覺自己一直坐在車上胡思亂想。

「我聽見女人的笑聲。」班輕聲關上車門。

「我也聽見了。」楚門嚴肅地說。他打個手勢要班打頭陣，然後跟上。

班小心翼翼往前走。乾硬的泥土地面凹凸不平，到處都是長得很長的雜草，一不小心就會絆倒。

「那是什麼？」楚門壓低聲音問。

班原本專心看路，這時抬起頭來，發現樹叢突然亮起來。「火。他們剛剛放火燒東西了。」

「可惡。」楚門跑起來，班立刻跟上。

黑暗中傳來很大的音樂聲。是某個南方搖滾經典曲目，過去三十年班聽了無數次，但始終沒有費事去查歌名。音樂中夾雜著歡呼與女性笑聲，看來他們在狂歡。

到了空地，班看到考勒家棚屋剩餘骨架在燃燒，兩個女孩的身影在火光前跳舞。她們兩人都拿著啤酒，而十英呎外，兩個青年坐在地上看她們跳舞，越野機車停在旁邊。距離那兩個男的超過二十英呎處，一把來福槍靠在樹墩上。班本能地查看這四人是否有其他槍枝，一手按在佩槍的槍托上。

接近時，楚門一手放在佩槍旁邊，一邊大喊：「鷹巢鎮警局！」

其中一個女孩立刻尖叫一聲，啤酒罐掉在地上，而她們兩個同時停止舞動、舉高雙手。那兩個青年立刻站起來，舉起雙手、兩腳分開。班沒看到他們的動作，但音樂停下了。

*很好。*

燃燒的棚屋火光搖曳，在那四個人的臉上映下詭異的陰影。班皺起鼻子，聞到汽油味。他看到一個扔在旁邊的塑膠桶。

中獎了。

「現在開露天派對不覺得有點冷嗎？」楚門問：「看來你們決定生火取暖啊，你們應該知道對他人財物縱火是犯罪吧？」

「反正本來就快垮了。」一個女孩說：「燒掉是幫他們省事。」

「你們有先取得許可嗎？」楚門問。

沉默。

「我們沒有做違法的事。」其中一個男的抱怨：「我們只是想找點樂子。」

「首先，你們擅闖私人土地，」班說：「然後還對私有財物縱火。」

「我也剛好知道你們都未滿二十一歲。」楚門對兩個青年撇頭。「其他人呢？你們當中有人滿二十一歲可以合法飲酒嗎？」

再次沉默，只有背景火焰燃燒的啪擦聲響。

「你認識他們？」班插話問楚門。

「嗯。前幾天抓到他們喝酒、打靶，傑森．埃肯和蘭登．海克特（Landon Hecht）。那兩個女生我不認識。」

「另外那個男生的腰帶上是不是別著刀？」班小聲問：「現場有越野機車、汽油桶、火，以及刀。」

「呼叫治安處的人過來。」楚門下令。「還有消防車。」

班看看那幾個年輕人的臉。**難道殺人凶手就站在他們面前？**

# 19

他是會射殺警察的那種人嗎？

毫無疑問。

梅西和蘭登．海克特共處一室才六十秒，便做出這個結論。

這個年輕人坐在梅西對面，姿勢一派懶散，散發出的輕蔑卻足以塞滿整座足球場。他瘦骨嶙峋，手肘、下巴、肩膀的骨頭像刺一樣突出，就連眼神也感覺像尖刺——但不是聰慧敏銳的那種，而是憤怒暴戾，彷彿整個世界聯合起來想整他，他必須時時刻刻準備反擊。他對她和楚門所展現出的輕蔑，讓她看出這年輕人頭腦不太好；大部分的人至少會假裝尊重警察，尤其是在偵訊室裡。如果眞的是他殺死兩位副警長，一定也是衝動行事，而非有什麼複雜的大計畫。蘭登感覺毫無遠見，他所能預期和規劃的未來應該只有兩小時，甚至一小時。

楚門一小時前打電話給她，說要押送四名嫌犯去德舒特郡治安處偵訊。一聽到縱火的現場有越野機車和槍枝，她立刻跳下床。現在艾迪在另一間偵訊室，他負責另一名男性嫌犯，兩名女性則另行隔離，由郡治安處的警探問話。楚門悠哉地靠在偵訊室的牆壁上，看著她和蘭登，並默默等她決定如何讓蘭登開口。

治安處的副警長沒收了蘭登的來福槍、打火機，以及一把可以用來屠馬的大刀。

*在奧勒岡中部，隨身攜帶這些東西並不奇怪。*

梅西知道父親和兩個哥哥都會攜帶這些傢伙。事實上，她的緊急物資包裡也有同樣的東西，除了來福槍。她的來福槍放在公寓的保險箱裡。

「這個星期，你已經因非法持有酒類而被警察抓過。」梅西表明。

蘭登瞪了楚門一眼。「嗯。」

「都被抓過一次了，懂事的人應該會等到二十一歲。」

這次他瞪的對象換成她。「那條法律很蠢。」

「不少人確實同意你的看法，不過罰款通常會讓他們乖乖遵守。畢竟很傷荷包嘛。」

蘭登聳肩。

「這也是你這週第二次擅闖私人土地。」

「妳來這裡是爲了提醒我這星期做過什麼嗎？我的記憶力很不錯。」蘭登說：「妳有沒有聽說我這個星期吃了三次漢堡王？」

「你沒有工作，怎麼有辦法經常外食？」

「我有錢。」

梅西等他說明，但蘭登沒有中計。他往椅背上一靠，雙手枕著腦後，注視她的雙眼。

*噁心。*

他在眼神中注入一些性暗示，害梅西好想去洗澡。她聽到站在身後的楚門換了個姿勢。顯然蘭登散發的變態氣場也影響到他了。

「調查局探員大半夜跑來這裡做什麼？」蘭登問。剛才她自我介紹的時候，他聽到她的職位連眼睛都沒眨一下，看來現在他終於察覺，如非是大事，調查局不會來偵訊。

「治安處人手不足。」梅西回答。

「哈。」他如此回答。

「那兩個女生是你的好朋友？」她問。

「今天晚上才遇到的。她們在逛便利商店，我們剛好去買——」他急忙閉上嘴。

「她們竟然和剛認識的男生一起走，這樣不太明智。」梅西說出想法，刻意不追究他買酒的時候是否出示假證件。

蘭登冷笑。「她們想狂歡。」

梅西暗自祈求，凱莉做決定的時候不會也以此為基準。

「你多常騎越野機車？」梅西改變訊問方向。

蘭登思考時用雙手搓搓大腿，嶙峋的手肘頂著格子襯衫的袖子。「夏天比較常騎。今天晚上會騎出來，是因爲傑森剛換了新煞車想試一下。通常我們會開小卡車，但因爲今晚天氣很好，感覺很適合騎車。」

「我猜你們應該經常騎到郊外吧？」

「嗯。」

「你們喜歡去哪裡？」

「那個舊砂石坑後面有個不錯的地方，在史摩爾家的農場附近。他們不介意我們在那裡騎車。」他急忙說明。

「你每次騎車都和朋友一起？」

「通常。一個人騎有點無聊。」

「聽說你前幾天晚上被逮捕時，正在練習打靶。」她又換了個方向。

「嗯。」他又瞪楚門。

「你槍法很好？」

「不錯。」

「和你的朋友比呢？」

「好太多了。」他笑著說。

「你和他們比賽過？」

「常常比，他們總是輸得很慘。」

「來福槍還是手槍？」

「都有。」他自滿地說：「我用來福槍比較厲害。我在家設了距離三百碼的靶，經常練習。」

梅西在心中默默記住，現在正在申請的搜索令要添一條，原本只去他家扣押槍枝，現在要加上靶場的彈殼。她將一張紙推到他面前。「這些是登記在你名下的槍枝，你所有的槍都列上去了嗎？」調查局特別關心其中一把來福槍。

蘭登靠向前仔細看，臉幾乎要貼在紙上。他花了很長的時間才讀完，她不禁懷疑他是不是有閱讀障礙。上面只列出了三把來福槍和兩把手槍，他應該瞥一眼就能確認完畢才對。

「都在這裡了。」蘭登將文件推回給她。

「沒有別的？朋友送的或親戚遺留的？」

「沒有，清單上的第一把來福槍是我叔叔送的，我們一切照規矩辦理。」他得意的笑容讓她發毛。

梅西點頭，再次改變方向。「你總是隨身攜帶汽油？」

「我的機車油箱有點小，帶著總比沒有好。」

「也就是說，縱火燒考勒家的棚屋只是剛好而已？」

「如果妳想問我是不是計畫好的，不是。」

「為什麼要燒那座棚屋？」

他再次聳肩，轉開視線。

「你的朋友說你喜歡玩火。」她撒謊。另一間偵訊室還沒有消息，不過她來之前，蘭登已經獨自在這裡坐了一個小時。他有充足的時間懷疑另一間偵訊室裡的朋友說了什麼。

蘭登急忙坐直。「他胡說。」

「克萊德・簡金斯家的火災你知情嗎？兩週前，有人半夜跑去他家燒垃圾用的坑洞放火。」梅西選擇沒有成為八卦話題的那場火。因為克萊德事發之後過了好幾天才報案，因此據她所知，只有警方知情此事。

蘭登歪頭露出狡詐的笑容。「那是燒垃圾的坑，又沒有犯法。裡面的東西本來就要燒掉。」

**他承認一起縱火案了。加上今晚的案子就是兩起。**

「那天晚上還有誰和你在一起？」

蘭登似乎突然覺得天花板很有趣。「傑森。」他望著天花板說：「平常和我一起混的那些人。還有芬恩、凱德。」他看看她身後的楚門。「和那天晚上一樣的人。」

梅西屛住呼吸。**凱莉和他們在一起的那天晚上？**

「砂石坑那次？」楚門問。

「嗯。」

「那個女生也去了？我送回家的那個？」

「沒錯，她玩得很瘋。」他冷笑。「不要以爲她年紀小就很天眞，她把凱德耍得團團轉。」

梅西的腦中一片空白。**凱莉？**她想不出下一個訊問問題了。

「你放火燒垃圾子母車的那次，有誰在場？」楚門追問。

「那次根本沒什麼啦。」蘭登指出。「火只在子母車裡面燒，很安全的。」

「有誰在場？」楚門重複。

「只有芬恩。」

梅西的腦袋重新啓動，提問：「芬恩姓什麼？」**這人承認犯下三起縱火案。**

「蓋林（Gaylin）。」楚門回答。

**這人真的相信那幾次縱火只是小事？**她端詳眼前的年輕人。她和楚門的關注似乎讓他越來越囂張，每次承認縱火之後，他整個人顯得更加自大。他坐得更挺直，笑容更多，態度更有自信。

**慢慢讓他上鉤。先不要想凱莉的事。**

她花了很大工夫才暫時不去想姪女的問題。梅西不停想像凱莉就是克萊德．簡金斯所說那些年輕人，大笑著在他的果園奔竄。證據顯示凱莉曾經偷溜出去，既然犯過一次，就可能還有更多次。

梅西專心分析眼前的年輕人。自大的變態。她對他微笑，而他回應的笑容讓酸液湧上她的喉嚨。她翻一下眼前的一小疊紙張，找到警方報告。「羅賓森街的那輛舊車呢？」

他笑得更得意了。「我幫了車主一個大忙。車子燒掉後，他們應該會賺到保險理賠。那輛破車放在那裡好幾個月沒動過了。」

「那輛車沒有保險。」楚門說。梅西聽出他語氣中幾乎無法壓抑的憤怒。「失火之後，車主還得花錢請人來拖吊。他們虧了很多錢。」

蘭登的表情稍微收斂一些。「眞是不幸。」

**他難道自以為是俠盜羅賓漢？**

「帕克家因爲失火，失去了大量物資。」梅西說：「他們非常辛勤工作才能準備、儲存那些東西。他們可能要花好幾年時間才能恢復原有水準。」

「那些準備者都是笨蛋。」蘭登說：「他們以爲自己比別人高尚，自以爲了不起，好像只有他們的生活方式才正確。去沃爾瑪大賣場買東西錯了嗎？」

梅西歪頭。雖然這番話不算自白，但蘭登肯定懷有舊怨。「你認識史蒂夫．帕克？」她依然為那對年輕夫妻感到心痛。

「不認識。」蘭登轉開視線。

「可是聽起來你認識。」

「我了解那種人。他們連蘿蔔都能擠出血來。」

「所以呢，節儉有錯嗎？」

「萬一真的發生大災難，他們不打算幫助任何人。他們只想保護自己，去他媽的菁英主義。」

**我從來沒有被說過是菁英呢。**

「也就是說，你認為萬一發生自然災難、文明毀滅，他們應該和其他人分享物資？」

「人應該互相幫助。」蘭登高高在上地說。

「你打算怎麼幫助別人？」

「我可以貢獻勞力。該做的事我都願意做，只要有人需要，我都會伸出援手。」

**我真想看看，等到你又濕又冷、又餓又累的時候，還會不會這麼想。當你失去電視、啤酒、速食，到時候才會看到你的真面目。絕望、野蠻、殘酷。**

梅西傾身向前，交疊的雙臂放在桌面上。「不如你先試試做準備，然後再——」

「我們好像離題了。」楚門打斷表示。「蘭登，帕克家的火災你究竟知道多少？」

梅西往後靠，拚命克制想說教的衝動。

「那起火災我什麼都不知道。」

撒謊。

「上星期三你在哪裡？」梅西拋出這個問題，準備聽他找藉口辯解班・庫利撲滅的那場火。以及殺害約書亞・潘斯的動機。

蘭登想了一下。「星期三我們通常會去打保齡球。」

「上週有去嗎？」

「有，我想起來了。我把所有人殺得落花流水。」那股自信又回來了。

「你們打到幾點？之後做了什麼？」

「我們十一點解散，然後我就回家了。」他一臉期待地看看梅西又看看楚門。

「家裡有其他人在嗎？」

「我媽。」他承認。他皺起眉頭。「爲什麼要問那天晚上的事？什麼都沒發生啊——」突然，他的表情豁然開朗，瞪大雙眼。「那個被割喉的人就是那晚發現的！」蘭登急忙坐直。「那件事和我無關！雖然有人縱火，但不是我做的！」

楚門的手心在冒汗。

梅西偵訊蘭登・海克特的手法很高超，不斷改變方向，讓他自吹自擂全盤道出。

然而，當蘭登驚覺他們懷疑他是縱火並殺害約書亞・潘斯的犯人時，他的態度立刻一百八十度大轉變。

楚門偷偷在牛仔褲上抹一下手。**這不是我預期的結果**。

他很會看人，他判斷蘭登・海克特懶惰又自大，是個愛撒謊的白痴。但他說潘斯命案的那次縱火不是他做的，楚門知道他沒有撒謊。

「你剛剛才說過，垃圾子母車、廢棄車輛，加上今晚的火災，這些全是你做的。」梅西平靜地陳述：「但上星期三那場火卻與你無關？太奇怪了吧。」

「**我沒有去那裡！**」蘭登激動地半站起來，雙手按住桌面，語氣充滿驚恐。「沒錯，其他火災或許和我有一點關係，但我**沒有殺人！**」

梅西不說話。

「**真的沒有！**」

「坐下。」楚門命令。「我們聽見了。」

「你認識約書亞・潘斯嗎？」梅西問。

楚門聽出她的語氣隱約改變了。她相信蘭登說的話。

**我們找錯線索了嗎？**

「不認識。我只有在新聞報導上看過這個名字，他們說那天晚上被殺的人是他。」蘭登抹去人中的汗水。短短十五秒，他的態度從冷漠輕蔑變成焦慮不安。他不斷來回掃看梅西與楚門。

「那兩個副警長被殺的那次，縱火的人也不是我！我沒有殺人！」

「但現在你是鎮上的連續縱火犯了。」梅西說：「你剛剛承認曾經犯下數起縱火案件，而且你善於使用來福槍。你應該有聽說過吧，殺害那兩位副警長的人，可以從距離很遠的地方開槍、命中目標。」

「不是我！」蘭登好像隨時會嘔吐出來。

楚門拿起角落的垃圾桶，放在蘭登的椅子旁邊。年輕人滿懷感激地看了一眼，然後用力吞嚥，喉節上下移動。楚門聞到他散發出體臭。

「那麼，兩位副警長遭到殺害的那天晚上，你在哪裡？」梅西強調殺害二字。

「我不知道。」蘭登的視線到處亂轉。「但我人確定不在那裡。給我一點時間想一下。」他的呼吸加速，不停伸手抹太陽穴和人中。

楚門心中感到一絲同情，非常小的一絲。他依然是危險人物。楚門不認為蘭登是殺人犯，但他依然違反了多項法規，非常欠教訓。他很希望能看見梅西的表情，因為她讓蘭登變得像個坐立不安的幼兒。

「要不要重新想一下，你在克萊德·簡金斯家放火燒垃圾坑的那次，到底還有誰在場？」楚門問。剛才蘭登宣稱凱莉也在場的時候，他看到梅西的肩膀緊繃，蘭登的眼神變得狡詐。

蘭登轉開視線。「只有我和傑森。還有一個傑森喜歡的女生，我不記得她叫什麼名字了，去問傑森。」

「爲什麼你剛才說其他人也在？」楚門問。

蘭登露出幼稚不爽的表情，但沒有回答。

「你認爲在砂石坑那次，是凱德和凱莉打電話給我的，對吧？你想害無辜的人惹上麻煩。」楚門惱聲說著。

蘭登的視線到處亂掃，就是不看楚門。

「那天的狀況，是鄰居報案說有人在砂石坑射擊。」楚門說：「除了鄰居沒有別人。你回答問題的時候盡量講實話，好嗎？尤其今天晚上更不能說謊。」

蘭登點頭。

梅西站起來。「我要去找艾迪說句話。」她把椅子推進去，楚門跟著她離開偵訊室。

「讓他著急一下。」她伸展一下後背。「我需要新鮮空氣，他開始發臭了。」

「我注意到了。」楚門說：「眞不敢相信他企圖陷害凱莉。」

「他有成功糊弄到我幾分鐘。」梅西承認。「謝謝你幫忙澄清。我猜他不知道凱莉是我的姪女？」

「應該不知道。他只知道那天我在砂石坑看到她時很震驚。」

「混蛋。」

「是啊，他確實很壞。不過我認爲，那晚開槍殺死副警長的人應該不是他。」楚門承認。

梅西頹然靠著牆壁。「我也這麼想。先前的縱火案他都願意承認，但一發現我的問題導向與命案有關，他立刻慌了。會不會他多少還是有涉案……不過我很難相信會突然出現兩個縱火犯。說不定他沒殺人，但火是他放的？」

「我認為，如果他真的有參與，應該早就供出其他犯人了。」

一位治安處警探從前面過來，一手端著販賣機的咖啡。「那兩個女孩什麼都不知道。」他對梅西與楚門說。「她們幾個小時前才遇到那兩個男的，以前完全不認識。她們說因為那兩個男生有啤酒和機車，所以就跟著去了。我猜應該就像大人用糖果誘拐小孩一樣吧。」

「不是每個女生都會被騙。」梅西反駁。

「唉，至少兩個上鉤了。」警探說著喝了一口咖啡。「蘭登放火燒那座老舊棚屋的時候，她們覺得很好笑。她們宣稱沒問兩個男生有沒有在其他地方縱火。你們想親自和她們談談嗎？」

「她們之前也跟我說了一樣的話。」楚門看著梅西。「她們覺得很丟臉，竟然那麼容易上鉤。我不需要再跟她們談一次，妳呢？」

「今晚不用。」梅西同意。

警探點點頭，含糊抱怨公文太多根本沒空睡覺，然後繼續往前走。

艾迪從另一間偵訊室出來，神情惱怒。

「還順利嗎？」梅西問他。

「根據傑森的說法，蘭登太喜歡玩打火機。」

「我們的結論也是這樣。」楚門說：「傑森有沒有說出哪幾場火災是蘭登縱火？」

艾迪看看筆記。「羅賓森街那輛車、垃圾子母車、帕克家的倉庫，還有克萊德·簡金斯的垃圾坑。

他說今晚縱火也是蘭登一人的主意。」

「非常好。」梅西說：「蘭登不肯正面承認放火燒帕克家的倉庫，但其他幾起他都說得很爽。」

「傑森宣稱副警長與潘斯命案發生的那兩個晚上，他都不在場。」

「他認為蘭登在場？」楚門問。

「沒錯。」

梅西站直。「他之前有沒有問過蘭登？」

「沒有。他說一聽到那兩起火災的事，立刻就知道一定是蘭登幹的，只是他不敢當面問。」

「眞的？但他還是繼續和那傢伙混？」楚門不屑地說。

「我也這麼問他。」艾迪說：「他說想等蘭登自己先說出來，這樣自己就可以向警方說蘭登承認行凶。」

「狗屁。」梅西表示。楚門有同感。

「他很孬。」梅西說：「凱莉跟我說過，那些人對蘭登唯命是從，她認為是因為他們不敢反抗蘭登。」

「他們怕他？」楚門問：「他們覺得他會做什麼嗎？」

艾迪說：「我逼問傑森，蘭登有沒有恐嚇過他，他不肯正面回答。但從他說的內容推測，蘭登喝醉之後會變得很凶惡，會說些威脅恐嚇的屁話讓大家不敢惹他。」

「我認識的人之中，有一半喝醉都會那樣。」楚門說。

「沒錯，不過傑森好像眞的很不安，我再怎麼逼問，他都不肯給個清楚的回答。蘭登的狀況呢？」

梅西說：「非常害怕，一再堅持說他沒有殺任何人，那兩次縱火的人也不是他。」她停頓一下。「我相信他。」

「我也是。」楚門跟著說：「但聽完傑森的說法，我開始有些疑慮了。」

梅西滿臉沮喪。「我也是。說不定他是因爲被抓到而驚慌，不是因爲被指控殺人。」

「法官已經簽署搜索令了，我們可以去他母親家搜索蘭登的住所。」艾迪說。「明天一早就去。希望能找到確切的答案。」

「還要加上蘭登家的靶場。」梅西說：「就算找不到凶器，說不定能找到那把槍曾經在靶場射擊的證據。」

「我已經先想到了。我申請時就包括與武器相關的所有東西。」

她舉手和他擊掌。「明天一大早就去。」

「好。」艾迪說，然後轉頭看楚門。「你會去嗎？」

「就算你們不讓我去，我也要去。」

# 20

隔天一大早，梅西監督蒐證人員搬走蘭登家的全數槍枝。所有合法登記的槍枝都找到了，她原本有點期待會找到幾把非法槍械，但竟然沒有。蘭登的母親靠在一面牆上抽菸，冷酷的雙眼盯著他們的一舉一動。她已經知道警方會來，但他們抵達時依然被她嘮叨了一頓。

梅西看出她與蘭登的相似之處。他的母親瘦得可怕，彷彿只靠香菸和乾吐司過日子。她在本德市的超市工作，梅西看著她一陣子後，才想起自己有在收銀檯見過她好幾次。蘭登的母親不是那種笑容滿面的收銀員，不過她動作快又有效率，從來不必翻查蔬果的編號，對梅西而言這比假笑重要多了。

這天早上她看到梅西時，似乎完全對她沒印象。

**但今天之後她就會記得我，以後得去其他的收銀檯結帳了。**

「過來看看這個。」艾迪對梅西說。蘭登母親憤怒地瞪來一眼，她裝作沒看到，跟著他走向後院。

他們走了幾分鐘，往蘭登家土地的盡頭前進。梅西抬頭看，海克特家的土地四周都是平緩的山丘。山丘頂端的太陽才剛露臉，她看著呼出的白霧飄走。天空萬里無雲，但今天的氣溫依然很低。

「他們的土地多大？」梅西問。

「大約十英畝。」

「有沒有找到其他附屬建築？」

「只有房子旁邊那個大車庫。裡面放著兩臺越野機車、四輪機車，還有一輛至少十年沒動過的老舊卡車。」

「機車的胎痕都印好了嗎？」

「全部印好了。」

「海克特太太沒有抱怨？」

「只要適時發揮一下魅力就好。只要我開口，她甚至願意把新買的iPhone送我。」

她斜睨一眼艾迪，俊俏的側臉、健壯的體格，梅西十分認同。艾迪非常會哄女人。

「你要不要兼差去當牛郎啊？」她揶揄地問。

「請用『男公關』這個詞稱呼我們。」

梅西遠遠就看到楚門，他蹲在地上，旁邊還有一位蒐證人員和幾位治安處的副警長。他們戴著手套撿拾地上的彈殼扔進水桶裡，梅西接近時，發現水桶已經快滿了，但地上依然到處是彈殼。「老天。要是他每次打完靶花個一分鐘整理一下，就不會搞成這樣了。」

「妳看過他的臥房嗎？我懷疑他不知道世界上有『整理』這個詞。」艾迪說。

她剛剛有看過，而且非常慶幸負責尋找槍枝的人不是自己，而是蒐證人員。搜過那個房間之後，恐怕得先洗個澡才能回辦公室。

他們走到那裡後，楚門遞給她一雙手套。「希望今天早上妳的背部狀況良好。」

梅西看看那群蹲在地上撿彈殼的人。「如果我拒絕，可以站在旁邊看嗎？」

「不行。」

「我先帶她去看靶。」艾迪說：「然後再回來幫忙。」他拉著梅西離開那群忙碌的人，走向前方遠處的另一位蒐證人員，那人正仔細地拔出木製槍靶上的子彈。

「靶有什麼好看的？」她問。

「在這裡射擊的人槍法非常厲害，靠近靶的地方完全沒有彈殼。全部集中在那裡。」他比比楚門和那群人。

梅西來回轉頭確認距離。蘭登說能打中三百碼外的靶，看來不是在吹牛。「蘭登昨晚說他槍法很厲害，原來沒有誇大。」

「如果打靶的人真的是他。」

「這麼多彈殼，肯定是他們母子其中一個。沒有其他人住在這裡，對吧？」

「對。我已經問過他母親，有沒有其他人使用這個靶場。她說蘭登有時會帶朋友過來，不過通常都是他自己練習。」

「他需要換個嗜好。」

「或是找個工作。」艾迪跟著說。

梅西的手機響了，她邊走邊接聽。「我是凱佩奇。」

「梅西探員？」電話那頭傳來女性的聲音。

「是。」

「我是蒂爾達．布拉斯。」

「早安，蒂爾達。有什麼事嗎？」梅西停下腳步，揮手示意要艾迪繼續走。他對她揚起一條眉毛，但繼續往前走。

「我找到要買土地那個人的名片了。眞不懂怎麼會跑去這個抽屜，要不是我剛好要找做糖果用的溫度計，肯定找上一個月也找不著。感恩節快到了，我打算做些奶油蛋白軟糖（divinity）。聖誕節快到的時候我會再多做一些。」

「蒂爾達，可以先告訴我電話號碼。」梅西不太喜歡奶油蛋白軟糖，但要讓那種糖凝結到恰到好處需要高度技巧，她對此十分佩服。

蒂爾達唸出號碼，梅西輸入手機的記事本。「他叫什麼名字？」

「傑克．郝爾（Jack Howell）。我可以打電話告訴他想重新考慮賣土地的事嗎？」

「可以等我二十四小時嗎？我會跟他說妳在考慮。」

「如果他知道調查局來查案，會不會改變主意？」她焦急地說：「我等不及想搬了。」

「發生了什麼事嗎？」梅西敏銳地問。

「不是，沒有發生任何事。只是覺得房子在告訴我該走了。」她清清嗓子。「有時候我會聽到聲音……不是眞的有人在說話——比較像以前講過的話留下的回音。我敢發誓，我養過的一隻狗還在屋裡走來走去。昨晚我眞的感覺到牠像以前一樣睡在我的床上，但當我睜開眼睛，什麼都沒有。」

梅西不知道該說什麼。

「我知道。妳一定在想我老糊塗了，不該一個人住。」

「不——」

「唉，我確實老了。我該趁還能自行做決定的時候，找個安全的地方安頓自己。」她的語氣變得低落。「不過我只是喜歡假裝我的乖寶寶查理還在身邊。牠一直很會保護我。」

「我相信牠一定還在。」梅西贊同。「牠依然守護著妳。如果妳搬去有人照應的地方，牠也會比較安心。」她相信寵物的靈魂會留在需要照顧的主人身邊。蒂爾達掛斷電話後，梅西迅速上網搜尋傑克·郝爾，同時小跑步追上艾迪。

趕到艾迪身邊時，她驚訝地告訴搭檔：「他是不動產仲介。」

「誰？」

她說明始末。

「看來妳得查出委託他的人是誰。」艾迪說：「除非他是自己買地做投資的那種人。」

「蒂爾達真的該賣了。」梅西說：「我覺得她不該繼續獨居。」

「她得賣地才有錢搬家嗎？」

「我沒問。不過從談話間的蛛絲馬跡看來，應該是這樣。」

「妳要打電話去問委託人的身分嗎，還是要約時間見面？」

「我習慣先打電話問看看。」梅西說：「如果對方願意在電話上說出你想知道的事，何必費事約時間見面。」

「大家經常在電話上跟我說些很隱私的事，常害我嚇一跳。」艾迪說：「有時候我只是打去問他們買的東西，他們卻把人生從頭到尾講一遍。」

「每次都這樣。」梅西心有戚戚焉。她接著撥號，不動產仲介迅速接聽。

「您好！我是傑克・郝爾！」對方活力十足地說：「請問需要什麼服務？」

梅西表明身分。「蒂爾達・布拉斯說你想買她的土地。」

「布拉斯……布拉斯……噢！東邊那塊很大的地。沒錯，那塊地非常棒，面積太大，她一個人很難管理。」

「你和蒂爾達很熟嗎？」梅西問。她對此人有點討厭，這個陌生人竟然隨便批評蒂爾達。

「我見過她兩次。」他說：「很可愛的老太太，但那麼大一片土地，似乎讓她累壞了。」

油嘴滑舌的業務。

「那塊地多大？」梅西問。她隱約記得，童年好友住在那裡的時候，曾經聽父母討論那塊地的面積，語氣滿是驚嘆。不過她猜想，這些年來那塊地應該早已分割出售了。

「六百英畝。」

梅西不得不承認仲介說得沒錯，那塊地確實有點太大，只靠一個人應付不來。「委託人是誰？」

傑克沉默片刻。「妳想買那塊地？」

「不是，我想知道是誰委託你出價。」

又一陣沉默。「噢，委託的買家拜託我不要公開。」仲介終於說：「相信妳應該會願意尊重吧？」

梅西的好奇瞬間暴漲。「這個嘛，郝爾先生，辦不到。我們正在調查兩位警務人員在那塊土地上遭槍殺的案件，所以，我相信你應該願意尊重我的公務需求。我必須知道，在牛舍失火前有意買下土地的人是誰。」

艾迪在旁邊聽，笑嘻嘻比手勢要她更狠一點。

「我再打給妳好嗎？」

「你忘記委託人的名字了嗎？」

「不是……我必須先跟他確認是否能告訴妳，他一再要求不能公開。」傑克之前的活力完全消失。

「你應該知道，我可以申請法院命令強制你提供吧？不過呢，比起填寫申請文件，我更想把時間用來調查兩位副警長的命案。」

「我知道了。」他的語氣中有著濃濃的侷促不安，現在肯定在座位上焦頭爛額，百般不願通知委託人調查局想要知道其名字。「但妳的要求讓我面臨職業道德上的難題，委託人叮囑過——」

「郝爾先生。」她心中漲滿憤怒。「我現在眞的不在乎你的職業道德，我只在乎要抓到凶手。給你五分鐘，你快點打給委託人，然後再打給我。」她迅速報出自己的電話號碼，然後掛斷。

「厲害喔。」艾迪崇拜地笑著說：「我敢說他應該現在正在撥號了。」

「眞是個混蛋。你認爲他的委託人是誰？」

「應該五分鐘內就會知道了。」

他們繼續往靶場盡頭走去，梅西同意艾迪的看法，在這裡打靶的人槍法一流。接著五分鐘過去了。

十分鐘過去了。

梅西再次打給傑克·郝爾，轉接語音信箱。她又打一次，依然轉接語音信箱。

她怒火中燒，回到楚門那裡時，他和其他人剛撿完彈殼。

「時間抓得眞好。」他對她說，刻意伸展背脊。

「對不起。」她告訴他剛才打電話找仲介的事。

「看來妳得親自去一趟他的辦公室聊聊了。」楚門說。

「這裡一結束，馬上就過去。」

◆

楚門拉了拉傑克·郝爾不動產仲介所的門把。這是間一人公司，看來郝爾剛好出去喝中午咖啡了。

他看梅西一眼，她現在模樣似乎很想殺人。

「我留言兩次了。」梅西說：「顯然他在躲我。」

「躲不了多久。」楚門說。

「對極了。」她咬著下唇看玻璃門上的名字。他們看到裡面有兩張辦公桌，但只有一臺電腦。櫥窗上貼著房屋出售的廣告傳單。這間辦公店面位在一個長條狀的小商場裡，旁邊的幾家店分別是電子菸舖、當舖和拉丁美洲烘焙坊。

「餓了嗎？」楚門問，他聞到糕點剛出爐的香氣。他知道這家烘焙坊很不錯，每次經過本德市這一帶都會來買。

「不餓。」梅西查看停車場，神情懊惱。「我要查出他家的地址去拜訪一下。」

「妳認爲他的委託人爲什麼堅持要匿名？」楚門說。

清澈綠眸對上他的眼睛。「因爲他心裡有鬼。」

「也或許，只是因爲他和蒂爾達或她丈夫有過嫌隙，擔心她不願意賣。」他提出另一種可能。

「說不定。不過她非常堅持沒人會縱火燒她的牛舍，我不敢肯定是否有她不肯賣的對象。」

「那片土地有什麼財務糾紛嗎？」

「應該沒有。我知道比爾．崔克調查過所有權與留置權的相關問題，他說沒有異常。」她看看時間，做了個苦臉。「我得回辦公室了。」

「我也一樣。」楚門說。他猶豫一下，他很喜歡有時間和她獨處，雖然他們是來這裡抓一個顯然不想被找到的仲介。最近他們太難得有機會相處，他不喜歡這樣。他迅速看看停車場四周。確認沒有別人之後，他吻上她，纏綿熱吻，雙手捧著她的臉。她依偎進他懷中嘆息一聲。

「等這個案子結束……」他說。

「我們找個地方好好放鬆。一起休息。」她幫他說完。

他勉強放開她，相約晚點再見。

# 21

湯姆・麥唐諾看著那個女人端咖啡穿過前院，她的動作萬分慎重，彷彿杯子裡面裝著液體黃金。他大可以過去接手，但他不願意。蘿莉（Laurie）將杯子交給他，麥唐諾道謝的態度彷彿收到一百元美金的鈔票。她的眼睛發亮，輕聲說：「不客氣。」她低頭離開農舍的前門廊，往食堂的方向奔去，那裡依然飄著培根的香氣。

他喝了一口咖啡，目送她匆匆離去。蘿莉一定發現到他沒有吃早餐。咖啡很燙、很濃、很苦。他露出微笑。他喜歡牧場裡的女人敬重他，主動預期他需要什麼，不必等他開口。她們把食堂打掃得很乾淨，而且永遠有熱騰騰的餐點。他的農舍有間小廚房，裡面配備了小冰箱和微波爐，但沒有爐臺和烤箱。他決定把錢用來建造一座大型的中央廚房，而等他有更多錢後，還會添購農舍小廚房的裝備，但現在不急。目前最重要的，是打造一個讓人願意留下來居住、工作的地方。

食物、住所、群體。這些是人類最核心的需求。只要提供這三項，加上令人垂涎的目標，就會有很多人心甘情願追隨他。他想盡速完成建造住所的工作。現在的宿舍很簡陋，不過以後他打算增加小型房屋和更舒適的環境。從一開始就追隨他的人將優先入住。新人只能住宿舍，但能夠看見未來的願景，只要努力就可以得到。

一切都會很完美。

他身邊將會有許多忠誠的人，倘若有人膽敢造成威脅，他們會主動捍衛他、捍衛他們的生活方式，任何人都休想越雷池一步。政府要是敢多管閒事，絕對會嘗到苦頭。很快地，他就會訓練好底下的人，讓他們能夠保護這片土地，以及上帝賦予的權利。

不過他必須先招募更多人。

**慢慢來，不能急。要找最好的人選，逐漸增加實力。**

這個計畫不能操之過急，他要做到十全十美。

他再喝一口滾燙的咖啡，走下門廊準備去吃早餐，現在有點晚了，希望培根還有剩。食物很貴，尤其是培根，不過很快他們就可以自給自足了。**肉類是不是該採配給制度？**昨天他發現齊普狂拿培根，盤子都快裝不下了。

**這裡容不下貪心之人。**

右手邊遠處的矮山丘揚起一片灰塵，他停下腳步查看。灰塵飛揚代表有車接近。不久後，一輛小卡車繞過轉角，麥唐諾瞇起眼睛，他沒看過那輛重量級大車。

**該死。**

車頂上裝著長條形警示燈，車身上的標誌雖然模糊不清，但依然看得出是奧勒岡州警。湯姆看看左右，感覺毫無遮蔽。艾爾（Al）和戴克（Deke）去哪了？他的兩個跟班通常不會離開他身邊，不過今天早上還沒正式開工，他堅持要他們先不要跟著他，等他開始工作再來。

**可想而知，他們一定在大吃我的培根。**

小卡車逐漸接近，麥唐諾過去迎接。走到平坦的停車場時，他已經上氣不接下氣了，他知道自己滿頭大汗。這輛車是實用款，寬敞加蓋的後斗可以存放裝備。車子停好之後，一名矮壯的男人下車，大約三十多歲，穿著州警的海軍藍制服。另一位警員留坐車上在講電話。

「湯姆．麥唐諾？」下車的那個人說。

「就是我。」他伸出一隻手，警員用力握了一下。「請問有何指教？」

「我是納森．蘭道（Nathan Landau），奧勒岡州警，縱火與爆裂物部門。聽說你手上有些炸藥想要處理掉？」

他手中的咖啡差點摔在地上。「什麼？」

納森蹙眉。「炸藥。我們接到電話通報，你發現一批老舊炸藥，希望能處理掉。」

汗水滑下他的眉毛，刺痛眼睛。「不是我打的。」他揉揉疼痛的眼睛。「誰說是我打的？」

「根據報案資料，打電話的確實是你本人，不過我們並不在意炸藥的來源，你知道的。」那個人謹慎地說：「我們只想幫忙從你的牧場移除，老舊炸藥不是好玩的東西。經常有人在爺爺的牛舍找到幾箱。以前在飼料舖就能隨便買到，現在我們希望民眾主動通報，交給我們處置。」

麥唐諾幾乎說不出話來，他的心思越飄越遠。「我沒有炸藥，也沒有打電話給你們。我不知道是誰亂打電話說我有。」

「沒有嗎？」納森的表情充滿質疑，前額冒出皺紋。「說不定有人找到炸藥沒告訴你，直接打電話聯絡我們。」

「我的牧場絕對沒有炸藥。」麥唐諾咬牙切齒地說。**是誰報警的？**「我不需要問我的員工，如果他們發現有炸藥，一定會告訴我。恐怕是有人惡作劇。」

「眞是見鬼了。」納森拿出筆，在夾板上的文件寫了幾個字，不停搖頭。「究竟爲什麼會有人做這種事？」

「可能是覺得看你們白跑一趟很好玩，也可能是看我被無端騷擾感到很有趣。」麥唐諾表明，憤怒取代了之前的困惑。「我懷疑是後者。」

納森原本看著文件，這時抬起頭瞇眼看他。「有人意圖報復所以整你？」

「應該沒錯。」

「你知道是誰嗎？這種惡意謊報的行爲我們會嚴加追究。」

「我也想知道。」他腦中閃過幾種可能。**誰會這樣出賣我？而且怎麼會知道炸藥的事？因為這人在這裡工作。**

「該死。」

「怎麼了？」納森問。

「沒事，只是有點火大。我得去查出來哪個傢伙覺得惡整我很有趣。」他勉強笑了一下。「抱歉害你花了一上午的時間開車來這麼遠的地方。」

納森嘆息，遞上一張名片。麥唐諾看了一眼，上面寫著納森是有某種證照的危險物質處理技師。他們繼續客套了一陣子，麥唐諾只是隨口應答，完全沒聽進去。他的頭腦正忙著運轉。卡車駛離之後，他再次火冒三丈，腦中只有一個問題：

**是誰告密？**

**賽拉斯？他會這樣找我麻煩嗎？**

麥唐諾認為他和賽拉斯．坎貝爾的爭執已經被拋在愛達荷州了。他離開就是為了盡量遠離他。賽拉斯曾經是他最信賴的兄弟，他以為賽拉斯也這麼看待自己。不過他們之間薄弱的信任輕易就碎裂，因為賽拉斯的猜疑心實在太重。

他追隨賽拉斯三十多年，和他學到很多。早在見面之前，他便深深受到賽拉斯的思想吸引。他從小就知道，政府一直對民眾洗腦，讓大家相信他們關心人民。追隨賽拉斯的那段時間，他用心看、注意聽，學習如何領導群眾。

下定決心脫離一事，對麥唐諾而言並不容易，不過他早就知道會有這一天。賽拉斯眼中只有兩種人：死忠手下或敵人叛徒。沒有其他選擇。當他們在許多重大議題上開始產生歧見，他們的關係也就結束了。麥唐諾站在十字路口，審慎判斷該走哪條路。他考慮過所有選擇，評估過各種可能，一年前終於踏出第一步。

多年前做的另一次重大決定留下陰影，以致於他的心思一時受到蒙蔽，不過那個決定是正確的。去年，他從中得到信心，讓他能夠鼓起勇氣走自己的路。他號召了一群人，他們支持他、相信他的理念，一起搬來奧勒岡州的這座牧場。

他原本不確定是否該回到奧勒岡州中部。他曾在這裡住過一段時間，但已經是幾十年前的事了，應該不會有人看到他而嚇一跳。他知道在這個地區一定能找到志同道合的人，和他有著相同想法與信念的人。果然沒錯。

不過確實很辛苦。他必須一切從零開始，小心遵守法律規範。

直到最近。

**這不是我的錯。**

爲了打下堅實的根基，他選了最合適的人留在身邊。但當其中有人變成毒瘤，他必須毅然決然根除。如果任由反對的人存在，他會失去所有人的敬重。嚴格規範、殺雞儆猴，這樣才能有效控制。如果大家互相尊重，那麼他們就可以過和諧的生活。不滿的人開始惹事，那他們就必須離開；如果不肯自行離開，只好強迫他們離開。

約書亞．潘斯製造問題。

麥唐諾解決問題。

就這麼簡單。

他其實也感到一絲遺憾。潘斯一直是死忠支持者，他堅定地相信麥唐諾的使命，並熱情鼓舞其他人，激勵他們堅定支持麥唐諾的理念。然而，潘斯的熱誠最終造成自己失去性命。

麥唐諾的手機在口袋中震動，他沒有看來電顯示直接接聽。

「我是傑克．郝爾。」

「嗨，傑克。有好消息嗎？」

「有消息，但不見得好。」

麥唐諾的背脊感到一陣緊張。傑克異常平靜。這個不動產仲介平常說話的速度飛快、語氣熱烈，但今天卻似乎有氣無力。

「快說吧。」

「調查局的人找上我，他們想知道是誰要買布拉斯的農場。」

「媽的。」麥唐諾覺得像肚子挨了一拳，這是今天早上第二次了。

「我什麼都沒告訴他們。」傑克迅速地說：「我只說委託人希望保持匿名，要先取得許可。如果告訴他們你的名字，你介意嗎？」

「當然介意！」麥唐諾的腦袋再次失控。

「她給我五分鐘，要我聯絡你之後立刻回電。」

「誰？」

「調查局探員。」

「我知道是調查局探員。她叫什麼名字？」他屏住呼吸，知道傑克會說什麼。

「呃……凱佩奇。梅西・凱佩奇。」

麥唐諾把手機拿開，罵了幾句髒話。又是歐文的妹妹。我是不是不該讓他加入？

「不要回電給她。」

「我能怎麼辦？她說可以申請法院命令強制取得。」傑克的語氣很悽慘。

「讓她去申請。既然她想浪費時間，我沒意見。」

「她最後還是會查出來。」

「你的工作就是躲著她，讓她慢慢查。」

「我不懂爲什麼你這麼堅持匿名。最後要簽買賣契約的時候，你的名字還是會寫上去。」

「你應該沒有把我的名字寫在什麼地方吧？你保證過，絕不會在你的文件裡發現我的名字。」

「我們之間的往來都是口頭方式。我甚至沒有寄過電子郵件給你，因爲我尊重你的要求。」

「謝謝，我對此很感激。當然，我也沒有電子郵件。你知道政府會偷看吧？」

「我沒什麼需要隱瞞的事。」傑克說：「如果政府想看我的無聊通信，隨便他們看。」

「我認爲我們需要再見一次面。」麥唐諾說：「我去看過附近的一塊地，想聽聽你的意見。」

「告訴我地址，我先查好資料再去見你。」

「不用，直接來就好。等你來了我再慢慢說明。」

傑克答應了，但麥唐諾聽得出他不太情願。有佣金作爲誘餌，麥唐諾知道無論他要求什麼，傑克都會赴湯蹈火、在所不辭。

麥唐諾掛斷電話，把杯子裡的咖啡潑在地上。已經涼掉不能喝了。他抬頭看看牧場周圍的山丘，感覺彷彿有張網朝他慢慢收緊。這個早晨原本充滿幹勁，現在全毀了。

凱佩奇。聽到艾爾與戴克把她撞下公路的時候，他狂笑著猛拍他們的背。他希望她能學到教訓，不要再到處亂問。可惜沒用。**應該採取更激烈的手段嗎？**

調查局的人怎麼會發現有人要買蒂爾達．布拉斯的土地？

當然是那個老太婆告訴他們的。

要是潘斯沒有插手就好了。我該怎麼處理這個新難題？他可以承認開價的人是自己嗎？想買地並不犯法，不過他的本能讓他想躲開執法人員。如果警方知道想買地的人是他，會不會懷疑是他縱火想嚇跑老太婆？

他沒有那麼蠢。

有些人很蠢，但他不一樣。他知道如何躲過注意。哼，他完全可以躲過所有人的雷達。他一輩子都在這麼做。沒有人比他更善於躲在暗處。

麥唐諾很清楚，和賽拉斯．坎貝爾斷絕關係之後，自己勢必得站到舞臺前，但他沒料到會這樣。或許應該低調一點，等調查局放棄追查。他們想查的案子和他毫無關係。

其實多少有。

歐文．凱佩奇會是這些問題的源頭嗎？這個想法讓他有點心痛。第一次遇到歐文時，麥唐諾最初的直覺是躲避。但他沒有躲，反而注視歐文的雙眼和他握手。歐文的眼神和他一模一樣，麥唐諾本能地知道可以信賴歐文這樣的人。歐文的父親卡爾非常正直，歐文有著相同的血統。

那個調查局探員也是，不過她是女人。男人只要看眼神就能了解，但女人不一樣。

他的跟隨者當中，有些人的品格完全比不上歐文．凱佩奇。他非常重視品格，但有時候要經過一段時間才能看清。有些人金玉其外、敗絮其中……也有些人內心軟弱。有些人就是因爲軟弱，而無法完全發揮潛力。

**究竟是誰告訴警察這裡有炸藥？**

**以及為什麼？**

爲了制止麥唐諾使用。有人不喜歡他的計畫，但又太沒種，不敢當面直說。

或許那個人擔心自己的下場會像約書亞・潘斯一樣。

**需要再次殺雞儆猴嗎？**

傑克・郝爾正好合適。

# 22

楚門快到家的時候，手機響了。德舒特郡治安處說找到一輛棄置的紅色小卡車，車身前方有些微損傷。

「車主是誰？」楚門問。

「牌照過期很久了。」副警長說：「不過車子登記在內華達州的約書亞·潘斯名下。」

「該死。」他們之前就懷疑將梅西撞下公路的那些人，就是駕駛潘斯的車，看來他們猜對了。

「已經拖吊了嗎？」

「還沒。我們在等拖吊車。」

「給我你們的位置。」

楚門在下一個路口轉彎，將離合器踩到底，希望在車子被拖走前趕到現場。

將近二十分鐘後，他抵達一條人煙罕至的小路，把車停在治安處的巡邏車後面。他看到路旁的灌木叢中冒出卡車的尾端，但拖吊車還不見蹤影。

「你們有動過車上的東西嗎？」他問副警長。

「我有打開車門，翻了一下前座置物櫃裡的東西。我通報之後才發現這輛車遭到通緝，就沒再動任何東西。」

藏車的人非常草率。他們選了一條人車稀少的小路，但從外面的大馬路就能看到車。楚門不禁懷疑可能是因爲沒油了，才會這樣隨便處置。「鑰匙在車上嗎？」

「不在。車門沒鎖，一扇車窗開著。」

楚門繞著車走一圈。這輛車受盡風霜，後斗嚴重凹陷，還有好幾個破洞；輪胎早該換了，但還是硬撐了至少一萬英哩里程，而且車頭燈不見了。他蹲下查看原本該有車頭燈的地方，四周有許多小損傷，而且凹陷處卡著黑色烤漆。

**梅西的太浩休旅車。**

他戴上手套，打開駕駛座的門，迅速查看內部。長條型座椅的布面在駕駛這邊磨出了一個洞，車廂地上到處是垃圾，有速食店的包裝紙、冷飲杯和汽水罐。楚門打開菸灰缸。裡頭塞得滿滿的菸蒂。

**DNA。**

**冷飲杯的吸管上應該也能採到DNA。**

**但是棄置車輛的案子不會動用DNA比對。**

這堆垃圾也可能是潘斯製造的。不過呢，如果楚門抓到將梅西撞下公路的嫌犯，而且願意自己出錢，還是可以進行比對。

**我比較希望能取得自白。**

抓到嫌犯之後，他可以用這個嚇他們，只要說出他們在車上留下大量DNA，他們一定會乖乖認罪。這樣省錢多了。

他後退離開那輛車，看看四周聳立的高大松樹，想判斷這個地點的位置。「你知道麥唐諾的牧場離這裡多遠嗎？」他問副警長。

「誰？」

「沒事。」楚門回到他的車上，用手機查出現在的位置。麥唐諾的牧場距離這裡不到十英哩。他盯著螢幕看了幾秒，心想看來得去一趟了。

◆

梅西說她認為可能是麥唐諾的手下把她撞出馬路之後，楚門盡可能挖掘麥唐諾的資料。她說麥唐諾的資料毫無瑕疵，楚門調查的結果也是如此。

太完美無瑕。既然麥唐諾曾經追隨愛達荷州的民兵頭子賽拉斯．坎貝爾，應該多少有案底。楚門從來沒有和麥唐諾交談過，但在鷹巢鎮看過對方幾次。前往牧場之前，他先調出麥唐諾在奧勒岡州的資料，開車的路上在腦中慢慢咀嚼。麥唐諾這個人總讓他覺得不對勁，但又看不出是什麼問題。

麥唐諾這人很無趣。

太過無趣？

他把車開進偏遠的牧場，停在幾輛卡車旁邊。五十英呎外有一棟大型建築，四個男人從裡面出來，楚門一眼就認出塊頭巨大的麥唐諾。另外兩個人似乎總是跟著他，但第四個人讓他吃了一驚。梅西的大哥，歐文。

他們接近時，歐文認出楚門，腳步亂了一下，下顎繃緊。

「早安，局長。」麥唐諾向楚門伸出手。「太老遠跑來這裡，有什麼事嗎？」他沒有介紹那兩個人，他們站在他身後幾英呎處。那兩個人體格壯碩，寬鬆的厚外套裡可以藏好幾把槍。

楚門對其他沉默的三個人頷首，視線停留在歐文身上，歐文撇開頭。

**好吧，就照你的意思。**

楚門和麥唐諾握手，麥唐諾以很明顯的方式暗示他已離開了鷹巢鎮的管轄範圍，但楚門不理會。「在距離這裡兩英哩的路邊，我們發現一輛紅色福特小卡車。」他說，稍微扭曲一下事實。「我想問你的手下是否知情。」

麥唐諾沒有看他的手下。「車主是誰？」

「約書亞．潘斯。」

「沒聽過這個名字。爲什麼你不去他家找他，反而跑來這裡？」

雖然麥唐諾明目張膽地撒謊，但楚門不爲所動。「他的住家地址在內華達州，而且牌照過期很久了。我聽說他在這裡工作。」

「我的員工當中沒有叫那個名字的人。我不知道你是從哪裡得知的，不過這個消息不正確。」麥唐諾面無表情地注視楚門的雙眼。

「約書亞．潘斯就是上週在傑克森．西爾家縱火案現場發現的死者。」楚門仔細觀察對方。

「上次有兩個調查局的人跑來騷擾我的員工，他們要找的就是這個人嗎？他們到處查探，問有沒有人認識他。為什麼大家都以為我和他有關係？」

「我不清楚調查局來這裡的目的，你得親自問他們。」楚門感覺到歐文在看他。「我只是來問卡車的事。」

麥唐諾終於轉頭看手下。「有人知道那輛棄置卡車的事嗎？」

三個人一起搖頭。

麥唐諾回頭看楚門。「看來你找錯地方了。」

「似乎是這樣。感謝各位協助。」楚門的視線隨意掃過牧場建築。「牧場狀況似乎逐漸上路了。聽說你這裡有很多工作機會，你打算蓋很多房子？」

「一些而已。」

「我可以在鎮上放出消息，讓大家知道你在找工人。」

「現在人手很充足了。」

麥唐納身後那個身穿迷彩外套的人移動重心，瞪著楚門。楚門對上他的視線，賞他一個友善的笑容。「那輛紅卡車疑似涉及前幾天的一場車禍，有人把調查局探員的車撞下公路，差點害死她。算他們走運，她沒有大礙。」

保鏢的眼神從怒瞪變成冷笑。

「我完全不知情。」麥唐諾說：「不是我們的車。」

楚門看那個穿迷彩外套的保鏢一眼，決定測試一下他的速食理論是否正確。「總之，潘斯過世之後有人開他的車。雖然不知是誰偷了他的車去兜風，但那人留了一堆垃圾在車上。汽水罐、吸管和菸蒂。」迷彩男的冷笑瞬間消失，他驚覺楚門說的那些東西都能採到ＤＮＡ，而楚門依舊笑容滿面。**逮到你了。**「車體前方也有一些損傷。撞調查局車輛的時候，卡車沾到了烤漆。」

湯姆．麥唐諾保持冷靜的態度。「看來等你抓到人後，應該會有更多證據。八成是青少年搗蛋。」

「很可能。」楚門附和。他迅速看歐文一眼。梅西的大哥臉色有點發青。

**沒錯。你交的這些朋友，差點殺死你的小妹。**

楚門輕碰一下帽沿客氣道別。他走向休旅車的時候，感覺那些人正惡狠狠瞪著自己的背。上車之後，他故意遲遲不開走，假裝在用電腦，想讓那些人緊張納悶他在做什麼。他悠閒地按著儀表板，察覺剛才面對那些人時，自己沒有感到半絲焦慮。完全沒有。徹底沒有。他非常滿意，思索那天崩潰之後，這幾天發生了什麼變化。

**因為我在乎。我想為約書亞．潘斯討回公道，我不是只想著自己。**

還有梅西。他決心要查出是誰製造車禍企圖殺害她，他不希望這種事再次發生。

他終於發動車子，小範圍迴轉，循著來路離去。他察覺麥唐諾的兩個保鏢還站在剛剛他們講話的地方，等著他離開。

**快去跟老爸報告我走了吧。**

楚門開車離開時心中忿忿不平。他懷疑那四個人全都知道那輛小卡車上星期被開去做了什麼。或許歐文不知道，不過既然他沒有開口辯解，楚門只好將他也視為麥唐諾的走狗。

就算他是梅西的大哥也一樣。

◆

湯姆．麥唐諾看著警察局長駕車離開他的牧場。那個混蛋在車上整整摸了五分鐘才離開，害他緊張得要命。局長在這裡沒有任何管轄權，他們雙方都很清楚。那人跑來這裡只是為了惹是生非，再次企圖恫嚇他和他的手下。

鎮上的人對鷹巢鎮警局的局長讚譽有加，但現在麥唐諾有了自己的看法。局長為了騷擾無辜民眾，就連離開自己的轄區也不在乎。所有警察都是這樣。或許他把鎮民哄得服服貼貼，但麥唐諾知道他其實猖狂自大，戴著警徽的人都是那樣。

警察根本沒必要存在。他們只是政府的工具，強迫人民接受惱人的法律。政府利用警察保護自己、打擊人民，完全忘記政府的力量是人民給予的。

**這一切就快改變了。**

歐文．凱佩奇在農舍的小客廳裡來回踱步，麥唐諾用眼角餘光偷偷觀察他。他很想百分之百信任歐文，但過去幾分鐘裡，麥唐諾開始心生疑慮。警察局長讓歐文動搖了。就連戴克也在堤防歐文，表情充滿懷疑。

**我是不是太快讓他加入核心？**

「歐文，你在想什麼？」

「太多警察跑來這裡。」歐文繼續踱步。「先是調查局探員，然後州警跑來找炸藥，現在連警察局長也來了。太多人盯上我們。」

麥唐諾很後悔，不該告訴戴克、艾爾與歐文之前州警來找炸藥一事。他們三人全都緊張起來，接著又因出現叛徒而氣憤。麥唐諾認爲他們的反應不像裝出來的，他幾乎可以確定告密者不在他們之中。但就算排除他們，還有四十個男男女女可能打電話報警。

「你擔心嗎？」麥唐諾問。「那些警察根本沒有證據，他們只是聽到傳聞就跑來。」

「是誰傳出去的？」歐文問。

艾爾從農舍的門進來，表情煩躁。「我眞不懂，局長爲什麼拖拖拉拉那麼久才離開。」

「他想讓我們多緊張一下。」麥唐諾說：「如此一來更證明他沒有實證，只是裝腔作勢而已。」

「我們應該把垃圾清掉。」艾爾嘀咕。

歐文走到一半停住。「什麼垃圾？」

「沒什麼。」

歐文注視艾爾許久，臉上閃過失望。麥唐諾知道，歐文之前就懷疑是兩個保鏢把他的妹妹撞下公路，而現在他確定了。

**他打算怎麼做？**

「你對我使用炸藥的計畫有意見嗎？」麥唐諾問歐文。

客廳裡的氣氛瞬間變得無比緊繃。艾爾與戴克緩緩轉身看著歐文，等候他的回答。

歐文將雙手負在身後，看看麥唐諾又看看另外兩個人。「我沒意見。那是你的土地，你想做什麼都可以。」

「現在還不是我的。」

「很快就會是了。」戴克說：「老太婆遲早會想通。」他點頭強調，彷彿可以憑意念讓這件事成眞。

麥唐諾打量戴克。他的頭腦不太靈光，但卻很忠心，而且也是麥唐諾見過的人當中槍法數一數二的高手。麥唐諾之所以選他當保鏢，這是部分原因。另一個理由則是因爲他通常很少說話。

「我沒有問你的意見。」麥唐諾對戴克說。

戴克緊緊閉上嘴，立正站好，注視麥唐諾肩膀後方。「是，老大。」

麥唐諾繼續跟歐文說話。「那天你妹妹很可能會受傷。都是這兩個蠢材擅自作主，不是我的命令。」他注視歐文的雙眼。「但我不會容忍調查局探員在我的地盤上恣意妄爲，有必要的時候我就會反擊。你對此有意見嗎？」

歐文遲疑一下，略嫌太久。「沒有，先生。」

麥唐諾感到強烈的失望。**我對他懷有那麼高的期待。**

歐文和其他跟隨他的人不一樣。他有成就、有頭腦、有幹勁。憤怒驅使歐文加入麥唐諾。警方無能造成他弟弟喪命，歐文因此看清了現實。他想要的東西和所有人一樣：改變。他們想要奪回尊嚴與榮耀。

他們不願意忍受萬萬稅的政府，用自己的錢去養貪婪政客，也不希望每次踏出家門就得提心吊膽。他們只想好好過日子，卻不斷被榨取金錢。政府不斷設立新法讓權力越來越大，貪婪地搜刮民脂民膏。家族擁有五十年的森林？交出來。我們要保護貓頭鷹。放牧牛隻整整十年的草原？滾出去。我們要保護牛喝水的那條河。只有這種時候，聯邦政府的爪牙才會出現，帶著槍來施展所謂的公權力。不公平。

「或許這裡不適合你。」麥唐諾對歐文說。

歐文朝他逼近兩步，眼眸燃燒著激昂情緒。「你明明很清楚我們目標一致。你有力量說服眾人支持你，**我相信**你的作爲。」他注視麥唐諾的雙眼，語氣無比眞誠。

**我相信他**。

麥唐諾非常信賴自己的直覺。他對歐文的短暫疑慮消失了。歐文或許疼惜妹妹，但不會因此受阻撓。麥唐諾對歐文伸出一隻手，他堅定地握住。

「我支持你。」歐文表明。

「很好。」麥唐諾說：「我們該如何查出是誰洩露祕密？」

歐文深吸一口氣。「我有點懷疑建造宿舍的那個年輕人。」

「凱德？」麥唐諾感到震驚。那個孩子很有禮貌，而且工作勤奮。

「或許他不是故意洩密，但他很可能和女友提過炸藥的事。」

「她去報警？爲什麼一個小女生要管我們有沒有炸藥？」

「她是我的姪女……她父親過世之後，她和梅西住在一起。」

麥唐諾恍然大悟。「你認爲她告訴姑姑，所以警方才盯上我們？爲麼你沒有早點說？」他感到萬分驚恐。他雇用的工人竟然和調查局探員的姪女交往，而且她們還住在一起。

歐文的嘴用力抿成一條線，然後回答：「我最近才想到這個可能。前幾天在這裡撞見他，我才驚覺他是我姪女的男朋友，我看過他們在一起。但即使那時候我也不敢肯定。」

「也可能是你弄錯了。」

「有可能，但我認爲是同一個人。」

「看來我該找凱德談談了。」麥唐諾對戴克與艾爾下令：「去叫他來。」

「他今天休假。」

「可惡。」各種諸事不順令他臉頰發燙。「明天一大早就叫他來見我。」

# 23

楚門辦公桌上的電話響了，他急忙接起來，默默祈求是他在等的人打來。

果然是。電話另一頭傳來邦納郡（Bonner County）副警長查德．惠勒（Chad Wheeler）的聲音。

「楚門？我是查德，來回你電話。怎麼，又想求我讓你來釣魚？」

「你們那裡有西北太平洋地區最棒的釣魚地點呢。」

「對極了，不過現在太冷啦。三個月前你跑去哪裡了？我不是跟你說大家想聚聚嗎？」

查德是楚門的高中同學。楚門一直認爲查德一定會進監獄，從沒想過對方會有奉公守法的一天。當查德成爲警察時，沒有人比楚門更驚訝。查德改過自新，收斂起狂放的性格，把精力用在好的方面。每隔幾年，兩人就會找幾個老同學聚聚，一起去查德位在愛達荷州北部的家，在他家後院釣魚。

湯姆．麥唐諾之前也住在那個地區，一年前才離開。

「眞希望我只是要找你去釣魚，可惜這次是爲了公務。」

「有什麼事嗎？」查德警察模式全開。

「我要打聽一個名叫湯姆．麥唐諾的人。一年前他從你那裡搬來我這。據我所知，他一輩子都住在愛達荷州北部。」他報出麥唐諾的駕照號碼。

他聽見背景傳來查德敲鍵盤的聲音。「嗯，我看到了。資料裡有他之前的幾個住址，分別在桑德波因特（Sandpoint）、科達倫與邦納斯費里（Bonners Ferry）。沒有前科。這傢伙連罰單都沒吃過。」

「我聽說他曾經追隨賽拉斯・坎貝爾。」

「噢。」查德的語氣興奮起來。「我來翻翻其他檔案。他在你那裡惹事？」

「還沒有。」楚門承認。眞的沒有。目前麥唐諾只是沒有回電給調查局探員，加上今早對楚門的態度傲慢惡劣。「不過我懷疑他可能涉及犯罪。我正在調查一件案子，他的名字出現好幾次，只是還沒有確切的罪證。」

「正所謂無風不起浪。」查德說。背景繼續傳來敲鍵盤的聲音，他搜尋著麥唐諾的資料。「眞希望他的名字特別一點。我正在搜尋局裡關於賽拉斯・坎貝爾的資料，看看有沒有提到這個人的名字。爲什麼他不能取個容易找的怪名字呢？例如卡棋亞・莫魯之類的。」

楚門懂他的心情。

「我有查到一個湯姆・麥唐諾，他在與坎貝爾相關的報告裡出現過很多次，但沒有任何違法行爲。他似乎一直躲在不顯眼的地方，從來不惹事，但一直都在坎貝爾身邊。」

「他很謹愼。」

「看來是這樣。我們逮捕了很多加入坎貝爾民兵組織的人，但你要找的人不在名單裡。」

「坎貝爾做過什麼？」

查德在電話另一頭嘆息。「這要看你問的角度了。有人說他是聖人，挺身爲遭受迫害的人發聲；也有人說他是右翼狂人，對所有法律都不滿意。過去十年裡，他都沒有犯罪紀錄，現在的他學會如何明哲保身，但他底下的很多狂熱信徒惹出一堆麻煩。」

「我記得他們好像因爲一座湖鬧過事。」

「沒錯，一塊沼澤地成爲新的保護區，聯邦政府架起圍欄不讓牛跑進去，坎貝爾出來表達不滿。有幾戶人家一百年來一直讓牛去那裡喝水。但你也知道，出現瀕危物種的時候，接下來會發生什麼事。」

「我知道。」楚門太清楚了。居民群情激動，面對認爲自己在做好事的聯邦政府，小百姓感到無力。楚門通常會看事情的兩面，但他知道，當家庭生計受到威脅時，感覺會很不一樣。一般而言，他不會偏向任何一邊，他的想法往往比較中立。

「你那邊的資料有他的出生年月日嗎？」楚門問，他看著麥唐諾不久前申請的奧勒岡州駕照影本。查德報出的日期和楚門手中的資料一致。「你覺得他看起來像七十歲嗎？」

查德沉默片刻。「根本不像。」

「今天早上我見過他本人。」楚門說：「我覺得他應該不到六十。他非常肥胖，所以臉上沒有皺紋，這樣確實會看起來年輕一點，不過說眞的……我怎麼看都不認爲他有超過六十。他是農民，又經營牧場，感覺像大半輩子都在牧場工作。這樣的人應該會比實際年齡蒼老才對。」

「你認爲他可能盜用別人的身分？」查德說：「等一下，我的檔案裡有他二十五年前的駕照照片，我寄電子郵件給你。我認爲我們手中的所有駕照照片都是同一個人沒錯，不過或許你會有不同的看法。」

「你手上最舊的照片是多久以前的？」楚門問。

「我寄給你最舊的那張。」

楚門打開郵件程式，看到收件匣最上方查德的來信。他點開。「是他沒錯。」照片裡的麥唐諾更年輕，但是像現在一樣留著濃密的大鬍子。「這張照片裡的他應該是四十五歲，但看起來不像。這張看起來比我們兩個現在的模樣更年輕。」

「我也這麼覺得。不過大鬍子讓人很難判斷年紀，我們手上所有照片裡他都留著大鬍子。」

兩人沉默許久。

「如果他真的盜用身分，那麼也已經用很多年了。」楚門說：「我完全不知道該從何下手調查這個人。」**發生在其他州的事，我怎麼可能挖出來？**

「我有個好主意。」查德說：「可以拜託我們的一位後備警員，請他幫忙解決這個謎團。目前他處在半退休狀態，一定會很樂意幫忙調查這種問題。他非常厲害，我幫你聯絡他。」

「非常感謝。」

他們繼續聊了幾分鐘，楚門這才掛斷電話。他沮喪地坐在辦公桌後，他討厭枯等別人幫忙做自己的工作。**要多久才能查出來？萬一什麼都查不到呢？**

就算湯姆．麥唐諾與實際身分不符，這件事真的重要嗎？即使他盜用身分，依然無法改變他做過的事。顯然這個人以麥唐諾的身分生活了很長一段時間。

**說不定他曾經殺人遭到通緝。**

楚門任由思緒漫遊許久，列出盜用身分的種種原因。這些原因似乎全都不是好事。

他在電腦上調出麥唐諾牧場的地圖，仔細研究周遭的地形。麥唐諾選了一個非常偏僻的農耕地帶，大片土地四周沒有其他人家，只有濃密森林、陡峭山丘和一條河。如果麥唐諾喜歡與世隔絕的環境，那麼他在這裡找到了。要去牧場最方便的一條路，就是早上楚門走的那條路況極差的泥土路，從南側進入。除了那條路，要進入牧場只能走另一條更長的蜿蜒道路，距離不僅增加十英哩，還要過河。他用手指沿著那條漫長的路移動，從麥唐諾的牧場往外走。

**只有空閒時間太多的人才會走這條路。**

他的手指終於走到一條鄉間公路。他按著螢幕突然停住，查看公路的編號，想起最近去過的那條公路旁的一戶人家。

蒂爾達·布拉斯就住在那條路上。他尋找老人家的土地地界，這才發現她的土地形狀非常怪異，楚門第一次看到這種地況。非常狹長，彎彎曲曲。

而且和麥唐諾的牧場交界。

# 24

楚門打電話來的時候，梅西正在開車。她開進速食店的停車場專心講電話，不理會煎牛肉的香味。

「我剛剛打給住在愛達荷州北部的朋友，聊到很有意思的事。」他開始說明湯姆·麥唐諾可能盜用身分的理論。

梅西震驚地聽著，讓頭腦消化這個想法。

**幸好我把車停好了才聽到這件事。**

「我可以理解你做出這個結論。」梅西承認。「以麥唐諾的年紀，他的樣子實在太年輕。完全沒有前科這件事也很可疑，這樣反而讓人看出他多年來費盡工夫不留下痕跡。你認爲他眞實的過去藏著可怕的祕密？」

「我不想驟下結論。」楚門說：「我們先等愛達荷州的那位後備警員，看他能查出什麼。說不定是我們的想法太天馬行空。」

「不過，即使如此，對目前的案件有影響嗎？」她問：「兩位副警長依然遭人殺害，依舊不知道在兩次命案現場縱火的人是誰。無論麥唐諾的過去有沒有問題，總之現在一定有蹊蹺。不過我認爲你的理論很有道理，我會轉告達比，說不定她能幫忙那位愛達荷州的警員。」

「我今天去了一趟。」

梅西緊張起來。「去哪?」

「麥唐諾的牧場。」

「爲什麼?」上司的叮嚀言猶在耳，最好不要一個人去那座牧場，無論男女。傑夫認爲那個地方不安全，梅西也有同感。

「把妳撞下公路的那輛車今天找到了。」

「我只聽說治安處找到**一輛小卡車**。找到證據證明就是那輛車之前，我不想花太多心思在上面。」

「這個嘛，我去看了那輛車。右前方沾到了黑色烤漆，對我而言這樣就足以證明了。」

「車主是誰?」她做個深呼吸，心裡已經知道答案了。

「約書亞·潘斯。發現的地點距離麥唐諾牧場不到十英哩，所以我決定去看看他們是否知情。」

「他們依然否認潘斯在那裡工作?」

「是啊。我和麥唐諾稍微聊了一下，沒有任何進展。梅西，那個……歐文也在那裡。」

她愣住。

「他站在麥唐諾身後，感覺像他的跟班，而且還假裝不認識我。」

梅西閉上眼睛。**歐文，為什麼?**「他想做的事，我無法控制。」

「當然，但妳應該知道，要是我們發現湯姆·麥唐諾的罪證，跟隨他的人也會受到牽連，甚至成爲共犯。」

**換言之，歐文會有更多理由恨我。**

「他選擇了他的路，我已經盡力了。」

「很遺憾，梅西。」楚門輕聲說，溫和的語調令她心痛不已。

「我想盡辦法和家人拉近關係，歐文是最難搞的。他始終不願意和我說話，更不願意接受我回到鎮上。我認爲最好不要逼他，讓他慢慢發洩憤怒，等到他願意跟我談，我就在這裡等著。」

漫長的沉默在兩人之間蔓延。

「案件有進展嗎？」楚門問。

「在蘭登家取得的輪胎痕，與約書亞．潘斯命案現場發現的不相符。」

「這麼快就比對出來了？」

「我們的實驗室人員說根本不用花腦筋，他看一眼就知道不符合。」

「槍枝和彈殼呢？」

「那就沒這麼快了。你也知道，現實和電視演的不一樣。」

「沒有人比我更清楚。」楚門說：「不過我依然期待能看到超辣的調查局探員女友穿高跟鞋和低胸上衣。」

梅西大笑。「你在取笑我的靴子嗎？」她看一眼腳上的超耐磨靴子，因爲今天要去搜查蘭登．海克特家，所以她出門時特地選了這雙。她的靴子確實不是什麼時尚美鞋；**時尚**這個詞從來不會用在她身上。她喜歡舒適又實用的東西。

「當然不是。妳穿牛仔褲配靴子特別迷人，尤其是手裡拿著斧頭的時候。這整套裝扮讓我血脈賁張呢。」他的笑聲令她不由自主蜷起腳趾。楚門接著問：「傑克．郝爾有沒有打給妳？」

「沒有，我似乎應該再去他的辦公室一趟。」

「我有種預感，他八成一整天都不會回去。」

「很可能眞的是這樣。我猜去了也只是白跑一趟，不過會繼續每隔幾個小時就打電話留言，這樣應該多少能刺激他。」

車上響起嗶嗶聲，有插撥，是蘿絲打來的。

「楚門，蘿絲打電話給我。」

「我先掛了。」

她掛斷之後接起另一通。「嗨，蘿絲。」

「梅西？是妳嗎？」對方的聲音尖銳高亢，不是蘿絲。

「媽？」母親緊張的語調讓她屏住呼吸。

「我用蘿絲的電話打給妳。」

「發生了什麼事？」梅西全身的每個細胞都緊張起來，手指懸在租車的發動按鈕上。

「剛才有人對蘿絲扔石頭和泥巴，他們罵她是婊子。」

梅西瞬間呼吸困難。她立刻發動車子。「妳們在哪裡？」

「現在已經回家了，不過剛才我們去鎭上。我去郵局，蘿絲去雜貨店。」

「我馬上就到。她有沒有受傷？」假使她受傷了，我會讓那些傢伙生不如死。

「不嚴重。只是石頭造成的小傷口，不過她很難過。」

「那些混蛋……我會盡快趕到。」

◆

梅西把車停在父母家前面，用力關上福特休旅車的門，怒火在她的血管中奔竄。她兩步併一步衝上臺階，用力敲門。「媽？」她大喊，想要直接開門進去，但她強迫自己站在外面等。

**我一定會查出來是誰幹的。**

屋裡傳來腳步聲，母親來開門了。黛博拉的臉上皺紋很深，神情低落，梅西不喜歡她眼神中的恐懼。黛博拉退開讓路。「蘿絲在廚房。」

梅西本來想直接衝進去，但還是停下腳步，按住母親的肩膀。「不用擔心。我已經打給楚門了，我告訴他蘿絲要報案。」

「我們不想——」

「這是暴力攻擊，必須要立案。」

母親沮喪地皺起眉間。「我不認爲——」

「就當爲了我……不對，不是爲了我。**為了蘿絲。**媽，不要睜一隻眼、閉一隻眼，讓這件就這樣過去。」

「我沒有睜一隻眼、閉一隻眼！我只是不想鬧大。」

「當然要鬧大！要讓大家知道這種行爲**不能接受！**」

「梅西？」廚房傳來蘿絲的聲音。

梅西注視母親的雙眼。「這樣做才對。」

母親躲開她的視線，她感到失望刺痛。**至少她沒有拒絕。**

「我來了，蘿絲。」梅西離開母親，穿過客廳去到廚房，蘿絲坐在餐桌邊，拿著裝在塑膠袋裡的冰塊敷顴骨。二姊的頭髮濕濕的。

**她一定洗過澡了，為了清掉爛泥。**

淚水刺痛梅西的眼睛，她強迫自己說話時不能流露擔心。「嗨。讓我看看。」她坐在蘿絲身邊的椅子上，握住蘿絲拿冰袋的手。

「沒有很嚴重。」蘿絲輕聲說，但梅西察覺她放下冰袋的動作有些遲疑。

蘿絲完美的顴骨上有一道傷痕，旁邊有一圈剛出現的瘀血。前額也有兩道小割傷。

梅西很想找個東西來揍。蘿絲臉上的刀傷好不容易癒合了，現在又發生這種事。

「楚門會派人來做筆錄。」梅西邊說，同時觀察二姊，以肉眼確認她身上是否有其他受傷的地方。

「不用——」

「聽我的。」梅西命令。**我們家的女人到底怎麼回事？**有人敲門，母親走過去開門。聽到楚門寒暄的聲音，梅西稍微放鬆了一點，很高興他親自前來，而不是派人過來。不久之後，他捏捏她的肩膀，一邊和蘿絲打招呼。他拉出另一張椅子坐下。

「妳不知道這件事讓我多生氣。」楚門開口說。

「不會比我生氣。」梅西憤聲地說，並看了他一眼，想知道他是否明白她爲什麼這麼憤怒。從他平靜的棕眸中，她看得出他懂。

「告訴我事情的經過。」楚門按下原子筆尾端的按鈕，翻開筆記本。

梅西雙手緊緊交握放在腿上，聆聽蘿絲敘述。

「他們一共有兩個人。」蘿絲說：「一個尾隨我大約二十英呎。我要去雜貨店的路上，聽到他走在我身後。他加快腳步，接近時開始在我身後低聲說些不堪入耳的話。」

「例如什麼？」楚門問。

「他說我懷著撒旦的孩子，說我是婊子。基本上就只是在重複這兩句，加上許多我聽過最噁心的話。」

梅西坐著一動也不動，彷彿只要呼吸太用力就會整個人碎裂。

「後來，我聽見有輛卡車停在路邊的聲音。他的腳步變了，我聽見他打開車門。他和車上的人講了幾句話，我猜應該是駕駛，但我聽不清楚他們說了什麼。」她深吸一口氣，昂起下巴。「然後他叫我的名字，我停下腳步轉身……我不該停下來的！我應該繼續走！」

梅西的母親站在蘿絲身後，雙手環抱她的肩膀，臉埋在女兒的髮絲之間。

「這時我感覺石頭打中我的臉。」蘿絲比了比傷口。「然後有個軟軟的東西擊中我，是泥巴。」她的語氣滿是憤怒。「他繼續罵我是婊子，接著我聽見另一個人也跟著一起罵，很可能是卡車的駕駛。然後車門關上，離開時輪胎發出刺耳的摩擦聲。」

梅西屏住呼吸。她發覺自己雙手的指尖冰冷，擔心一開口眼淚就會潰堤。

「妳認得那兩個人的聲音嗎？」楚門問。他用上充滿關懷與鎮定的完美語調。**不愧是楚門**。

「不認得。」

「鎮上的人妳全都認識。」楚門指出。

「沒錯，所以我推測他們應該不是住在附近。」

「但他們知道妳的名字。」楚門說：「還有其他因寶寶而發生的不愉快事件嗎？是否曾出過什麼事，但妳們沒有報警？」他看著梅西的母親。

**寶寶**。二姊搖頭的同時，梅西望著蘿絲依然平坦的腹部。她都忘了，那些混蛋罵蘿絲，其實是因爲她腹中的孩子。**無辜的受害者不只蘿絲一人**。「他們知道她懷孕了，而且似乎也知道她如何懷上這個孩子。」梅西指出。

「流言傳得很快。」楚門說。

「誰會做這種事？」梅西的母親心煩意亂地說，繼續埋在蘿絲的髮絲間哭泣。蘿絲舉起手拍拍母親的手臂，擺出沉著冷靜的表情。

**蘿絲比媽更鎮定**。

蘿絲一向是家中最平靜的孩子，梅西不禁懷疑，究竟是她天性如此，還是她為了保護自己而學會這種態度。她還記得，小時候只要有人欺負蘿絲，兩個哥哥就會大發雷霆，每次都是蘿絲出面安撫。蘿絲沉靜的面容讓梅西很想知道，二姊是不是為了讓別人冷靜，而刻意埋藏自己的情緒，或者是她心中真的如此平靜？

梅西藏起自己的憤怒。**既然蘿絲能做到，我也可以。**

後門開了，父親走進來。卡爾猛然停住腳步，看著廚房餐桌邊的這群人。氣氛緊繃的程度至少增加了三倍。

「發生什麼事了？」卡爾著急地問，視線在梅西身上略微停留，然後對楚門頷首致意。

**我也很高興見到你。**

「蘿絲——」楚門想說明。

「沒什麼。」蘿絲搶著說，握緊母親的手臂。

「蘿絲，妳的臉怎麼了？」卡爾的視線回到梅西身上，她感覺到父親銳利眼神的力道。

蘿絲簡短說明。

父親的臉上瞬間流露心疼，視線依然在蘿絲與梅西之間移動。但他看著蘿絲時，眼神溫柔慈愛，落在梅西身上時卻嚴厲無情。

「接下來由我們處理。」卡爾．凱佩奇對楚門說。他進來之後一直站在同樣的位置。靴子、牛仔褲、厚外套，雙手拿著帽子。她父親幾十年來都沒變，只是頭上多了白髮、臉上添了皺紋。

看我的眼神也不一樣了。

「還有妳，不要再去打擾帕克夫婦。」父親對她說。

梅西愣住。

「為什麼？」楚門問：「他們是連續縱火事件的受害者，我們有責任調查。」

她父親的視線轉向楚門，梅西終於可以呼吸了。「那件事已經過去了，讓他們好好過日子，我們會照顧他們。我們不需要外人多管閒事，一旦外人插手，事情就沒好結果。」

楚門站起來，看了梅西一眼。「好吧，那我們先走了。蘿絲，我會在鎮上到處打聽一下。」

梅西看看母親和蘿絲。她們兩個都沉默不語，母親閃避她的視線。她瞥見蘿絲一手藏在桌子底下父親看不見的地方，偷偷對她打手勢。蘿絲豎起大拇指。小時候，只要手足當中有人被父親罵，她就會這麼做；這個默默表達支持的手勢，表示等一下她會去安慰他們。

父親從來沒有發現過。

**蘿絲遭到襲擊，她卻一心想要安慰我。**

對二姊的強烈親情讓梅西差點哭出來。「蘿絲，謝謝。」她的視線停留在父親身上一下，然後領著楚門離開。

**他什麼時候才肯原諒我？**

**縱使我根本沒有做錯什麼。**

她雙手抓住頭髮，彷彿想把髮絲連根拔起。

「我懂。」楚門說：「我實在不明白妳父親的想法。」

「我猜他八成在想，『李維會死，都是梅西害的』。」

楚門攔住她。「不要說這種話。」他移動到她面前，態度非常嚴肅。

「我沒有這麼想。」梅西指出。「我只是認爲他心裡一直抱持這個念頭。」

「他遲早會想通。」楚門將她拉進懷中，緊緊環抱她。「妳父親那樣對妳，我真的很遺憾。光是聽到蘿絲的遭遇就讓人夠難過了。」

「不要再說我爸的事了。」梅西的鼻子壓著楚門的肩膀，聞著他大衣上冰涼的秋季氣息。「我只想好好保護蘿絲。眞不敢相信竟然有人會攻擊她，這個鎭的人以前很愛蘿絲。」

「現在也一樣。她說那兩個人很可能不住在附近，我也這麼認爲。」

「那他們怎麼會知道她的事？」

楚門不知道答案。他們兩個都不知道。

「我剛進去的時候，妳臉上的表情實在太精彩，眞該讓妳自己看看。」楚門說。「簡直像看到小熊發生危險時的母熊。」

「只要蘿絲被欺負我就會那樣。」

「妳的所有家人都會讓妳那樣。李維和凱莉出事的時候，我也看過妳有同樣表情。」

「誰敢欺負我的家人，就等著付出代價吧。」

他後退一些，對她微笑。「我最喜歡妳這樣。妳的世界總是黑白分明，對吧？」

梅西略微思考。「部分啦。我家的人都是這樣。就是因爲非黑即白的個性，我爸才無法接受我，他總是堅持大部分的事情都沒有中間地帶。」

「只要是人，多少都需要變通。」楚門說。

「我很想把這句話印成保險桿貼紙送給我爸。」她匆匆吻他一下。「謝謝你來幫蘿絲做筆錄，這讓我很安慰。」

楚門的笑容有點難爲情。「局裡只有我有空。」

「嗯哼。那個吻就送你吧，不用還了。」

他開懷一笑，她再次遞上一吻。

# 25

麥唐諾衡量著自己的決定。

艾爾和戴克對他唯命是從，不會多問，他相信他們會閉緊嘴巴。這兩人已經數次證明自己的忠誠，因此今天的工作，第二部分便交給他們負責。

他用眼角瞄一下歐文·凱佩奇。他對歐文有更高的期望，因此必須徹底確定歐文的立場。不容任何疑慮。

這時有人敲門。麥唐諾揮手要戴克走開，自己起來去開門。傑克·郝爾站在門前的矮墩上，因爲大老遠跑來牧場，他的表情很不爽。來得正好。傑克平常總是一副熱情友善的模樣，等不及想成爲麥唐諾的朋友，但調查局找上門一事，讓他的熱誠降低了些。不過他還是來了，傑克依然渴望能夠成交案子。

「傑克，我們去走走。」麥唐諾提議。「我在屋裡太久了，需要透透氣。」他回頭看歐文。「你也一起來吧？這件事你應該會有興趣。」

歐文看了看艾爾與戴克，然後緩緩站起身，臉上的表情寫滿疑問。平常和麥唐諾形影不離的保鏢此時都坐著不動。麥唐諾已經交代過，和傑克·郝爾談話的時候，他只會帶歐文一起去，這樣比較方便。兩個保鏢都沒有質疑這個決定。

麥唐諾喜歡這樣。

他和傑克、歐文去散步的時候，那兩人有另外的任務。

麥唐諾、歐文與傑克往牧場東邊走去，沿著一條小徑穿過濃密的松樹林。他們三個都穿著禦寒的厚大衣。麥唐諾看看天空，似乎沒有要下雨的跡象，淺藍色的天空中雲層很高、很薄。三人一言不發地往前走，麥唐諾對自己製造出的緊繃張力感到滿意。他感覺到傑克和歐文正疑惑地看著他的背影，但都沒問要去哪裡。

敬重。

小徑爬上一道緩坡，麥唐諾奮力往上爬，肺部因爲用力過度而疼痛。他不是沒發現自己上坡時要費很大力氣，但另外兩人似乎走得很輕鬆。他們兩個比較年輕，也比較瘦。麥唐諾花了很多年的時間努力減肥，但最後還是放棄了。他就是他，寧願享受美食，也不想一輩子苛刻自己。然而有些時候，他很討厭過重而造成滿身大汗、容易疲累的狀況，例如現在。

「我們要走多遠？」傑克終於發問。「我還要回辦公室。開車來這裡要花很久時間，你知道的。」

言下之意：我在你身上花了那麼多時間，但你始終沒有讓我賺到錢。

「調查局的人很可能在你辦公室外的停車場等你。」麥唐諾轉頭看向傑克，發現歐文因這句話而腳步一頓。

「我什麼都不會說。」傑克回答：「如果你想這樣進行交易，我樂意配合。我不會讓任何人知道你的身分。另外有個好消息，一個小時前，蒂爾達．布拉斯留了語音訊息給我。」傑克用比較開朗的語氣說：「她想知道我還想不想買她的地。」

「我不是說過她一定會回心轉意嗎。」麥唐諾說。

「那麼，依然維持你之前開的價嗎？還是想要我稍微砍一點？現在是她來找我們，所以我們有一點優勢。」

「我這個人說一不二。」麥唐諾回答，喘得很嚴重。「我既然開了價，就不會反悔。」

「我回去之後會打電話跟她說。」

「你確定辦公室裡的文件都沒有我的名字？蒂爾達也不知道開價的人是我吧？」

「當然。我已經說過了。」傑克說。

傑克不耐煩的語氣讓麥唐諾心生火氣。他無法容忍自己的命令遭到質疑，而傑克對他的敬重似乎有些降低，這樣不行。

麥唐諾停下腳步，欣賞四周的森林。走在他身邊的傑克也跟著停住，表情依然略顯煩躁。

**我不會再容忍這傢伙了。**

麥唐諾看著歐文，觀察許久。**時候到了，現在該弄清楚歐文的想法。**

他掃開其他念頭，從很深的口袋中拿出手槍，對傑克的前額迅速開槍——

傑克立刻癱倒在地，眼睛因錯愕而依然瞪大著。

**我永遠不會忘記這一幕。**

「見鬼了，湯姆！搞什麼鬼？」歐文大喊著往後跳遠離屍體。他絆到自己的腳，往後跌坐在地上，雙腿像螃蟹一樣移動，手腳並用地倉皇爬離他和傑克。「你做了什麼？」歐文的臉色變得慘白，看看屍體又看看麥唐諾。「你做了什麼？」他又重複了一次，眼睛瞪得很大。

槍響依然在麥唐諾的耳朵中迴盪，一波冰冷的安心竄過。

「他可能會引警察找上我。」

「他們早就盯上你了，湯姆。這附近的所有執法單位都來過了。」歐文坐在地上大口喘氣。他再次移動遠離屍體一英呎。

「任何我與布拉斯農場火災有關的證據，全都必須清除。」

「兩位副警長遭到殺害的那起火災？」

麥唐諾沒有回答，繼續注視傑克。傑克的身體完全沒有任何動靜，鮮血從臉上的圓孔裡不停湧出。

**我以為死人不會流血**。屍體彷彿聽到他的心聲，血流逐漸停下。

「那兩位副警長是你派人殺的？」歐文咬牙低聲問。

麥唐諾沒有回答，轉頭看歐文。歐文的前額蒙著一層汗。

「起來。」麥唐諾命令。

歐文望著他片刻，但最後還是聽從。他緩緩站起來，視線來回看著麥唐諾的臉與他手中的槍。

「往那個方向走一百英呎有個山溝。」麥唐諾指著，另一隻手裡的槍垂下放在身側。「把他拖過去丟掉，野生動物很快就會解決他。」

「不要。」

**別讓我失望**。「那你打算怎麼做？報警？」

歐文沒有說話。麥唐諾從他的眼神看出猶豫。

這是他決定方向的時刻。

麥唐諾的手指回到扳機上。「……你應該不知道這件事，不過幾十年前，我在這裡住過一段時間。歐文，我認識你父親。我也認識你的每個舅舅。」

他終於讓歐文的思緒回來。

「我知道你是怎樣的人，也知道你腦袋裡的想法，更知道你受過怎樣的教養，所以我才會願意這麼快帶你進入我的圈子。一般人要花很多年的時間，才能得到我對你的那種信任。」

「為什麼選上我？」歐文輕聲說。

麥唐諾知道歐文此時有如站在鋼索上，準備縱身一躍。但歐文還在遲疑，希望麥唐諾讓他相信一切都會平安。麥唐諾是這方面的專家。他有能力可以歐文這樣的人看清他們眞正想要的是什麼。

「我剛剛已經告訴你了，我知道你擁有怎樣的血統。」麥唐諾誠摯地說：「像你家人那樣的眞漢子建立了這個國家，你也可以成為那樣的男人。」

「那些企圖改變我們的人很可惡，但殺人讓我們變得像他們一樣壞。」

「有時候別無選擇。」麥唐諾保持語氣輕柔惆悵，他知道為了遠大的目標，難免必須做出犧牲。歐文衡量他說的話。「你別無選擇？」

「對。」

歐文轉開視線，望著屍體，臉上面無表情。「這次我會幫你，但這是最後一次。我加入時沒預期會發生這種事。」

麥唐諾打開彈匣，將子彈全部取出，槍柄朝前遞給歐文。歐文不肯拿。「仔細看看。」麥唐諾說。

歐文看過之後，臉色由慘白變青綠。「這是我的槍？」

「沒錯。」麥唐諾再次把槍遞過去，看到歐文的視線移動到他戴著皮手套的手上。麥唐諾準確看到那一瞬間——歐文驚覺出這把槍上只有自己的指紋，接著視線猛然轉向屍體。

**沒錯，你的子彈就在他的腦袋裡。**

「我猜想這把槍用的子彈，在你家後面的靶場裡應該還有很多。」

歐文呆望著他，麥唐諾看出對方腦中的零件在運轉，試圖尋找脫身的辦法。

但他已經封死了所有出口。

「艾爾和戴克會說看到你開槍殺他。」

「可是我沒有——」

麥唐諾舉起雙手。「不用走到那一步。沒有人能從傑克．郝爾那裡追查到我。」

「他們可以調出他的通聯紀錄。」歐文依然不相信麥唐諾的計畫。

**看來得再推他一把。**

「打電話並不犯法。」

歐文張嘴想爭辯，但又閉上。他再次看向地上的屍體。「湯姆，你殺了多少人？」他輕聲問：「為了你想做的事，多少人失去生命？」

麥唐諾沒有回答。這個答案並不重要，此刻最重要的，就是綁住歐文。

「歐文，我對你有信心。我知道你是我身邊最需要的那種人，我們兩個都希望反抗警察，不讓他們繼續踐踏我們的公民權利。我們要團結合作。等到政府明白我們有能力治理自己，他們就會收手。哈，這樣他們反而更省錢。」

歐文依然沒有展現出麥唐諾想看到的信心，於是他拿出終極武器。

「我知道你的妻兒一定會支持你。」

歐文眼神中的恐懼讓麥唐諾很滿意。

他指著屍體。「我在這裡等你，快去處理掉吧。」

◆

見過蘿絲與父親後，心情惆悵的梅西決定順路去一下傑克·郝爾的辦公室。

父親剛才說的話依然令她憤慨不已，不過至少蘿絲看穿了父親只是虛張聲勢，梅西稍微平靜了一些。總有一天，她和蘿絲會挺身反抗父親。蘿絲很會安撫他，但梅西知道二姊無法改變他的想法，珍珠和母親也絕不會幫忙。

珍珠會改變心意嗎？

在咖啡店工作，給予了珍珠全新的自信，梅西回到奧勒岡州中部兩個月以來，第一次看到這種面貌的大姊。但珍珠總是想當和平使者，梅西不確定她是否能克服這樣的習慣。眞的很奇怪，他們家的女人都很善於安撫身邊的人，但兩個哥哥卻從來不需要這樣的能力。

或許並不奇怪。

距離傑克的辦公室還有一條街，梅西被塞在車陣中。她往左探身張望，想越過擋在前方的卡車看看怎麼回事。她只看到一整排車的駕駛都伸長脖子往外看。她的車慢吞吞往前移動，這才看到傑克·郝爾仲介事務所前面的停車場有幾輛消防車。坍塌的建築不斷冒出灰色濃煙。

**該死，不會吧。**

警察打手勢表示她不能進去，但她不理會。

仲介事務所已經全毀。梅西的胃部翻騰，她走下車呆望著廢墟。隔壁的電子菸舖幾乎被燒光，但當舖和烘焙坊逃過一劫。

**難道是我逼得太緊，他才做出這種事？**

「喂！妳不能把車停——」

她高舉調查局證件，讓走過來的警員閉嘴。「現場誰負責？」

警員指給她看。「賀許（Herscher）巡佐。」

梅西大步走向那位巡佐，心想，當對方得知這起火災與調查局偵辦的案件有關時，會有什麼反應。

**我到底驚動了什麼人？**

# 26

幾個小時後，滿身煙焦味的梅西走進上司的辦公室，艾迪已經在裡面了。她看看時間，疲憊感深入骨髓。今晚她約好要正式與凱德見面吃飯，考慮著是否該打電話給凱莉取消。梅西知道這次見面很重要，他們三人必須將彼此的關係推回正軌。她必須觀察凱德與姪女相處，而不是在偏遠牧場和兩個好鬥建築工人互動。而且她也可以利用這個機會問一下牧場有什麼動靜。

梅西眞希望來傑夫的辦公室之前，先去茶水間倒杯難喝的咖啡。目前最大的問題是傑克·郝爾，他依舊下落不明。

「妳打給傑克·郝爾幾次？」傑夫問她。

「不確定，五、六次？他明明答應會回電卻一直沒打來，眞的很煩。但我只留了兩次語音訊息。」梅西回答。

「那麼其他的電話都只是單純騷擾？」傑夫用筆敲敲桌面，嚴肅地抿著嘴唇，不看她的眼睛。

「我認爲那只是在客氣提醒他，要他記得回電。說不定他有短期記憶障礙。」

傑夫終於抬眼看她了。梅西揚起眉毛，擺出一臉無辜。

「我調閱了他的通聯紀錄，希望能查出他打過電話給誰、失火之前人在哪裡。」艾迪打破緊繃氣氛。「我去他家通知失火的事，沒有人在，他的車也不見蹤影。我已經針對那輛車發布全境通緝了。當時上門敲門時，裡面的狗瘋狂吠叫，我從門旁邊的窗戶探進去，看到狗尿在地上。傑克應該原本打算回家帶狗出去上廁所的，我派了一輛巡邏車守在他家前面等他回去。」

「他結婚了嗎？」傑夫問。

「離婚了。我聯絡過他的前妻，她說已經幾個星期沒和他聯絡了。」

「確定他沒有死在火場？」傑夫蹙眉。

「還不確定。」梅西說：「不過傑克不在辦公室，隔壁電子菸舖的老闆說，傑克總是把車停在同一個位子。消防官表示無法確認裡面是否有遺體，要等火場冷卻後才能在瓦礫堆中翻找。」

「他認爲是縱火嗎？」傑夫問。

「比爾・崔克沒有給我明確的回答，因爲他還沒完成調查，不過提到有汽油味。即使煙焦味很重，汽油味依然十分明顯。」

「會不會是傑克自己燒了事務所，逃去外地？」傑夫問。

「誰會把狗鎖在家裡，自己出遠門？」艾迪指出。

「非常害怕的人。」梅西說：「沒辦法理性思考的人。」

「妳到底跟他說了什麼？」傑夫往前傾身。「只因爲我們找上他問話，所以他放火燒了事務所？」

「我只是問他誰出價要買蒂爾達・布拉斯的土地，完全沒有威脅他。」

「那他燒掉事務所是爲了隱藏什麼？」艾迪聳肩。「會不會我們在無意間捅了馬蜂窩，只是還沒意識到？傑克也許用事務所當幌子，暗中從事非法活動，所以疑神疑鬼怕我們發現？」

「繼續挖他的資料。」傑夫命令。「他會拋下所有東西逃跑一定有原因，我想知道是什麼。」

「我剛才打過電話給蒂爾達，問她能不能猜到神祕買家是誰。我想知道有什麼人是她怎樣也不會賣的，無論是什麼原因。」梅西說：「但蒂爾達想不出來有誰會匿名買她的土地。她再次聲明自己沒有仇人，只要價錢合理，誰都可以買她的土地。」梅西停頓一下。「只有巴關・希瑞・羅傑尼希（Bhagwan Shree Rajneesh）的信徒例外。她非常堅持不賣給任何和他有關的人。」

辦公室一片寂靜。

「他是誰？」艾迪問。

「他不是三十年前就死了嗎？」傑夫驚愕地問。

「差不多。」梅西說。她對困惑的艾迪笑了笑。「他又叫奧修（Osho），是印度性靈大師，一九八〇年代在離這裡不遠的地方佔據了一座小鎮，後來鬧得很難看（注）。我猜蒂爾達大概誤以為是最近的事。」

「我好像在書上看過。」艾迪表示：「擁有九十三輛勞斯萊斯、穿紅睡衣的那個人？」

「就是他沒錯。」梅西說。

「我想應該不用擔心買家和他有關係。」傑夫表示。

「我同意。」梅西說：「和蒂爾達通電話的時候，我思考過會不會是買家不爽，所以放火燒了仲介事務所。或許傑克告訴對方調查局想知道其身分，所以買家不高興了。」

艾迪看著她，消化這個想法。「如果這樣，那個買家也太緊張了吧？」他悠悠地說。「感覺有點極端，妳不覺得嗎？」

「或許傑克知道太多買家的祕密。說不定當傑克說出調查局來問話的時候，買家慌了。」梅西覺得這個理論說得通。她越想越覺得很有可能。「有人縱火燒燬蒂爾達的牛舍。如果他們採用相同的辦法解決其他問題，這樣很合理。」她略微停頓，頭腦迅速分析。「這些案子一定有關聯……只是我還看不出來。不過都和火脫不了關係。」

「我同意。」傑夫說：「不過，無論是不是傑克自己放火，我們還是必須找到他。」

「傑克．郝爾與蘭登．海克特之間有什麼關係嗎？」梅西說出心中的疑問。「會不會是因爲我們早上去了蘭登家，使得什麼人採取行動？」

「去問問他們母子認不認識傑克．郝爾。」傑夫下令。「妳說得沒錯，我們確實遺漏了什麼。還有什麼事要讓我知道嗎？」

梅西與艾迪對看一眼，同時搖頭。

「去做事吧。」傑夫揮手趕他們出去。

◆

注 即一九八四年的羅傑尼希教生物恐怖攻擊事件（1984 Rajneeshee Bioterror Attack）。

「你今天不是要來吃晚餐嗎？」凱莉躺在床上講電話，望著天花板，心中滿是沮喪。凱德感覺和平常很不一樣。

「我會去，只是要先去牧場一下。」凱德柔聲安慰。

凱莉的心情沒有好轉，懷疑他是不想來她家吃飯。疑慮在她的神經裡飛竄著。「今天是你休假的日子，既然不用上班爲什麼還要去？」

「我不是去工作。」凱德猶豫一下。她透過電話感受到了他的不安。

「到底怎麼回事？」**難道他喜歡上別人了？他有什麼事不能告訴我？**

「沒什麼，我只是想確認一些事。」

「那就明天再去，用他們付你薪水的時間確認。」她爭辯。「我不懂，爲什麼你要這樣犧牲我們在一起的時間。」

凱德沉默。

「凱德？」她哽咽。「你是不是喜歡上別人了？」

「噢，老天，當然沒有！不要胡思亂想，凱莉！」

「那你爲什麼不告訴我你要做什麼？」纏人女友的語氣讓她自己都受不了。

他對著電話嘆息。「不是別的女生，是工作的事。我要去找一個東西……前幾天我看到一樣東西，後來不見了，我想弄清楚怎麼回事。」

「你弄丟工具了？」她很努力想表現出體諒，但他一直吞吞吐吐的態度讓她很煩躁。

「差不多是那樣。」

「所以你擔心如果找不到會出事？」

凱德再次欲言又止。「不完全是……」他壓低聲音。「我懷疑牧場可能在進行不法勾當。」

凱莉急忙跳下床站起來，焦慮瞬間爆表。「不法勾當？你去那裡眞的沒問題嗎，會不會有危險？」

「應該不會有事，我不覺得有危險。老闆很欣賞我，他說我的工作態度很好。」

「那你爲什麼這麼緊張？」

「我意外發現一堆炸藥。」

凱莉的焦慮瞬間消失一大半。「這沒什麼啦，我爺爺家的牛舍裡也有。他說天曉得什麼時候會用到，而且總是叫我們這些小孩不要接近。有一次我表弟跑進去玩，結果爺爺好生氣。」

「我知道，可是我看到的數量非常龐大，後來再去找的時候就不見了。」

凱莉還是不明白。「一定只是搬去其他地方了啦，不然就是被處理掉。」

他焦躁地嘆息。

**他還是沒有告訴我全部**。「爲什麼你這麼擔心？」

「……我聽到一些事。」

她等他說下去。

「我聽到幾個人討論妳姑姑來牧場問話的事，他們很不高興。」

「那是她的工作。就算那些問題讓別人不高興，她還是必須問。有人到處縱火還殺死三個人，她很努力想找出凶手。」

凱德沉默不語。

「噢，我的天！你認爲牧場那些人和命案有關？」凱莉把電話緊貼在耳朵上，緊張讓她心跳加速。「妳姑姑去那裡不就是爲了這個？調查其中一位死者的背景？」

「我不知道，我從不過問她的工作。你到底聽到什麼？」那件事讓他非常緊張。

「不確定，也可能只是那群人在瞎扯，想表現出很凶狠的樣子。不過有人說約書亞・潘斯闖禍，所以付出了代價。」

「代價就是死？」她尖聲問。

「也可能只是被開除。」凱德安撫她。「說不定是我想太多。」

「嗯……」凱莉知道他想說服自己。這整個狀況讓她很不安，她不想繼續聊牧場的事。「你晚上七點要到喔，來得及嗎？」

「我發誓一定會準時出現。」他對她說：「我不想錯過。」

「來我家見我姑姑，你會怕嗎？等你和她熟一點，就會知道她其實人很好。」

「我不怕她。當然啦，確實覺得有點緊張，不過我很高興她堅持要一起吃飯。這件事讓我明白，她很在乎妳和什麼人來往。」

「她最棒了。」

「兩個小時後見。」凱德承諾。「我愛妳，凱莉。」

她忘記呼吸。「我也愛你。」

凱德掛斷電話，凱莉往後倒在床上，雙手張開，腎上腺素湧進每條肌肉。歡喜的心情讓她暈陶陶，美好又醉人。

**他說他愛我！**

她已經等不及了，晚餐時間快點到吧！

# 27

七點五分，凱莉傳訊息給凱德。你會晚一點到嗎？

七點十分，她打電話給他，卻被轉進語音信箱。梅西在旁邊看著，凱莉留言問他大概什麼時候會來吃晚餐。

七點三十分，她躲回房間一下，落下幾滴眼淚。他本來不想說愛我，結果不小心說出口，所以現在才會躲我。梅西過來敲門，說她們兩個先吃好了。

七點四十五分，晚餐結束。披薩還剩三分之二，這是凱莉親手從麵糰做起，還用了新買的披薩專用石板。梅西站起來，動手收拾沒吃完的披薩。姑姑很體貼，並沒有問凱德為什麼放她們鴿子，似乎不在意他缺席，事實上，她整個人好像心不在焉。

梅西洗碗的時候，凱莉坐在位子上自怨自艾，用手指描著桌布的圖案，沒有力氣站起來幫忙。

我們告吹了。是我逼得太緊。

她知道有些男人沒辦法開口提分手，所以直接搞消失。不傳訊息、不打電話、不見面，戀情就此結束。這是第一階段嗎？

可是為什麼他又說愛我？

她再次拿起手機，想要啓動應用程式定位凱德的手機，卻又猶豫不決。一個月前，他們交換彼此的密碼，以便能夠隨時得知對方的位置。凱德說這樣發生緊急狀況時可以及時應變，她立刻同意，也因他關心自己的安危而心中暗喜。現在回頭去看，她覺得多少有點怪。當然啦，確實有些男生會用來調查女友，不過每次搜尋時，對方的手機都會收到通知。用這個應用程式無法偷偷定位。

*如果我搜尋他的位置，他會不會覺得我是變態跟蹤狂？*

*說不定他出車禍了，掉進路邊的大水溝裡奄奄一息。*

她點按螢幕進行搜尋。

應用程式顯示無法定位。

她呆望著螢幕。*這是什麼意思？他在躲我嗎，還是他的手機沒電了？*一百萬個念頭在她心中狂亂奔竄。少部分是好的，但大部分都很糟，主要圍繞著他打算甩掉她這件事。

*他喜歡上別人了嗎？*

梅西打開廚房水龍頭，把酒杯拿去沖水。凱莉在旁看著，內心來回拉扯，很想問姑姑該怎麼辦，也很想躲在被窩裡一個月都不出來。至少凱德不是她的同校學生，她不會在校園裡看到他和別的女生在一起，不過她的朋友一定會問他們交往的狀況。到時她該怎麼說？

梅西把酒杯放進洗碗機，轉頭看她一下，然後急忙再次回過頭。「凱莉？妳沒事吧？」

她無法說話。她用力抿著嘴唇，眼淚滑落。

「噢，寶貝。」梅西關上洗碗機，過來坐在凱莉身邊，溫暖的手握住她冰冷的手。「他今晚沒有來，我相信一定有合理的解釋。」

「可是他不回我的訊息！我確認過他手機的位置。」她用力吞嚥，因對姑姑坦承自己做出這種變態行爲而感到羞恥。

沒想到梅西連眼睛都沒眨一下。「他在哪裡？」

「我找不到他，他一定關機了。」她小聲說：「我覺得他是故意的。」

「噢，親愛的。」梅西靠過去抱住她。

凱莉的臉埋在姑姑的長鬈髮中。「幾小時前他才說愛我。既然打算甩了我，爲什麼又要說那種話？」姑姑擁抱的動作突然有些僵硬。「他說了那句話？你們交往才多久，連我都還沒——」她急忙打住。「很遺憾，凱莉。眞的很糟。」

凱莉做了幾次深呼吸，控制住聲音。「當時我相信了。」她輕聲說：「我心中有一部分仍然相信。說不定他出車禍，又剛好在收不到訊號的地方。說不定他在無法使用應用程式的地方。」

梅西拍拍她的背，沒有說話。

*她知道我只是想抓住一絲渺茫的希望。*

「他來吃飯之前先去了牧場一趟，那裡有很多偏僻小路。」她說。

梅西退開身子，注視凱莉的雙眼，眼神銳利地急問：「爲什麼要去牧場？妳不是說他今天休假？」

凱莉用手背抹抹鼻子，無法看姑姑關注的雙眼。「有件事情讓他很緊張。他說自己之前發現大量炸藥，後來不見了。他也聽到別人討論妳去牧場的事，只是不肯告訴我他們說了什麼。不過他好像很害怕，認爲那些人可能與那幾起命案有關。」

「該死。」梅西低聲咒罵。

凱莉眨眨眼睛。

姑姑站起來，拿起放在廚房流理臺上的手機。「他說要去牧場之後，妳就聯絡不上他了，對吧？」她按了螢幕幾下，沒有看凱莉。

梅西的語氣讓她很不安。姑姑突然切換成調查局探員的模式。「沒錯。」

梅西把手機放在耳邊，注視凱莉的雙眼。「他跟妳說過所有關於牧場的事，全部告訴我。大小事都要說，無論妳覺得多無關緊要都一樣。」

◆

楚門接到梅西的電話之後，過了大約一個小時，他開車轉過前往麥唐諾牧場的最後一個彎道。天色太黑，他差點開過頭，幸好坐在他身邊的梅西一直有注意路況。他聯絡德舒特郡治安處要求前往牧場支援，並且請巡邏車幫忙留意凱德的小卡車。他也通知了州警，並提醒他們小卡車可能在牧場與本德市之間跌落公路。前往牧場的路上，梅西一直小心觀察路邊，尋找打滑痕跡和車子撞進灌木叢的跡象。

漆黑的天色讓搜尋加倍困難。有兩次她發現異狀，他們停車查看，卻沒有小卡車的蹤影。這兩次楚門都想起潘斯的車子被棄置路邊的樣子。凱德的卡車會不會也是那樣？那麼凱德又會發生什麼事？

「我不認爲他會故意放她鴿子。他應該出事了。」同樣的話梅西已經說三次了。她的眼神如雷達般銳利，搜尋小卡車的痕跡，但他感覺她沒有很專心，腦中忙著推演抵達牧場後可能遭遇的各種狀況。

「他們好像很認眞交往。」楚門說。

「以十七歲的人而言，算是很認眞。」梅西回答：「我認爲那個年紀的戀情只是賀爾蒙加上心碎。不過，要是他敢故意躲她，就等著被我狠狠訓一頓吧。」

他側眼看梅西一下，她非常嚴肅。她的寶貝姪女受傷了，楚門很喜歡看她展現熊媽媽的本能。凱莉讓梅西顯露出全新的面貌，他對此深深欣賞。梅西剛回鎮上的時候，一直躲在冷漠的專業高牆後方，楚門立刻下定決心要剷除這道牆。他成功了，但她和凱莉的關係進一步拆除了只有女兒能觸碰到的磚塊，露出梅西柔情的一面，令他心中洋溢溫暖。

「支援警力多久會到？」她問。

「他們應該二十分鐘前就出發了。」

「我也通知傑夫了。」梅西說：「他會派一組人過來。每次提到麥唐諾牧場，他就會提高警覺。」

「我認爲很合理。」

梅西在座位上動了動。「凱莉告訴我，牧場裡有些人讓凱德很害怕。他也跟凱莉說過，他聽說潘斯闖禍所以付出了代價。一定是他遭到殺害的事。」

「闖禍就要死，這個代價也太大。他究竟犯了什麼錯，非得要以死做爲懲罰？」

「天曉得。總之他死了，而牧場裡一定有人知道發生了什麼事。」

「妳認爲麥唐諾在牧場裡搞什麼鬼？」

「根據凱德告訴凱莉的那些事，感覺他正在籌組民兵部隊。我們這邊也聽到風聲，這一帶出現了新的民兵團體，也聽說有人打算炸橋。凱莉一提起炸藥的事，我立刻聯想到這個傳聞。」

楚門的第六感告訴他，梅西應該猜得沒錯，麥唐諾很可能打算組織民兵。種種跡象很多：逐漸聚集的大量男性；麥唐諾出入都帶著保鏢，還有他對執法單位的態度；關於牧場的傳聞。麥唐諾的人格特質讓他能夠驅使別人聽從自己命令。甚至讓人願意為他殺人？

很有可能。

梅西用手機查看郵件。「傑克．郝爾仲介事務所的廢墟中沒有找到屍體。」

「這下又多了一個失蹤人口。」

「我認爲是他自己縱火之後逃離。」

楚門突然想起之前發現關於蒂爾達那塊地的事。「蒂爾達．布拉斯的土地，有和麥唐諾牧場交界，妳知道這件事嗎？」

「什麼？」梅西整個身體轉向他。「你從哪裡聽說的？不可能吧，這兩個地方相距很遠。」

「我去查過了。蒂爾達的土地形狀很怪，沿著一條河延伸，最東側和麥唐諾牧場的遠端相連。」

他幾乎能聽到梅西腦袋中的零件運轉聲。「你之前怎麼沒有告訴我？」

「我這不就說了？我也是今天才發現。」

「想買她土地的匿名買家會不會就是他？想更加擴展牧場？」

「這個猜測很合理。不過我認爲他的牧場已經夠大了，爲什麼還要更多土地？」

梅西慢慢重新坐正，手指規律地敲著大腿。「我也很想問麥唐諾這個問題。可以想像他會匿名買地，那人似乎很重視隱私。」

「今天早上我又聯絡了在愛達荷州當副警長的朋友，根據他的說法，麥唐諾確實非常注重隱私，甚至到太超過的程度。我猜想，那位幫忙調查麥唐諾的後備警員應該會挖出不少有意思的東西。」

「如果買家眞的是麥唐諾，縱火燒燬仲介事務所的人會不會也是他？」梅西突然問。「約書亞·潘斯在另一個火場遭到殺害，或許就是他下令處決。他會不會就是我們要抓的縱火犯？」

「我以為蘭登·海克特是我們要抓的縱火犯。」楚門說。

「我也以為，但他說蒂爾達牛舍的那場火，以及潘斯陳屍處的那場火災都與他無關。」

「如果妳認為那兩次的火災是湯姆·麥唐諾搞鬼，那麼，槍殺兩位副警長的人可能也是他。」楚門越來越憤怒，感到胃在燃燒。

「既然他在建立民兵組織，應該不會把執法人員放在眼裡。」梅西表示。「調查局上門他不理會，你去問話他也沒有半分尊重。」

「很難說。」楚門努力跟上梅西的理論。「太多猜測了。」

「我只是說出想法。」

楚門緩緩駛過進入麥唐諾牧場的最後一個彎，看到幾棟建築亮著燈。「我們必須等支援警力抵達。我原本打算敲每一扇門詢問凱德的下落，但現在我覺得那種做法好像不太明智。」

「沒錯……把車停在外圍，我們坐在車上等候支援。我可不想在黑暗中撞上想成為民兵的傢伙。」

# 28

黑暗中，梅西坐在楚門身邊，眼睛用力想看清前方。楚門把車停在離建築物最遠的車子旁邊，因爲獨自停在沒車的地方反而顯眼。他們把車窗打開一條小縫。四周太過安靜，她整個人心急如焚，只差沒焦慮到用指甲抓車廂內壁。楚門則是安靜坐著，他專注平靜的姿態，讓她不至於緊張到神經蹦出四肢。

*今晚的他沒有半點焦慮。*

她看到不同的六座建築都有燈光，最亮的是遠處的農舍。時間已經超過九點了，黑暗中沒有人影。*所有人都睡了？*她的視線移向小食堂。凱德跟凱莉說過，麥唐諾打算讓一百多人在這裡住宿。

一想到這裡，她便內心顫抖。

「那是什麼？」楚門小聲問：「那裡，大型雙廂卡車的旁邊。」

梅西望著黑暗的前方。沒錯，她也看到一個模糊的人影在車輛間奔竄，逐漸朝他們停車的地方靠近。「往這裡來了。」

楚門握住他那邊的門把。

「等一下。」梅西幾乎沒有發出聲音。那個人影從兩輛車中間穿過，在黑暗中露出一下側臉。「是個女人！」她輕聲驚呼。梅西胸中漲滿失望，她原本希望會是凱德。

「妳說的沒錯。」

那個女人彎著腰在黑暗中奔跑，利用車輛作爲掩護。女人接近時，梅西看到她拎著行李，而且時不時回頭張望。她很害怕。

「我過去就好。」梅西說：「我開車門的時候，不要讓車內燈亮起來。」

「已經關掉了，我要一起去。」

「那我負責講話。」

「我幫忙把風。」

梅西盡可能小聲地打開車門，看到休旅車的車內燈沒有亮，她鬆了一口氣。那個女人跑到附近的車輛旁，梅西聽見鑰匙插進鎖孔的聲音。她上前幾步接近那個女人，在距離二十英呎處停下腳步。

「打擾一下。」梅西以最鎮定的語氣說。

那個女人猛轉過身，一手按住胸口，即使一片漆黑，依然能看出她有多驚恐。

梅西舉起雙手。「我不是故意嚇妳。」她溫和地說，全神貫注看著那個女人的雙手。她沒有掏槍。

目前還沒有。

「妳嚇死我了。」那個女人說。昏暗光線微微照亮她的金髮，她幾乎和梅西一樣高。女人在黑暗中瞇起眼睛。「妳是誰？」她的聲音在發抖，梅西覺得女人很像一隻小鹿，任何風吹草動都會嚇得她倉皇逃跑。

「我來找朋友。」不要嚇跑她。

「這裡不是找朋友的好地方。」金髮女子表示。「絕對不適合一個人獨自來，尤其是女人，更別說這麼晚的時候。妳會惹禍上身的。」

「有人陪我。」梅西往楚門的方向一撇頭。「他在幫我。」

那個女人這時才發現楚門高大的身影，她後退半步，並看梅西一眼。「他可靠嗎？」

「嗯。妳擔心會有危險？」

「現在不擔心了，我要離開這裡。」

「爲什麼離開？」楚門問。

「我受夠了幫那傢伙做事。」她打開前座車門，迅速將行李扔進去之後關上，盡可能不發出聲音。她的動作有如小鳥，迅速又驚慌。

「麥唐諾？」梅西問：「妳幫他做什麼？」

「煮飯、打掃，需要做什麼就做。一開始我以爲麥唐諾是好人……不過現在不這麼想了。他很善於擺出正直的樣子，但私下其實相當殘酷。只要他想要，就會不擇手段達成。」女人壓低聲音，回頭張望。「有個人死了，惹惱他的人。但他聲稱與自己毫無關係。」

約書亞・潘斯？

「他吸引來的那些人問題也很多。他們以爲我來這裡除了工作，還要提供其他服務。」她的語氣穩定但充滿憤怒，蒼白的側臉流露強烈自尊。「我再也不要忍受。」

「妳有地方可去嗎？」梅西問。

「有，我要躲回姊姊家。當初她就叫我不要來這裡工作，現在證實她沒錯。」女人繞過車子前方，走向駕駛座。

「妳認識凱德．普魯特嗎？」梅西上前幾步，不想就這樣讓她走。

那個女人停止動作，轉過身。「爲什麼這麼問？」

「他就是我要找的朋友。」

在黑暗中，梅西看到金髮女子看看她又看看楚門，然後視線又回到她身上。「他闖禍了。」女人的聲音有點顫抖，梅西擔心對方會立刻逃跑。

「什麼意思？」恐懼在梅西心中炸裂，她想起凱德對凱莉說過，約書亞．潘斯也闖了禍。

「我一離開這裡就會馬上去報警。」女人站住不動，有如鳥兒即將飛竄上天前瞬間靜止的動作。

楚門來到梅西身邊。「爲什麼？他怎麼了嗎？」

那個女人朝他們前進半步，蒼白臉龐上的眼睛有如兩個黑洞，她小聲說：「他們把他關起來了。他們說他向調查局告密。」

梅西無法呼吸。

「所有人都很生氣。我不想知道他們打算怎麼對付他，不過我聽說過湯姆．麥唐諾是如何對付反抗他的人。」她往梅西的方向一撇頭。「很遺憾妳的朋友被抓，但現在已經來不及救他了。現在妳只能報警，希望他們願意大老遠跑來這裡。」

「他有沒有受傷？」楚門問。

「還有一口氣，至少剛剛還是這樣。」

「警察馬上就會到。」梅西邊說，邊給那個女人看自己的證件。「我是調查局的人，我們在等支援警力。」

「我不知道應該鬆口氣，還是爲妳擔心……」那個女人再次後退，雙手發抖。

「妳爲什麼要爲我們擔心？」楚門問。

「因爲在那些人眼中，警察是敵人……那個年輕人活不過今晚。」

◆

凱德只剩一隻眼睛還能看清楚前方。不過現在一片漆黑，也無所謂了。

他的臉頰貼著粗糙的木地板，觸感很刺，早已發麻的雙手則被反綁在身後。他趴得十分疲累，不過很慶幸那些人停止踢他了。黑暗是他最好的朋友，可以掩飾他的眼淚，讓他能夠確認身上的傷勢。

每次呼吸時肋骨都疼痛萬分，來牧場路上喝的汽水也全吐了出來。他必須用嘴巴呼吸，因爲鼻梁斷了，裡面塞滿乾掉的血塊。

*凱莉一定以為我放她鴿子。*

現在他有更嚴重的事要煩惱，但他的思緒仍不斷飄向凱莉，擔心她會難過。

*我必須專心設法逃出去。*

他知道那些人不會讓自己活著離開。

剛才第一個看到他溜進牧場的人是齊普。凱德把車停在暗處，躲躲藏藏地往倉庫移動，決心要說服自己炸藥沒有消失。炸藥一定還在倉庫裡，只是換了地方。沒想到齊普和他的好哥們羅伯剛好在倉庫裡找東西，他們一看到凱德從角落出現時，表情十分驚訝。他強裝冷靜和他們打招呼，打算編個藉口說要來找自己的備用工具腰帶。不料齊普竟然拔槍。

凱德望著槍口，想好的藉口瞬間從腦中消失。

「怕了嗎？聰明小子。」齊普冷笑。「老大吩咐所有人，一看到你就抓住。他氣炸了，你竟然跟警察和調查局告密。」

「我、我不懂你在說什麼。」凱德結結巴巴地說，冰冷恐懼竄向四肢。他緩緩舉起雙手，祈求齊普不會開槍。

「我們知道你馬子是誰。」齊普表示。「她是那個調查局探員的姪女，就是那天跑來騷擾我們的那個女的。」

「我什麼都沒有告訴她！我什麼都不知道，哪能跟她說什麼？」凱德懇切地說，用眼神哀求他們兩個。齊普的手指放在扳機上，眼神近乎瘋狂。

**他想對我開槍，就只因為爽。**

「去跟老大說吧。」齊普說。他指示羅伯將凱德的雙手綁在背後，然後用槍戳著凱德的肋骨。他們三人穿過黑暗，往食堂的方向走去。凱德看不見路，好幾次差點跌倒，他好怕齊普會摔一跤不小心扣動扳機，一槍打穿他的心臟。

他們好不容易到了食堂，裡面好像原本在開會，剛剛才散會。大約四十個男人走來走去，準備做最後的收尾。凱德被推進大門時，所有人都朝他的方向看過來。片刻的驚愕之後，人群爆出一陣歡呼。他聽到有人大喊：「你們抓到他了！」「幹爆那個王八蛋！」

看到那些人狂熱的表情，凱德的膝蓋發軟。一雙雙發亮的眼睛閃耀憤怒、怨恨，凱德不禁愣住。這些人他都認識，平常一起工作。這些人用雙手討生活，勤懇度日。他們的打扮像他一樣，靴子配藍哥牛仔褲。他作夢也想不到他們會傷害自己。

親眼見識到這些人的恨意，令他心中無比震撼。他們是暴民。

**約書亞・潘斯就是這樣丟掉性命的嗎？**

湯姆・麥唐諾從人群後方出現，凱德滿懷希望注視著他。老闆說過很欣賞他的工作，當時凱德在對方的眼神中看到尊敬。**他會解開誤會。**但麥唐諾現在的表情像是在壓抑憤怒。凱德無法移開視線，麥唐諾穿過人群逐漸接近，巨大的塊頭讓其他人紛紛讓路。

他在凱德面前停下腳步。

食堂瞬間安靜下來。一張張嗜血的臉看看麥唐諾又看看他，然後再轉回去看麥唐諾，壓抑的能量在表面下沸騰，渴望鮮血。

凱德想吞嚥，但乾涸的喉嚨不肯配合。他的左右兩邊，齊普與羅伯各抓住他的一隻手臂，將他獻給領袖。齊普的手指卡進他的上臂內側，凱德很想知道對方是否摸到了他不斷冒出的汗水。

「凱德，你今天不是休息嗎？這麼晚來這裡做什麼？」

凱德無法言語。

「幫調查局做密探？」

他大力猛搖頭。「不是！」他嗄聲說：「我從來沒跟調查局的人說過話。」

食堂裡的人紛紛嘀咕「狗屁」。眾人腳步移動，他們調整姿勢，一雙雙眼睛繼續瞪著他，灼熱視線簡直要燒穿他的腦殼。

麥唐諾微微歪頭。「你對調查局洩露我們的事。你假裝不認識那天來的探員，但其實她姪女就是你的**女朋友！**」

更多嘀咕和咒罵大聲傳來。

「你成功糊弄了齊普和米契，米契甚至站出來幫你講話。」

隔著麥唐諾的肩膀，凱德對上米契的視線，米契眼神空洞地回望。「我那天才第一次見到她，我發誓！」他直接對米契說，只想讓對方一人相信。他突然覺得自己必須澄清，不能讓米契白白冒險幫他。

麥唐諾搖頭。「現在辯解已經太遲了。我對你很失望，凱德，我原本很希望有朝一日你能加入我們。你表現出很不錯的潛力，但你竟然讓一個小娘們抓著你的老二控制住你。」

凱德看到歐文．凱佩奇站在米契身邊。他面無表情，雙手抱胸，姿勢表明他像其他人一樣憤怒。

「有誰知道你要來這裡？」麥唐諾問。

「我告訴凱莉我要來。我約好七點要去她家。」他的聲音目前還很正常。

「你去不了啦。」齊普恫嚇。

麥唐諾舉起一隻手要齊普閉嘴。「我不相信。」他對凱德說：「你只是想脫身而已。」

「看我的手機。」凱德說。**必須讓他們相信有人會來找我**。「一個小時前我才打過電話給她。」

羅伯從他的口袋拿出手機，抓住凱德的右手拇指解鎖。羅伯找了一下。「是眞的，有通話紀錄。」

麥唐諾抿著嘴打量凱德。「晚一點再決定怎麼處置他。先把他關進儲藏室，把他的腳也綁起來。」

羅伯踹了凱德的腿，他因而重心不穩倒在地上，左肩承受所有重量，瞬間無法呼吸。那群人朝他逼近，老舊的靴子太接近他的臉，感覺很危險。有人抬起他的雙腳，另一個人拿來繩索綁住他的腳踝。

然後他們開始不斷踢他。靴子紛紛踢中他的臉、胸口和後背。凱德翻身側躺，想把頭和膝蓋靠在一起，以保護胸口和腹部。他嘔出剛剛喝的汽水，那些人繼續踢，直到麥唐諾命令他們停止。

他們把他拖進廚房旁邊的小房間，用力關上門。他聽到麥唐諾命令手下清理嘔吐物。

凱德放慢呼吸，盡可能不用力吸氣，以免肋骨的劇痛又像閃電般刺向腦袋。他努力在眼前的絕境中尋找一絲樂觀。

**我還沒死**。

**凱莉知道我在這裡**。但她會告訴別人嗎？還是她會因爲他沒去赴約而難過傷心，直接去睡覺？

如果他稍早是告訴其他朋友要來這裡，很可能要等一個星期才會有人留意到最近都沒看到他。更何況，不是至少要失蹤兩天警方才會展開調查？

**我還沒死**。

食堂傳來說話聲。麥唐諾不知說了什麼，那些人不太高興。凱德以彆扭的動作移動到門邊，耳朵貼著下方的門縫。

「就算你們不滿，我也不會那麼做。我不能殺他。」麥唐諾說：「他的女朋友知道他要來這裡，萬一槍殺他之後有人發現屍體，你們覺得警方會全力調查哪裡？」

對方滿不在乎的語氣讓凱德發抖。麥唐諾在談論是否該殺死他，語氣卻彷彿只是在討論是否丟掉放太久的生菜。

「我知道他背叛了我們。」麥唐諾繼續說：「眞希望我一開始沒有雇用他，但宿舍必須盡快完工。從今以後，所有工程都由我們自己做，再也不雇用外人。我們能信任、依賴的，只有自己人。一開始我就希望能這樣。雖然擴建很重要，但我不會再爲了趕工而改變想法。」

「我們能做到！」「我們不需要其他人！」「不要外人！」

因爲姿勢太不舒服，凱德的脖子很痛，但比起其他地方的痛楚，這不算什麼。而相較於他胃中燃燒的恐懼，身體的痛楚更只是小事。

「不如設計一場意外。」人群中有人提議。其他人紛紛附和。

「這個想法不錯。」麥唐諾說。

那些人搶著獻計，車禍、火災、打獵意外全都有人提出。那些人在討論殺死他最安全的方法，他沒辦法聽清楚每句話，但這樣已經夠了。凱德翻身趴著，讓脖子休息。

「你們瘋了嗎？」某個人說：「他只是個孩子。」

是米契。

在那群人之中他至少還有一個朋友，這件事讓凱德瞬間安心，淚水刺痛雙眼。受傷的鼻子流出鼻水，他小心擦在地板上。

隨之而來的不滿低語與憤怒抗議，讓凱德明白米契是少數派。

「我們必須自己處理問題。」麥唐諾宣布：「不能等目光如豆的警察調查，也不能等思想落後的法院花我們的稅金慢慢做決定。這個小鬼背叛了我的信任，害很多人陷入險境，必須懲罰他才行。」他停頓一下。**「你對我的決定有意見嗎，米契？」**

一陣沉默。凱德屏住呼吸。

「我只是想求你展現一點仁慈。」米契說：「寬大饒恕他。湯姆，你說過他很有潛力，而我也認為應該要懲罰他……那是他自找的，但我不認為有嚴重到要殺人的程度。」

**謝謝你，米契。**

「米契，我才是領袖而你不是，差別就在這裡。我不會讓情感阻撓該做的事。我已經決定好該怎麼處置那個小鬼了，不過你的想法我聽見了，我們晚點再討論他的刑罰。」

喃喃附和的聲音傳進凱德耳中。

麥唐諾只是在敷衍米契，藉此作秀，讓其他人以為他不會一意孤行，他們也可以提出意見。

事實當然不是這樣。

「今晚就決定他的生死。」麥唐諾最後作結。

# 29

楚門等不下去了。

「我們必須等支援。」梅西堅持，他們剛剛目送金髮女子的車尾燈遠去。

「我認為應該快點進去，不能再等了。繼續等下去，凱德可能會死。妳也看到那女人有多害怕。」

楚門的肌肉充滿幹勁，彷彿剛灌下三杯濃縮咖啡。

「可是——」

「如果裡面有人開槍，我們早就闖進去了。」

「狀況不一樣。」

「我們必須立刻去救凱德。從剛才聽到的事判斷，我們已經來晚了。妳知道我說得沒錯。」他看著梅西張望道路，支援應該會從那裡來。「我們有很好的理由要馬上進去。」

「……可惡。拿防彈背心給我。」

楚門打開休旅車的尾門，拿出另一件防彈背心，她同時通報主管他們的決定。「妳早該穿上了。」

楚門嘀咕著將背心交給她。他忽然覺得身上的防彈背心變得好重，而且胸口處勒得太緊。慢慢呼吸。他做了兩次深呼吸，克服幽閉恐懼的感覺。明明整天穿著都沒事，為什麼現在突然感覺快被勒死？

該死的焦慮作祟。

**我不要繼續乾等，我要去找凱德。**

他對自己承諾過，絕不會再猶豫不決。他當然知道不能凡事橫衝直撞，但剛才那個女人說的話，足以讓他了解凱德的性命堪憂。梅西穿上背心時，他打電話給勤務中心，請接線人員通知德舒特郡治安處，他們兩人要準備進去了。

「傑夫說艾迪和另一位探員已經出發。」梅西說，一邊拉緊魔鬼氈的帶子。「他們會和正在趕來的治安處副警長保持聯絡。」

「那我們走吧。」楚門從停放的車輛間穿過，走向食堂門上那盞燈，很好奇進去之後會發現什麼。整座牧場安靜得讓人發毛，看不出有暴民聚集準備將年輕人大卸八塊。

**金髮女子是否誇大其詞了？**

「楚門。」梅西緊張地低語。「蹲低。」

他立刻發現前方有個人影，急忙和梅西一起蹲下躲在卡車的後方。楚門沒有發出任何聲音，拉長身體窺探。那個人一看就是湯姆．麥唐諾，那巨大的身軀正走過空地，腳步顯得僵硬，走路時明顯蹣跚。只有他一個人。楚門觀察了很久，在黑暗中尋找總是跟著麥唐諾的兩名保鏢。

楚門躲回卡車後面安全的暗處。「我沒看到他的跟班。」

「我也一樣。他好像要去農舍。」

兩人的視線在昏暗中交會。「跟著他。」楚門說，梅西點頭。他們改變方向，跟在麥唐諾身後。兩人躲在暗處，不時回頭查看兩名保鏢有沒有出現。楚門認爲凱德應該不會在農舍裡，但麥唐諾就算命令手下懲處凱德，他自己也絕不會缺席。楚門覺得麥唐諾是那種會嚴密監控手下執行命令的人。只要阻止麥唐諾，他就無法告訴手下該怎麼做。

但萬一我們來得太遲了呢？

楚門拒絕思考這種可能，告訴自己目前最好的辦法，就是切斷領袖與手下間的通訊。根據那個逃跑的女子所言，他們不能繼續放任麥唐諾。就是這樣。

絕不猶豫。

他和梅西看著麥唐諾舉步維艱地走上農舍臺階，進入屋內。

「他的保鏢會不會已經在裡面了？」她低語。

「不會，我猜他們在看守凱德。」希望如此。「我們進去的時候，要假設裡面可能有別人在。」標準作業程序。

兩人拔出佩槍，迅速繞小農舍走了一圈，從每扇窗戶張望，留意出入口。屋裡最亮的燈源位在後方，楚門猜應該是廚房。老舊的短窗簾讓他們無法看到裡面，紅色的波浪裝飾讓他想起奶奶舊家的窗簾。勘查結束之後，他們安靜地走上台階來到大門前。楚門輕輕打開門，很慶幸有那顆燈泡幫忙照亮裡面，他和梅西確認完所有隱密角落之後才進去。

他們一前一後進入，肩膀互相觸碰以保持同步，他和梅西迅速確認一樓沒有人，而那個最亮的房間留到最後處理。楚門對梅西點一下頭，屏著呼吸，兩人一起走進廚房。湯姆．麥唐諾正坐在餐桌前吃一碗燉肉，準備放進嘴裡的湯匙霎時停在半空中。梅西用槍瞄準麥唐諾，楚門立刻檢查每處角落。麥唐諾的鬍鬚沾到燉肉的湯汁，他緩緩將湯匙放在桌上，雙手按在碗的兩旁，視線在楚門與梅西之間來回移動。

「哈，看看誰來了。」麥唐諾慢悠悠地說：「你們應該不是來吃燉肉的吧？」

楚門走到他身後，搜身找槍，取下掛在麥唐諾腰帶上的左輪手槍，然後銬住他的雙手。楚門得用兩副手銬套在一起，才能將麥唐諾的手順利反扣在身後。楚門迅速聲明爲了確保警務人員的安全，必須暫時將他上銬，麥唐諾回頭陰沉地瞪過來。

他無聲地看守麥唐諾，梅西則上去二樓。他根據樓上傳來的腳步聲，追蹤她的動作。她陸續查看每個房間，每次都聽到悶悶的「安全！」呼聲，楚門的呼吸便穩定一些。不到一分鐘後，梅西便回來了。

「凱德．普魯特在哪裡？」梅西問。

麥唐諾打量她許久。「我不知道妳問的人是誰，太多人在這裡工作。」

楚門很想往對方的腦袋揍下去，幫助他恢復記憶，但最後努力忍住這衝動。

梅西的笑容讓楚門全身發毛。「他還活著嗎？」她甜滋滋地問：「還是他已經落得和約書亞．潘斯一樣的命運？」

麥唐諾鎮定地看著她。「我再說一次……我不明白妳在說什麼。」

「再過五分鐘，這裡到處都會是調查局探員，還有德舒特郡的副警長。」她掛著同樣的笑容繼續說：「勸你在他們出現之前努力想一下。」

麥唐諾往椅背上一靠，露出懶洋洋的笑容，一副不慌不忙的模樣。

楚門嘆了口氣。

「你們現在是擅闖私人土地。」麥唐諾說：「你們兩個在這裡都沒有管轄權。我已經宣布這片土地不屬於美國，因此你們要受我們的法律管轄，你們兩個都犯法了。」

梅西翻了個白眼。

「我警告過你們了。」麥唐諾說：「接下來會發生什麼事，不是我的責任。你們擅闖我的土地，搶走我的槍，違背我的意願將我上銬。就是因爲有你們這種人，這個國家才會反抗警察。」

「我們得知凱德．普魯特在這座牧場，並且有生命危險。」楚門表明。

「這不關我的事。」麥唐諾說：「也不關你們的事。」

廚房後門外傳來些微聲響，梅西猛轉過頭。她對楚門點一下頭，槍口依然對準麥唐諾。楚門在腦中描繪剛才搜查過的屋外周圍。那裡有幾級水泥臺階通往大門，沒有雜物或柵欄可以讓人躲藏，而農舍後方是一大片的開放空間，想要偷襲的人只能躲在角落。楚門走到門邊大喊：「鷹巢鎮警局！外面的人是誰？」

安靜無聲。但沒有離去的腳步聲。

他再次大喊。

「我去檢查。」他對梅西說。她點點頭，過去支援。

楚門舉著槍，打開門，迅速跨出兩小步，手臂從一頭掃向另一頭，觀察整個後院。*外面沒有人。*他跳下臺階往左查看，背對著房屋，梅西站在臺階頂端掩護他，觀察右邊。他往左走了幾步，四肢沉著鎮定。就連他的心跳也很沉穩。**沒有恐懼。**

「啊——」

他急忙轉身，正好看到梅西整個人倒地、被拽進屋內，腳在地上拖行。門重重關上。**「梅西！」**

楚門的視線收縮，他急忙衝上臺階，卻被人從身後抓住腰，拿槍的手被扣住，整個人被推倒在地。

不——！那個人用全身的重量壓住他，讓他無法呼吸。爆發的能量點燃他的腦袋，他憑本能反應。

**快反擊！**

楚門用手肘往後擊向那個人的胸口，用盡全身的力氣猛踢。他的槍此時卡在腹部與地面之間，他決心不讓對方搶走。**我不能讓他們抓走她！**

「別動！」那個人在他耳邊用氣音說，楚門再次用肘擊他，擊中硬硬的東西。「媽的！」那個人更加用力地抓住他的腹部和握槍的手。

「是我，歐文！你必須盡快離開！」

楚門停止猛踢的腳。**歐文？**「梅西被抓走了！」

「現在那裡面至少有六個人。**你打不過他們！**」

楚門趴著不動，頭腦加速運轉，心臟劇烈地碰撞地面。**我要怎麼救她？**

◆

我真是大白痴。

她竟然沒有留意到身後的動靜。

至少楚門沒有被抓到。

梅西坐在廚房地板上，背對著牆，雙手被楚門的手銬銬住。麥唐諾的手下正在搜查牧場尋找楚門。剛才她正專心觀察後院，突然便有人從身後襲擊。她其實有聽見靴子的聲音，但已經來不及了。六個人一齊將她壓制在地，衝擊力道讓她無法呼吸，還沒喘過氣來，佩槍就已經被搶走了。現在她的後腦多了一塊越來越痛的瘀血，一邊的胸口也很痛，因爲有個混蛋以爲她的手被銬住，就能放心對她毛手毛腳。現在他變成假聲男高音了。

另一個男的站在她身邊，梅西瞪了他一眼。他色迷迷的笑容令她反胃，他還刻意拉一下褲襠。「眞是夠了。」她嘀咕。

「我會讓妳爽個夠喔。」更多猥褻笑容。

「拜託你成熟一點。」

「寶貝，我絕對夠成熟。」他缺了兩顆下排門牙。

雖然他說了一堆噁心的話，但始終沒有碰她。他手中的槍瞄準她的頭，身體則遠離她的腳。她已經證明了自己很會踢人。

四個男人留在農舍看守她。

這麼多人守我一個，真是受寵若驚啊。

其中三人保持安全距離，但剩下那個慢慢靠近，不停說些噁爛的「甜言蜜語」，想要誘惑她。她注視對方的雙眼，交疊的腳踝放開又重新交疊做踢勢，對方嚇得急忙後退六吋距離，她差點笑出來。她並不害怕，但整個人很緊繃，所有感官都進入高度警戒模式，仔細觀察並分析身邊那些人的每句話、每個動作。會發生的事終究會發生，她會盡全力設法平安脫身。這些男人的智商不太高，她腦中正在努力思考，該說什麼才能說服他們爲她解下手銬。

門口傳來沉重的腳步聲，看來是麥唐諾回來了。

他走進廚房，那四個男人馬上立正站好，雖然精神可嘉，但姿勢不太準確。麥唐諾對他們揮揮手，他們這才放鬆。

**至少他們沒有對他行軍禮。**

麥唐諾停在她腳邊，低頭看她。梅西看回去，頭沒動，只有眼睛往上抬，並且揚起一條眉毛。

「牌局轉換得眞快啊。」麥唐諾說：「妳會賭博嗎？」

「我不賭博。」

他點頭讚許。「我想也是，賭博只是浪費錢。」

「我倒想用她來賭一把。」那個少兩顆牙的人說。

「放尊重點。」麥唐諾怒斥。梅西十分意外，那個人更是大驚失色。

「她是調查局的騙子。」愛慕她的那個人爭辯。「你說過女人會爲了我們而來，我認爲這個娘們很合用。」

儘管試試。梅西緊閉雙唇，舔一下牙齒，停在最尖的犬齒上。**我會用上所有能當武器的東西。**

「現在還不行。」麥唐諾生氣地說。他的臉比之前被楚門銬住時更加漲紅。「要先處理其他問題，去幫忙搜出警察局長。」他對那個挨罵的人說。「不過，先去找歐文．凱佩奇，跟他說我要見他。」麥唐諾把雙手塞進大衣口袋，再次注視梅西。

梅西閉上眼睛一下。**歐文會怎麼做？**

「局長在哪裡？」他問她。

「我怎麼會知道？你也看到了，你的手下把我硬拽進來。」

「除了你們兩個還有誰？」

她微笑。「調查局和郡治安處的人隨時會到。」

麥唐諾望著她的雙眼，評估她說的話是否屬實。「派十二個人去守住路口。」他轉頭說：「吩咐他們用車子擋住，不准任何人進來。」

一個人衝出去傳達命令，幾秒之後又回來。「找到局長的車了！」

「在哪裡？」

「和其他車停在一起，他們問能不能破窗搜車廂。」

「當然不能！」麥唐諾氣急敗壞地搖頭。「在我下令之前，全都不准碰那輛車。」那個人急忙再次衝出去。

麥唐諾拉扯鬍鬚，看看梅西、又看看剩下的兩個人。他整個人散發出沮喪的氣場，繞著小圈來回踱步，不停撫摸鬍鬚，匆匆看了梅西好幾次。

剩下的兩人困惑地對看，梅西很好奇，他們該不會從來沒看過老大傷腦筋的模樣。

她思考麥唐諾可能會怎麼做。如果他相信她說的話、認爲會有更多警力支援，或許會準備進行武力對決。他也可能先殺了她，再準備進行武力對決。

或是乾脆投降。

如果他要投降，她不確定他是否會先殺死她。很可能不會。

「拉她起來，帶她去食堂。」

那兩個人各抓住她的一隻手臂，拉她站起來。她刻意對上其中一個人的視線，幾秒之後那人躲開視線，看了麥唐諾一眼。麥唐諾不理他。

**沒錯。你們的老大受到重挫，你感覺得出來。**

她走得很慢，那兩個人忍不住拽她。他們走上通往食堂的碎石路，麥唐諾對著黑夜大喊：「喂！戴利局長！你的女人即將成爲今晚娛樂節目的主角！」

梅西差點摔倒，過去的回憶湧上——曾經有個男人企圖強暴她。最後他死了。

那人留下的恐懼陰影從未消失，一直躲在她的意識深處，等候在這種時刻竄出。

黑暗中一片寂靜，沒有人回應麥唐諾的叫囂。

**呼吸。**她努力控制呼吸，加深、放緩。慢慢冷靜下來。

「約書亞·潘斯臨死前也像這樣被押著走嗎？」她問那兩個人：「一樣也被兩人架著去送死？」

他們抓緊她的手臂。「閉嘴。」右邊那個低聲說。他身上有很重的菸味。

「這件事很敏感啊？」她用氣音對他說：「要是你不小心觸碰到麥唐諾的底線，下一個可能就是你。他感覺像是會直接除掉反對派的那種人。」

「我勸妳閉嘴。」湯姆·麥唐諾在她身後說。他再次叫囂放話。

「我很清楚你這種人的手段。」梅西回頭說：「你最偉大，身邊所有人都要對你唯命是從，因爲他們深怕不聽話就會死。不過呢，你知道嗎？這招撐不了多久。很快大家就會覺得厭煩，憑什麼都要聽你的？」

菸臭很重的那個人用力捏她的二頭肌。疼痛竄進大腦。

「約書亞·潘斯失控了。」麥唐諾宣稱。押著她的那兩個人鄭重點頭。

「怎麼可能？你不是高壓統治嗎？」她刺探。

「我的手下有自由意志。」麥唐諾表示。「他們可以自己做決定。」

「萬一有人做的決定違背你的旨意呢？」

「他們可以要求離開。」

她的眼角瞥見菸臭男對另外那個人使眼色。

「約書亞·潘斯做了什麼？」她問。

「他槍殺了那兩個副警長。」

「他怎麼會落得慘遭割喉？」

「我也不知道。」麥唐諾說：「我一聽說那件事，便立刻命令他離開牧場。」

「既然他殺害了兩位副警長，爲什麼你不把他交給警察？」

「那不是我的責任。」

「難道是有人想爲副警長報仇，所以殺死他？」

「有可能。」麥唐諾同意。「在我看來，這表示殺死他的人也是警察。我注意到你們很努力調查副警長的命案，卻冷落潘斯的案子。想必你們肯定已經發現是自己人幹的。」

押著她的兩人熱烈點頭。

「我們沒有找到任何線索，可以將潘斯一案指向是警察爲兩名副警長報仇。」

「或許你們應該更認眞調查自己人。」

「蒂爾達·布拉斯牛舍的縱火案，是因爲你想嚇她，讓她把土地賣給你？」

麥唐諾大笑。「我不知道妳在說什麼。」

荕臭男再次對同伴使眼色。

**你們這些人應該學學解讀肢體語言。**

他們到了食堂，荕臭男開門將她推進去，濃濃的男人汗臭撲面而來。空間很大，但裡面擠了太多人，所以氣味很像男用更衣室。她跌進門口，所有人一起回頭看她。他們的眼光讓她呆住，嘴巴越來越乾澀。

**人數好多。**

而且每個人都很憤怒。

她尋找著大哥的臉孔，想在人群中看見他的眼睛。他絕對不會像其他人一樣，以憤怒厭惡的眼神看她，對吧？梅西盡可能撐住，不讓膝蓋發抖。她對上好幾雙冷硬的雙眼，心中充滿一個念頭：她認識這些人。從小，她身邊都是這種男人，她的父親也是其中之一，年少時期她每天都會遇到這種男人。與他們相處時，她一直覺得很安全……這些男人，穿著帆布外套、靴子，手上長滿老繭。他們是腳踏實地的老實人，喜愛農業，敬重鄰居。

在今天之前，他們從來不曾令她害怕。

熟悉感並沒有帶來心安。

未流出的淚水刺痛了雙眼。

他們怎麼可以這樣對我？

我也是他們的一份子。

難道是她離開太久？她的打扮不一樣了，一些想法也改變了。當他們看著她，是否只看到那些變化？一個外人，威脅他們生活方式的人。

這實在太諷刺，梅西差點大笑出聲。

她發出嗆咳和哽咽聲，那兩個人再次用力抓緊她。

那群注視她的男人集體上前一步。恐懼據滿她的心。

# 30

楚門努力調整呼吸。剛才被歐文那麼一撲，他覺得自己現在彷彿肋骨全刺進了肺裡。他們兩個快速逃離農舍、躲進森林，繞路走向遠離車輛的森林地帶。楚門靠在一棵樹上，一手環抱胸口，盡可能不理會刺痛。

歐文躲在另外一棵樹後方，看著那些人拿手電筒照楚門的車，同時隨時留意是否有追兵。

「你們的支援什麼時候會到？」他用氣音問楚門。

「隨時。」*希望如此*。楚門拿出手機確認。好極了，沒有訊號。「我收不到訊號。」

「這裡幾乎完全收不到。」歐文說，拿出自己的手機也看一下，然後搖頭。

楚門聽到遠方麥唐諾正大喊他的名字，說了一些關於梅西的話。疼痛讓他的頭腦彷彿籠罩迷霧，當對方的威脅話語終於穿透迷霧時，楚門下意識地便走出藏身的樹。

「快回去！」歐文斷聲說：「他不會傷害她。」

黑暗中，楚門看不到歐文的眼睛。「你確定？」想到梅西被扔給一堆男人，他急得內臟都要融化。

「確定。」

歐文回答前猶豫了一下，讓楚門心中的焦慮大火燒得更旺。

「他不會做那種事。」歐文低語：「他會利用她，讓那些人聽話，暗示只要他們乖乖服從，遲早能在她身上爽一下。但我認爲他不會眞的把她交出去。」

「你認為。」楚門重複，設法讓自己平靜下來。「這樣不夠。」

「她是我妹妹！」

「少來這套！自從她回到鎮上，你一直對她很冷漠，還對她說過一堆非常過分的話！就算你對她還有一絲手足親情，我也完全看不出來！」腰側傳來一陣劇痛，他奮力呼吸。「在我看來，你八成覺得麥唐諾最好實現他的威脅，這樣你就能永遠擺脫她了！」

歐文沉默不語，但楚門在黑暗中感受到對方的瞪視。緊繃的張力讓兩人之間的空氣顯得沉重。

「我錯了。」歐文終於低聲說：「我會救她出來。」

「憑我們兩個打不過四十個人。」楚門不會拿歐文的誠信打賭，但他在歐文的語氣中聽出一絲眞誠，這便足以給他希望。

「並不是每個人都很滿意最近的狀況。」

「麥唐諾的手下當中有人不支持他？」楚門問。

「如果那些人知道也有其他人感到不滿，或許會願意站出來。」

楚門衡量歐文的話。「凱德．普魯特呢？」

歐文搖頭。「應該已經來不及救他了。麥唐諾需要殺雞儆猴，在他眼裡，凱德只是消耗品。」歐文用發抖的手抹嘴。

「他只是個孩子！」楚門說。

「麥唐諾不這麼想。」

「關於麥唐諾的事，還有什麼我該知道的？是他縱火燒燬蒂爾達．布拉斯的牛舍嗎？」

歐文深吸一口氣，猶豫不決。

「媽的，快說啊！」楚門命令。

「沒錯。是他派約書亞．潘斯和另外一人去縱火。」

「為了什麼？要逼她賣地嗎？」

「對，她的土地上有座橋可以過河。只有兩條路能通往麥唐諾牧場，那是其中一條。他打算炸掉那座橋，讓這片土地與世隔絕，只留下容易防守的那條路。」

楚門在腦中描繪通往牧場的那條路，兩邊都是山丘，易守難攻。他回想地圖上那條蜿蜒的河流，隔開了蒂爾達與麥唐諾的土地。只要炸掉那座橋，麥唐諾牧場便形同孤立，因為另一邊的山太陡峭，根本無法從那裡進入。海豹特種部隊或許能攻得進牧場，但地方警力絕對辦不到。

「所以他們才準備那麼多炸藥？」

歐文在黑暗中點頭。「麥唐諾原本打算買下那片土地之後再炸橋，但那老太太一直拒絕，他在盤算是不是該乾脆先炸了再說。」歐文停頓一下。「他有一點神經質。」

「一點而已？」

「我一直勸他再等等。他知道炸橋一定會引來關注，被外人發現他在這裡做的事。但因為他太疑神疑鬼，所以一直急著想切斷聯外道路。也有一些人想用那些炸藥立威，他們在討論要炸掉本德市調查局，也有人說要炸掉你的警局。」

想到下屬們可能會慘遭殺害，楚門的血液頓時結冰。

「我報警通報這裡有炸藥，希望州警會來處理，但可惜他們來的那天麥唐諾剛好在，州警就這樣被糊弄過去了。」

「麥唐諾究竟在這裡做什麼？」楚門小聲問：「他打算組織民兵部隊，對吧？」

歐文的肩膀頹然垂下。「可以這麼說，但那只是一部分。」

「說清楚。」楚門厲聲說。他的一側耳朵專注聽著食堂的動靜，剛才麥唐諾把梅西押進去了。太安靜。**郡治安處的人怎麼這麼慢?!**

楚門頂多只能再等一分鐘，到時不管如何，他都會一個人闖進去，歐文休想阻止。

「麥唐諾想創造一個由我們自訂規矩的地方。一個群眾可以發表意見並且得到尊重的地方。」

「狗屁。訂規矩的才不是**群眾**咧，是他自己吧。」

歐文移動重心。「是啊，現在我看出來了。他號稱要建立人人是領袖的國度，但我只看到他一個人在發號施令，而且——」

歐文突然停下，緊緊閉上嘴。

楚門等了一下子。「發生了什麼事？」他繼續追問：「……他做了什麼？」

歐文吞嚥一下，吞嚥聲在寂靜的森林中顯得十分響亮。「他殺了一個人，在我面前開槍。」

「你爲什麼沒有去報警？」楚門後退一步，差點大吼。**我的天，麥唐諾真的是個瘋子。梅西。我一定要救她出來。**

「這是今天剛發生的事。」歐文辯解。「我知道應該要離開牧場去報警，說出知道的所有事。我還在思考該怎麼離開……我不希望麥唐諾報復我和家人。」

「他殺了誰？」楚門大概猜到了。

「不動產仲介，傑克．郝爾。」

**我就知道。**「關於麥唐諾的事，你還知道什麼？」楚門幾乎無法言語，怒火讓他口中異常乾澀。

「他下令殺害潘斯。潘斯殺了那兩個副警長，因爲他的自作主張，麥唐諾非常生氣。」

楚門的思緒轉動中。「你親眼看到的？」

「他下令處決潘斯的那天我不在，但這裡的人說法很一致。他們說麥唐諾大發雷霆，因爲潘斯竟然擅自作主。潘斯大概以爲殺了那兩個副警長，麥唐諾會很高興，沒想到卻反而惹禍上身。」他停頓一下，壓低聲音。「攻擊警察是之後的計畫，麥唐諾希望先站穩腳步。」

楚門用雙手按住眉間、彎下腰，努力消化歐文剛才講的事。

麥唐諾打算建立公社，自己制訂法律，而且還要殺警察。

潘斯一時衝動殺害了警察，麥唐諾下令殺死他。麥唐諾想建立的公社就是這樣的地方，他是國王，不聽令於任何人。他聚集了大批憤怒的人，每個人心中都暗自希望有一天自己能登上王座，卻看不出麥唐諾其實是獨裁領袖。

這是個由恐懼、猜忌、孤立組成的社會，根本沒有自由。

「爲什麼要在殺害潘斯的現場縱火？」楚門小聲問。

歐文聳肩。「最近發生了很多縱火案。麥唐諾認爲你們會全部當作是同一個犯人幹的，甚至認定潘斯就是縱火犯。」

**我確實差點就這麼做了。**

「你到底怎麼有辦法和那種人相處？」楚門問，腦袋不停運轉。「大部分的人會對他敬而遠之……尤其是知道他下令殺害約書亞．潘斯之後。」

歐文深深嘆息。「我很憤怒。媽的，李維過世之後，我滿肚子怨恨，非常火大，一心想報復。**我弟弟不該死。**」他的話穿透空氣，帶著濃烈的憤怒與憎恨。

「我也認爲他不該死。」

「責怪你最方便。」歐文輕聲地說：「責怪梅西最方便。從小，大人就教我要提防政府和執法人員，我弟弟過世之後，我需要找個可以怪罪的對象。相較於承認李維幹了蠢事，憎恨國家比較輕鬆。」

「李維是遭到蓄意殺害。的確，李維在那之前的所作所爲並不光明正大，但他沒有殺人。只有一個人該爲這一切負責，那就是克瑞格．雷佛提。」

「怪罪死人無法獲得滿足。」歐文傷心欲絕，聲音近乎耳語。

**李維過世之後，他一直走不出來。**

「……我好像聽見了警笛聲。」歐文的語氣滿懷希望，這時楚門也聽見遠方傳來的警笛聲。

「太好了！」楚門大大鬆一口氣，呼吸終於順暢一點。他再次查看手機是否有訊號，希望盡快讓治安處的人知曉牧場裡的狀況。依舊沒訊號。「可惡！」

警笛聲停下來。歐文與楚門在黑暗中對看，等著聲音重新響起。

**或許他們不想被發現，所以特地關掉。**

遠處傳來一連串槍響。雖然距離很遠，但他們兩個依然在樹後蹲低躲好。

「他們在路口攔截了警察。」歐文用氣音說：「麥唐諾一定派了一組人馬過去，阻止任何人闖入。」

斷斷續續的槍響持續傳來，在夜色中更顯響亮。接著，一切倏地悄然無聲。

楚門屏住呼吸。**誰贏了？會不會有更多警員殉職？**

他突然感到一陣作嘔。

「你的支援不會來了。」歐文低語。

「現在還很難說。」楚門的心臟彷彿墜落腳邊。**我們該怎麼辦？**死寂黑夜壓垮他的希望。

食堂的方向傳來吼叫聲。他們兩個同時轉身看去，楚門的心跳劇烈加速。

「你一定要躲好。」歐文叮嚀。「萬一被他們抓到，我不敢想像你會有什麼下場。我過去拖延一點時間，說不定可以設法救她出來。」歐文望著食堂。「反正麥唐諾現在八成也在找我了。總之，盡可能靠近農舍，那裡是手機訊號最強的地方。」

楚門抓住他的手臂。「保重。」

歐文停下腳步，回頭看楚門。「我不會有事。不知道爲什麼，麥唐諾相當重視我的意見。」

楚門抓緊他，想在歐文離開前把心裡的話說出來。「梅西很愛你，你知道吧？你對她的態度讓她很生氣，但她希望大哥能重回她的生命裡，勝過一切。」

歐文僵住。他的喉嚨鼓動、張開嘴，試了兩次才發出沙啞的聲音。「我知道。」

楚門放開他，目送歐文在夜色中走遠。**他真的明白嗎？他有沒有看見梅西多心痛？**

食堂傳出更多吼叫聲，楚門獨自站在冰冷的黑夜中。

**有人能成功來支援嗎？**

◆

「審判開始！」麥唐諾高聲宣布。

食堂明亮的燈光，讓凱德沒受傷的眼睛不斷眨著。有兩個人解開他的腳踝，將他從儲藏室地上拉起來，拖向食堂前方的長條座椅。他的雙腳麻掉了，沒辦法自己走。牧場工人一聽到麥唐納的話，齊聲歡呼。

汗水立刻滑落凱德的背。

**他們想見血。而且全都看向我。**

他的一隻眼睛已經腫到睜不開，而且只能用嘴巴粗重喘息，他很想知道自己的樣子有多慘。鼻子痛得受不了，但至少身體兩側的疼痛減緩，現在只覺得不太舒服。他轉頭用沒受傷的眼睛環顧食堂。

搞什麼鬼？

十英呎外的長條椅上，凱莉的姑姑竟坐在那裡。她直挺挺坐著，面無表情注視著他。她的雙手像他一樣被反綁在身後。她穿著靴子、深色牛仔褲、胸口有拉鍊的運動衫，鷹巢鎮上隨處可見這種打扮的女性，她感覺一點也不像調查局探員。凱德看了那群人一眼，一些人盯著她的眼神讓他很害怕。

他的父母教他要尊重所有人，而那些男人的眼神裡沒有半點尊重。

凱德把尚能視物的一隻眼睛看向梅西。她連一根頭髮都沒動。若換作其他人，他或許會認爲她是嚇傻了，但那雙沉著的眼神讓他明白，她的情緒完全在控制中。

「我喜歡又高又瘦的。」群眾中有個男人大喊。梅西瞥他們一眼，翻個白眼，引來一陣狂笑和更多胡言亂語。

「她對你沒意思啦！」

「你說的是男的還是女的？」

更多瘋狂的笑聲。

凱德不理會那些粗魯的言語，恐懼在他心中奔竄。

「安靜！」麥唐諾命令。「所有人都坐下，快！」

食堂裡所有人立刻聽命，互相推擠搶最前面的位子。凱德再次轉頭看向梅西。他們兩個坐在同樣的椅子上，面向人群。麥唐諾站在他們中間。

要受審判的人是誰？

麥唐諾轉身對凱德微笑，臉頰堆起的肥肉讓其雙眼幾乎消失。

是我。

麥唐諾的神情表明，他早已知道審判的結果。現在拖拖拉拉只是為了娛樂那些人。

梅西正大光明地擺臭臉，視線從凱德移動到麥唐諾再看向那群人，但她依然不害怕。凱德已經怕到快要尿褲子了，但梅西彷彿忙著一一記住那些人的臉，準備之後慢慢算帳。

「大家都知道，」麥唐諾以堂皇的語氣宣示，在兩張長凳之間走來走去，姿態有如權貴高官。「凱德．普魯特被控向調查局洩密，導致他們跑來我們的地盤鬧事。」

「什麼祕密？」梅西問。

「禁止發言！」麥唐諾粗大的手指指著她的臉。

梅西看人群一眼。「凱德沒有律師嗎？應該要有人爲他辯護吧？還是說你們怕聽見不想聽的話？」

人群沉默，但所有人都注視著麥唐諾。受挫的神情在麥唐諾臉上一閃而過。

「這塊土地不是美國的一部分。」麥唐諾裝腔作勢地說：「這裡的規矩不一樣。」

「這裡是哪裡？」她問。

沒有人回答。

「我敢說，如果你的手下有朝一日要受審判，一定會希望有律師幫忙辯護。」梅西表示，揚起一條眉毛。

觀眾在座位上騷動起來，凱德感覺食堂裡的張力逐漸升高。

「歐文。」麥唐諾比個手勢。「過來前面，幫這個叛徒辯護。」

梅西生硬地轉過頭，看到大哥時整個人無法動彈。歐文坐在後面，這時緩緩站起來。凱德的肺部繃緊。**凱莉說過他討厭梅西**。

歐文．凱佩奇慢條斯理地走到前面。「可以給我十分鐘和當事人談談嗎？」

「給你一分鐘。」麥唐諾厲聲說，臉龐因憤怒而漲紅。

「事關這個孩子的生命。」歐文說：「我認爲六十秒太少了，應該給他更多時間。」他轉身昂首掃視眾人。「我知道我們全都剛來這裡沒多久，但我認爲必須樹立良好的價值觀，不能在事關人命時草率決定。天曉得呢，說不定哪天就換你們坐在前面？你們希望得到怎樣的對待？」

凱德看到幾個人點頭，有人則交頭接耳地低語。**他們竟然認同**？他無法判斷歐文的話是否讓那些人動搖了。歐文跨出兩步，站在麥唐諾身邊，用凱德能聽到的音量悄聲說：「我想幫你建立公正客觀的形象。」

麥唐諾的表情說明他完全不相信。

「時間到了。」麥唐諾宣布。他看著凱德。「你告訴調查局關於我們的什麼事？」

「他什麼都沒有告訴我們。」梅西說。

「騙人！」「狗屁！」「不要讓她說話！」群眾紛紛大喊。

梅西看著人群。「他一個字都沒說。」她吼回去。「我來牧場的那天才第一次見到他，後來就沒有再見面了！」

那些人不相信。

凱德沒辦法動，他的四肢彷彿變成了沉重的鉛塊。他不聽人群叫囂，只專注看著梅西與歐文，這裡似乎只有他們兩個想讓他活下去。**其他人都希望我死**。他再也無法看向那些曾經共事的人，他們彷彿變成一群野獸，之前的工作情誼全都被拋諸腦後。現在的他們，只想要鮮血。

麥唐諾一撇頭，剛才把凱德從廚房拖來的那兩人走來，抓住凱德的手臂拉他站起來。

**完蛋了。他們要殺掉我了**。

他的腿像布丁般癱軟無力，心跳是食堂裡最響亮的聲音。

「拉去森林處理掉。」麥唐諾下令。

那兩個人猶豫了。凱德從沒受傷的眼睛察覺，其中一人的眼神流露質疑。

麥唐諾也看見了。

「去處理掉，作爲報酬，女人賞給你。」

那個人臉上浮現的笑容讓凱德又是一陣反胃。那兩個人拉著他走向門口，他的腿完全失去力氣，耳朵裡充斥巨大嗡鳴。雖然腦袋裡的聲音很吵，但他依然聽見梅西激動地爲他爭取活命的機會。

**她毫無力量**。

右邊那個人踢開門，然後兩人一起拖著凱德走進冰冷的黑夜。

凱德開始慘叫。

# 31

**那孩子還活著！**

楚門小跑步默默跟在那兩人的後面，看到他們把凱德拖向森林。他胃裡有種不舒服感。一路上都沒有其他建築物，無論他們打算把那個年輕人帶去哪裡，絕對不是什麼舒服的地方。凱德不斷吼叫、掙扎，但那兩人仍是輕輕鬆鬆地拖著他走，絲毫不理會他的哭喊。楚門悄悄接近，想確認他們是否有槍。

「他說的女人，應該是指那個調查局探員吧？」凱德右邊的人說。

「但他沒有確切說是**那個**女人。」另外那個人爭辯：「說不定他說的是蕩婦謝莉。相信我，麥唐諾沒把話說清楚的時候，一定有原因。」

「唉，我可不想碰那個謝莉。牧場裡的每個男人幾乎都上過她。」

「她還不賴啦。」

「我好想和那個女探員打一炮。她好辣，像她那個瞎子姊姊一樣。真可惜那個瞎婊子被搞大肚子，不過我們教訓過她了。」

「她活該。」另外那個人說。

**對蘿絲扔石頭和泥巴的混蛋就是這兩人？**憤怒為楚門帶來力量。

「求求你們不要殺我！」凱德的哀求讓他心急如焚。剛才他還在大吼大叫，現在變成了哀求饒命。

「抱歉啦，小鬼。老大的命令。」

**媽的！**

他們兩個都用雙手緊抓住凱德的上臂。凱德每一步都在拚命掙扎，一邊抵抗，一邊被拖進森林深處。**我必須制止他們。**楚門看看四周，確認沒有其他人。

**現在不出手就來不及了。**

他往前跑四步，用力深吸一口氣，用鑲了金屬的靴尖狠踢凱德右邊那個人的膝蓋。他用上了全身的重量與奔跑獲得的動能。

那個人一陣痛呼，發出像狗被勒死的怪聲，接著吃痛地放開凱德，因劇痛而倒地。楚門轉身朝另一個人的鼻子揮拳，鼻梁被打斷的清脆聲響傳來，十分悅耳。

他重新轉向第一個人，起腳踢對方的腹部。那個人再次發出像狗哀鳴的聲音，整個身體蜷縮起來。鼻梁斷掉的那人則是痛得摀住臉、彎下腰，楚門把握良機，毫不留情地猛踹那人的膝蓋，終於兩人都倒在地上痛得打滾。「這，是幫蘿絲討回公道。」

凱德跪倒在地，往旁邊不斷閃躲。

楚門氣喘吁吁地迅速搜身，確認那兩個不停罵髒話的人身上有沒有武器。他搜出兩把刀，幸好都沒有槍。

他連忙跪在凱德身後，設法解開其雙手的束縛。楚門原本想直接割斷，但天色實在太黑，他擔心會割傷凱德。手忙腳亂幾分鐘之後，繩結終於解開。他讓凱德自己在一旁按摩麻掉的雙手，轉身對地上那兩個人說話。

「背對背坐好。」他命令。

「去你媽的！」其中一個人說，聲音有如負傷的狗。

楚門用力踩著那人受傷的膝蓋，響起的尖叫聲讓他耳朵很痛。「閉嘴。」他命令。「不然我會親自讓你說不出話。」

鼻梁斷掉的那人爬過來，乖乖地和同伴背靠背坐著。楚門拿起從凱德手上解下的繩索，迅速將他們的手反綁在背後。光是這樣或許不太保險，不過他們的膝蓋受傷了，動作快不起來，而且這裡很偏遠，沒人能聽到他們的呼救。

「警察在哪裡？」凱德用虛弱的聲音問。他用嘴巴粗聲喘氣，臉上的血發黑，楚門這才發現他的一隻眼睛已經腫到睜不開。

「你沒事吧？」楚門問。

「警察在哪裡？」凱德重複。

「只有我一個人。」楚門說。

老天。真的沒有其他人了。

梅西！

楚門轉身離開，蹣跚地走了幾步，在黑暗中乾嘔。

如果現在梅西吐錯一口氣，整間食堂彷彿就會瞬間爆炸。

這裡的氣氛溢滿急躁和憤怒。無論往哪裡看，追隨麥唐諾那些人，表情全都是躁怒。他們的眼神中有種急切，等不及想看慘劇上演，有如精神變態的賽車迷，希望看到車禍事故發生。凱德離開時，緊繃氣氛升高，現在他們再次盯回她。

氣氛沸騰到極點。一觸即發。

梅西緩慢平穩地呼吸，心中思索各種脫逃計畫，但又自行一一否決。

歐文對觀眾舉起雙手。「安靜！」人群瞬間安靜下來，但突然降臨的寂靜反而讓梅西更緊張。**千萬不能讓他們看出我有多害怕。**

她和歐文的視線對上一下，然後他轉頭看湯姆．麥唐諾。大哥感覺不太一樣了。剛才麥唐諾叫他出來幫凱德辯護時，他眼神中有種她不曾見過的冷靜。截然不同的態度。此刻她敢發誓，歐文的眼神中流露出決心，似乎打算制止麥唐諾。他終於清醒了嗎？

「你剛剛命令他們殺死凱德？」歐文斷聲質問麥唐諾。

麥唐諾的大臉上閃過憤怒。「凱佩奇，你太超過了。」

他們互相瞪視，狂熱的群眾看著兩人。梅西很擔心大哥的安危。**當心點。**

歐文轉向人群。「**這就是**你們要的領袖？只因爲他**認為**可能造成威脅，就下令殺死一個年輕人？他有沒有拿出凱德．普魯特確實有罪的證據？」強烈的信念讓歐文語氣激動，他注視幾個麥唐諾追隨者的眼睛。「這根本不是審判！這是不公正的私刑！是這個手握太多權力的人，再次下令的謀殺。」

人群中傳來紛雜的低語。

梅西看到許多人眼神閃爍，緊張地移動重心。

「凱佩奇，滾一邊去！」人群中有人大喊。「我們追隨的人不是你。我們追隨的是麥唐諾！那個小鬼自己找死！」

許多人紛紛附和。

「約書亞．潘斯也是自己找死嗎？」歐文問。

眾人點頭同意。「他不聽命令。」前排的一個人說：「他做的事可能會讓整個州的警察殺進來。」

「**該死的豬**（注）！」後面有人大吼。

梅西縮了一下，感覺所有人的憤怒重新回到她身上。她保持抬頭挺胸，觀察歐文，並評斷群眾憤怒的程度。這些人隨時會失控爆發。

「傑克．郝爾也是自己找死嗎？」歐文問，他指著其中一個人。「你以前和他做過生意。麥唐諾一時興起對他的腦袋開槍，你認爲是他活該嗎？」

---

注　對警察、種族主義份子、沙文主義者、告密者和胖子等的貶意稱呼。

梅西屏住呼吸。**原來傑克．郝爾被殺了。**

食堂一片死寂，許多人的臉上流露困惑。

麥唐諾指著歐文。「把他架出去！」麥唐諾的臉像剛出爐的磚塊一樣深紅，兩邊太陽穴不斷冒汗，每次呼吸胸口都劇烈起伏。「你撒謊，凱佩奇！」

幾個人上前準備執行麥唐諾的命令，但遲遲沒有出手抓住她大哥。

「他在我面前開槍殺死傑克．郝爾。」歐文繼續說：「然後命令我去棄屍。我從你們的表情看得出來，你們不——」

「閉嘴！」麥唐諾咆哮。「傑克．郝爾做事不牢靠，差點就毀了我們的整個計畫。」他看著人群。「我們辛苦了這麼久，難道要被一個人搞得全盤皆輸？」他的臉變得更加深紅。「快把凱佩奇趕出去，否則他也會毀了我們的計畫。」

上前來的那幾個人似乎下定決心了。兩個人抓住歐文的手臂，另外一人取走她大哥的槍，塞進自己的後褲腰。

「這個組織不是我撕裂的！」歐文大喊，企圖掙脫手臂。「是你們任由麥唐諾製造分裂。」那幾個人緊抓住歐文，但轉頭看向麥唐諾等候進一步指示。

「不行！這樣不對！他也會這樣對我們！」一個人突然大喊。梅西想起第一次來牧場時見過他。「他下令殺死凱德，現在又要趕走歐文，只因爲他們膽敢有不同的想法！」

「我們想要的領袖不是這樣。」另一個人說。好幾個人用力點頭。

那群暴民開始互相攻擊，爭吵的同時逐漸分成兩派。梅西屏住呼吸，太多人的腰上掛著槍。

**場面恐怕很快就會變得血腥。**

果不其然。

有人想拉開抓住歐文的其中一人，結果下顎挨了一拳。歐文用手肘打中另外一人，食堂瞬間爆發大亂鬥。推人、打人、拉人，大聲吼罵不斷來回充斥。梅西緩緩站起來，儘管雙手依然被綁著，她輕聲無息地往一扇門後退走去。

一隻手抓住了她的臂膀。

是麥唐諾。他的臉已經沒有血色，而是病態的死灰，汗水不斷從他的臉龐兩側流下。

「我帶妳出去。」他的聲音很虛弱，而這句話更令她吃了一驚。「這邊。」他往同一扇門走去，將她拖在身後。梅西腳步蹣跚，想要往另一邊走。

**我才不要跟你走！**

他緊抓住她的手臂。「梅西！這邊！」

「休想。」她咬牙說，拚命掙脫對方的手。她的手臂鬆開，兩腳一站穩，正想往他胯下踢去。身後打架的人撞上她的背，她重心不穩瞬間往前撲。她再次被麥唐諾抓住。

**不——！**

他抓住她的兩隻上臂用力猛搖，強迫她看著自己。「聽我說！」

「才不！」她用力扭，想掙脫他抓緊的雙手。

麥唐諾猛地搖晃一下，一手按住胸口，單膝跪倒在地、拚命喘氣，差點把她一起拉倒。他抬頭看她，眼神充滿恐懼，表情述說無比的疼痛。梅西突然明白了。

「他心臟病發作了！」她大喊，希望有人來幫忙。然而打架的人群正在興頭上，她的吶喊瞬間就被叫囂聲吞噬。麥唐諾用力抓住她的手臂，整個人倒下，她被迫跟著跪下。「他需要做心肺復甦術！」

一個人來到他身邊彎腰查看。是剛才那個爲凱德和歐文挺身而出的人。

「幫他做心肺復甦術！」她指示著。麥唐諾非常喘，一手不停抓胸口，眼神流露驚恐。他的另一手死命抓住她的手臂不放。

「我不會啊！」那個人從麥唐諾的口袋翻出手銬鑰匙，幫她解開時雙手在發抖。

她彎腰靠近麥唐諾，方便那個人解開手銬。

當那個人還在手忙腳亂地解手銬時，麥唐諾勉強地開口說：「妳長得很像妳母親。」

梅西瞬間愣住，看著垂死之人的眼睛。「什麼？」

「我絕對不會讓他們動妳一根汗毛。」他沙啞地說，雙眼通紅，眼神誠懇。「聽到妳選了這條路，我非常難過，不過我希望有一天妳會改變心意。」

手銬解開了，她的手臂垂落。她伸出手指按住麥唐諾的脖子，在層層肥肉中尋找脈搏。她摸到迅速且凌亂的跳動，但他還是喘不過氣。

他的心臟還在跳，所以不能壓胸；還有呼吸，所以也不能做人工呼吸。

流程是這樣嗎？

慌亂讓她腦袋打結。

「我不會讓他們傷害妳。」他再次重複，注視她的雙眼。「我的外甥女。」

**外甥女**？她仔細看他的臉，依然很陌生。「你是誰？」她輕聲問。

他的眼神充滿失望。「我還期待妳會認出我……難道他們這麼快就忘記我了？」

她心中滿是困惑。「我不懂……」

「我是妳的亞朗舅舅。」

背後的打架叫囂聲變得模糊，因爲她耳朵的嗡鳴太過響亮。**媽媽的小弟？聖海倫火山爆發時罹難的舅舅**？她腦中猛然出現牆上那張高中畢業照裡，青少年笑嘻嘻的臉龐。

他和那張舊照片裡的模樣完全不同，不過眼睛周圍的輪廓確實很像其他幾位舅舅。

「你……不是早就死了？」她喃喃說。

他露出虛弱的笑容。「只在文件上。」

巨大的爆炸聲響與光線瞬間在食堂炸開，梅西摀住耳朵，用力閉上眼睛。

**是閃光彈**。

「我們是德舒特郡治安處！」有人用擴音器宣布。

**後援抵達了**。

# 32

楚門從大批警察與麥唐諾的追隨者之間不斷推擠、穿過去。剛才特警隊扔閃光彈後接著攻堅進去，他被命令在後方等候。因爲警察的突然闖入，加上閃光彈造成的混亂，大亂鬥的場面立刻終止。所幸無人開槍。

*行動非常成功。*

他看到湯姆·麥唐諾倒在食堂前方，梅西跪在他身邊。兩位副警長正忙著急救，梅西則在一旁觀看。

她平安無事。

楚門瞬間放鬆，走向她時膝蓋發抖，視線鎖定她後腦的深色長髮。

*萬一她有個三長兩短，我會怎麼樣……*

他禁止心思往那個方向去想。

「梅西。」他站在她身邊呼喚，當她抬頭看他時，楚門心跳的速度加倍。她的眼眸瞬間閃耀安心與歡喜。他扶她站起來，將她擁入懷中，臉埋在她的髮絲間。

「眞要命。」他嘀咕。

「我知道。」她貼著他的頸子回答。「外面發生了什麼事？」

「麥唐諾的人在路口設了路障，治安處的人被擋下來。有幾個人受傷，幸好不太嚴重。他們先行撤退，不過其實另一批人馬已經穿過蒂爾達的那塊地，從另一條路進入牧場。他們一出現，我說明狀況後便立刻攻進食堂。」

「快醒醒，麥唐諾！」幫麥唐諾施行心肺復甦術的副警長大喊。

梅西吃了一驚，離開楚門的懷抱，轉身看焦急的副警長。

「他沒有呼吸了！」

「快拿氧氣面罩來！」

楚門抓住她的肩膀，不讓她再次跪下。麥唐諾的臉色死灰，嘴巴鬆弛張開，雙眼無神望著前方。

「讓他們忙吧。」

梅西停止掙扎。「他是我的舅舅。」她低語。

「什麼？」楚門呆住。**怎麼可能？**

「他是我媽的弟弟，大家都以為他已經死了……我以為他死了。」她的語氣變得警覺。「我在想有誰知道他還活著。」

楚門十分錯愕。「妳認出他嗎？」

「沒有。我從來沒見過他，不過他知道我是誰。」她的視線離不開地上那具沉默的軀體。「在最後一刻的時候，他想救我出去。」

楚門努力消化她這句話。**麥唐諾想救她出去？**

他明明說了那麼多威脅恐嚇的話。

「如果有必要，他還是會殺死妳，不管你們是不是親戚。」楚門輕聲地說。他還無法接受麥唐諾懷有善意。「他不會允許任何人礙事，尤其是警察。」

她轉頭看向歐文。她的大哥和十幾個麥唐諾的手下坐成一排，接受副警長問話。一位副警長幫凱德處理傷口，用紗布蓋住其受傷的眼睛，然後呼叫救護車。麥唐諾的追隨者雖然經歷一場大亂鬥，但似乎沒人重傷，頂多只有流鼻血、嘴唇腫脹。傷勢最重的，反而是被楚門綁在外面的那兩人。外面那兩個被幾位副警長押上警車時，都處於無法行走的狀態，必須用搬的。

楚門在眾多警調人員中看到艾迪與傑夫．蓋瑞森，他們十分專注地做著紀錄。楚門見狀鬆了一口氣，幸好他們沒有在路口槍戰中受傷。雖然亂了一整夜，至少結局還不錯。雙方都一樣。

梅西看著坐在食堂另一頭的大哥，做了幾次深呼吸，楚門的手感覺到她的肩膀起伏。

「還有誰對我說謊了？」她輕聲問。

◆

隔天早上，楚門看著警局電腦上的電子郵件。過去幾個小時裡，他已經反覆看了五次。

如果我昨天就收到這封郵件，情況會有所不同嗎？

應該不會。

他拿起泛黃的指紋卡，剛才他在警局老舊的儲藏室翻了一整個小時才找到。他比對查德．惠勒副警長從愛達荷州寄來的現存指紋，雖然他沒接受過特殊訓練，但光憑肉眼也看得出來兩者指紋一模一樣。湯姆．麥唐諾原名亞朗．貝蒙特（Aron Belmonte）。大家都以爲，梅西最小的舅舅在一九八〇年死於聖海倫火山爆發。他的遺體從未尋獲，但當時許多罹難者都是如此。

現在亞朗是眞的死了。昨夜他心臟病發作之後就再也沒被救回來。

之前惠勒副警長拜託一位後備警員幫忙調查麥唐諾的背景，這封郵件就是來自於對方。他們沒有湯姆．麥唐諾過去的死亡紀錄，不過那位警員發現，一九七五年到一九八〇年的紀錄是一段空白，麥唐諾徹底消失。沒有報稅紀錄、沒有換發駕照，到處都找不到相關的法律文件資料。他獨來獨往，就算消失了也沒人會過問。

接著，在一九八〇年他換發新駕照。

後備警員查不出一九八〇年之前的駕照照片，不過在那之後的所有照片，裡面的人都是留著大鬍子的湯姆．麥唐諾，也就是梅西的亞朗舅舅。

後備警員繼續挖掘，發現在一九七四年時，眞正的湯姆．麥唐諾曾和賽拉斯．坎貝爾住在同一個地址，也就是去年和新的湯姆．麥唐諾撕破臉的同一人。楚門猜想，一九八〇年火山爆發之後，應該是賽拉斯幫助亞朗取得湯姆．麥唐諾的身分。

很可能是因爲，賽拉斯知道眞正的麥唐諾已經死了。

楚門敢說，眞正的麥唐諾會失蹤，與賽拉斯絕對脫不了關係。這個以愛達荷州爲基地的民兵頭子，出了名地心狠手辣。賽拉斯沒有任何犯罪紀錄——他學會規避、小心避免觸法——但大家都知道他有多狠。

舊的指紋是亞朗．貝蒙特於一九七八年遭到逮捕時留下的紀錄，從來沒有被掃成電子檔。愛達荷州警方也從不曾要求副本，於是亞朗的指紋就這樣放在箱子裡塵封數十年。亞朗．貝蒙特在鷹巢鎮與德舒特郡都有一大串逮捕紀錄——酒駕、超速、行竊。都是輕罪，不值得費事改變身分。不過他在一九八〇年四月被懷疑涉入郡法院縱火案，楚門猜想應該是這件案子讓亞朗緊張了。

一定是火山爆發之後，有人跑去告訴亞朗的家人他在那裡露營。畢竟亞朗不會預測未來，無法事先告訴大家他要去那裡。肯定有人幫他散播露營罹難的故事，因爲他自己不可能出面。

他的共犯是誰？

肯定是他四個兄長的其中一個。樂意幫他擺脫聯邦政府的調查，並一舉擺脫縱火燒法院的嫌疑。

楚門癟著嘴，不得不佩服亞朗的失蹤計畫。雖然在他印象中，九一一事件當時確實有少數人企圖藉此裝死，有些人是爲了詐領保險金，有些人則爲了逃避人生中的一些事情。**真是卑鄙。**

無法看到亞朗爲最近幾起犯罪付出代價，楚門心裡很不是滋味。不過至少他的幾名手下被控犯下刑事罪。襲擊蘿絲、把凱德拖進森林，那兩個人將遭到起訴；另外還有六人也沒逃過，他們在路口設置路障、對警方開槍。楚門不確定是否會逮捕更多人；大部分的人基本上沒做什麼壞事，只是判斷力不佳，選擇跟隨湯姆．麥唐諾。

梅西等等很快就會來警局。他已經給她看過那封郵件，以及指紋比對的結果，接下來他們要去她父母家，向她母親宣布噩耗。那個她母親相信早已過世多年的弟弟，如今又死了一次。

**還是說，她母親其實知道他還活著？**

◆

梅西內心感到麻木。

同時又火冒三丈。

楚門把車停在她父母家前面，她在這兩種情緒間來回擺盪。她的舅舅死了，她應該難過才對。但她一直相信舅舅早在自己出生前就已過世，而且她並不欣賞那個叫湯姆．麥唐諾的人。一點也不。

每次想到這裡她就怒火中燒。

還有哪些人知道舅舅還活著？

一定要有人對此給出答覆。

歐文也無法解釋。在警方偵訊之間的空檔，她和他談了一個小時，他表示自己也覺得很奇怪，麥唐諾竟然這麼快就將他視為心腹，但他發誓，自己連作夢都沒想過，那個人竟然會是他們的親戚。歐文像她一樣，得知時極為震驚。他帶警察去找傑克．郝爾棄屍的地點，對六個不同單位的警調人員反覆描述當時的經過。她不認為大哥會因傑克的命案而被控殺人。

歐文向梅西道歉，兄妹倆彼此坦白時都哭個不停。他承認，自從李維過世之後，自己一直心懷憤恨，想找個怪罪的對象。梅西是很方便的選擇。他們緊握著彼此的手，梅西看著歐文崩潰，聽著他承認自己知道李維不是她害死的，她心中的創傷逐漸癒合。她原本擔心，這道裂痕永遠不會有修復的一天。

楚門告訴她，她被抓進農舍的時候，多虧了歐文拚命制止，他才沒有衝進虎穴。歐文後來進去食堂，是爲了將她從麥唐諾手中救出。

和歐文談完之後，她覺得似乎有機會找回大哥的親情。

凱莉則在醫院陪凱德。這孩子因男友受傷而驚慌無比，說什麼也不肯離開他。凱德斷了兩根肋骨，正待眼科專家確認眼睛的狀況。他那隻眼睛已經恢復了部分視力，急診室醫師的態度謹愼但樂觀，認爲應該能完全恢復。凱德的兩個朋友被控縱火罪。蘭登供出所有共犯，其中包括一個女生，如此一來就能解釋克萊德．簡金斯爲何會聽到女性笑聲。

凱德表明他會去交新朋友。

凱莉私下告訴梅西，她覺得自己很傻，竟然懷疑凱德變心。梅西溫柔但嚴肅地訓了她一頓，告訴她不可以一下就把人定罪，要思考對方是否有什麼苦衷，不要讓焦慮打亂自己的感情。不過，梅西覺得自己沒什麼資格給姪女戀愛的建議。

給人建議終究比自己去做簡單得多。

現在她得去面對父母了。他們知道梅西和楚門要過去。梅西打電話告訴母親亞朗舅舅盜用身分一事，並且問她是否知情。

電話那頭的震撼回應感覺不像在假裝。

但梅西不會就這樣算了。她要看著母親的眼睛再問一次。

踏上父母家的臺階時，她的腳步很沉重。楚門抓住她的手臂，輕輕拉住，要她轉身看著他。

「嘿，無論我們發現什麼，一切都沒有改變。」

「我也這麼想。」她說：「不過，這件事讓我和其他人都十分震驚。亞朗舅舅怎麼會對家人做出這種事？」

「妳不知道他以前是怎樣的人。」楚門表示。「或許妳母親只記得和弟弟一起度過的歡樂時光，但她記憶中的那個人，與我們遇上的麥唐諾完全不同。裝死拋棄家人，能做出這種事的人，腦子裡一定有很多常人無法理解的想法。」

他們還沒敲門，黛博拉．凱佩奇便已經先開門了。她母親看起來似乎已經三天沒睡覺，雙眼呈現紅腫，臉上膚色黯淡。她對梅西張開雙臂，梅西走進母親懷中。「我很遺憾，媽。」

黛博拉用力抱緊她。

蘿絲來到門口，和她們抱在一起。梅西撫摸蘿絲柔軟的秀髮，感覺二姊平坦的腹部靠在自己身側。蘿絲的肚子還沒有大起來。她臉頰上的傷迅速癒合，但瘀血變成觸目驚心的紫色。

對蘿絲的不捨如大浪撲來，梅西拚命忍住眼淚。

**老天，我的情緒未免太亂了。**

他們走進客廳，她父親站在一張椅子後面，雙手抱胸。他對梅西與楚門頷首致意，但沒有走過來。

黛博拉帶梅西和蘿絲走向沙發，母女三人一起坐下。

「我打過電話去華盛頓，問妳的約翰舅舅和馬克舅舅。」母親先開口。「他們也像我一樣震驚。」

「媽，妳確定他們沒有騙妳？」梅西問：「火山爆發之後，一定有人幫助亞朗執行他的計畫。妳記不記得，當時是誰告訴你們亞朗去露營？」

母親搖頭。「我不知道，妳外婆是在電話上告訴我的。那時我和亞朗都已經搬出去很久了，不過可能是妳另外兩個舅舅說的。」她有些哽咽。

他們把祕密帶進了墳墓。

「恐怕我們永遠無法得知當年是誰幫助他。」梅西說：「眞是難以置信，這個祕密竟然能隱瞞如此多年。」她瞥了父親一眼，心跳瞬間漏跳一拍。

他知道！

卡爾．凱佩奇的表情冰冷嚴厲，雙眼不帶半點感情。他想裝作面無表情，卻做得太過頭了。父親迎上她視線一下，之後立刻轉開。

去你的。

他怎麼可以瞞著媽好幾十年？梅西看著掩面哭泣的母親，更加確定她從不知道亞朗還活著。

但爸是另外一回事。梅西看了楚門一眼。他也在端詳她父親，神情似乎心知肚明。

他也看出來了。

是爸幫忙亞朗展開新生活嗎？還是單純是從知情的舅舅那裡聽到的？亞朗就住在鷹巢鎮外圍，而且打算籌組民兵部隊，這件事他知情嗎？爸痛恨民兵，他認爲那些人只是在粗劣地模仿政府，以替小人物發聲作爲幌子，而實際上領袖往往是一心尋求權力的自大狂。說不定亞朗逃往愛達荷州後，爸就沒再和他聯絡了。

她猜想，父親應該永遠不會說出眞相。

梅西只能放下這件事。已經無所謂了。

不過沒人可以阻止她重新與家人建立關係，這麼做對她只有好處。

「明天是感恩節了，你們要怎麼慶祝？」梅西問母親，不給自己機會退卻。「我好像需要多一點和家人相處的時間。」蘿絲聞言露出大大的笑容，開心地捏捏梅西的手。

母親抹去臉頰上的淚水。「妳一定要來跟我們一起吃飯。」黛博拉說這句話時，直接看著梅西，而不是卡爾。

「我很樂意。」梅西說：「楚門要烤火雞，我們會一起帶來，還有凱莉和她做的派。我已經和珍珠約好要一起吃甜點，不過會通知她改成來這裡。」她的胃裡冒出意想不到的歡喜氣泡，溫暖滿足的感覺散滿四肢，讓她忍不住微笑。爸想擺臭臉就隨他去，他休想嚇退她，她說什麼都會繼續和家人聯繫。

**看來節日確實很有意義呢。**

◆

他們走到停在梅西父母家前院的休旅車旁，梅西吐了一大口氣。

「妳父親知道妳的亞朗舅舅沒死。」楚門表示。他將她拉入懷中，她把頭靠在他的肩上休息一下。

「我也看出來了。」她說：「那樣的祕密怎麼能瞞著配偶幾十年？」

「妳父親很強悍。」楚門說：「幾乎刀槍不入。妳很像他。」

她斜睨他一眼，不確定這句話是不是讚美。

楚門做個深呼吸。「昨晚看到他們把妳拖進食堂，我嚇得魂都飛了。」他緊抿著嘴，注視她的雙眼。

「我刀槍不入，記得嗎？」她開玩笑，他專注的眼神令她緊張。「我不會有事。」

他略微蹙眉，棕眸極度認眞。

**糟糕。**

「我們在一起的這幾個月，我一直小心不說出口。」楚門說：「因爲我怕妳會覺得有壓力。不過昨晚妳差點死掉時，我驚覺自己從來沒說過愛妳。我發誓一定要立刻改正這個錯誤，我不想再忍耐了。」

她無法動彈。**我還沒準備好。拜託，不要現在說，楚門……**

「我愛妳，梅西．凱佩奇。幾乎從第一次見面，我就愛上妳了。我立刻就明白，妳能夠帶給我挑戰、帶給我刺激，讓我重新感覺自己活著。我眞的很白痴，竟然沒有早點對妳說，更等到差點失去機會。如果妳對於我說出愛妳這件事有什麼意見，那眞是太可惜了，因爲不久前我才跟妳說過，允許自己被愛不代表軟弱。現在妳有機會冒人生中最大的風險，允許我的愛成爲妳的一部分。我的愛持久不變、沒有條件。而且永遠不會離開。」

她凝視他的棕眸，感覺他說的話滲透進她的肌膚，沉澱在骨骼深處。

*多少女人想聽心愛的人說這些話？*

*可是我好害怕。*

然而，那雙深色眼眸表明，他說的每個字都是眞心誠意。沒有人會比楚門更誠實眞摯。

*萬一他錯了呢？他又無法預知未來。*

「快回來，梅西。」他溫柔地說：「我看得出來妳要逃跑了。」

她垂下視線，看到他的領口內側還沒完全癒合的燒傷。*那天他可能會死。*

她不想看到他死去。永遠都是。一想到可能失去他，讓她全身每個細胞都在痛。*我實在錯得離譜。*

*這段感情對我只有好處，我不會有任何損失。*

她重新凝視他的雙眼。「我也愛你。」這句話彆扭又生硬，但她知道只要多加練習，以後就會變得簡單。「請不要推開我。」她低語，熱淚溢滿眼眶。「也不要讓我推開你。我常這樣，你知道的。我會推開別人，是因爲我不想受傷。」她越說越小聲。

他緊抱住她。「永遠不會，梅西。絕對、永遠不會。無論妳想不想要，總之我會一直留在這裡。」

一股無比平靜的安詳充滿她的心。她從未有過這種感覺。

*我相信他。*

**《烈火謎蹤》完**

# 誌謝

創作一本書需要集合眾多優秀的人形成堅強基礎。我非常幸運，有乖巧的孩子、貼心的丈夫，以及最親密的寫作好友Melinda。Montlake出版公司的團隊擅於應付我投出的變化球，總是能處理得漂漂亮亮，也知道如何開發新讀者。謝謝Jessica、Anh、Meg，感謝妳們的支持與體諒，感謝Charlotte，妳讓我的書發光發熱。

感謝所有喜歡梅西系列第一集的讀者。開始寫新系列時我很緊張，因爲我的書迷一直熱切期待Bone Secrets系列與Callahan & McLane系列的新書。我從心底感謝大家願意擁抱這個新系列。你們希望能在我的故事中看到「跨系列」的情節，於是我讓艾娃・麥克連短暫客串了一下。梅西系列的下一本書中，我將會放進更多Bone Secrets與Callahan & McLane系列中大家喜愛的角色。

# 中英名詞對照表

## A

Al 艾爾

Aaron Belmonte 亞朗・貝蒙特

Ava McLane 艾娃・麥克連

## B

Barbara Johnson 芭芭拉・強生

Bhagwan Shree Rajneesh 巴關・希瑞・羅傑尼希

Ben Coolely 班・庫利

Bend 本德市

Bill Trek 比爾・崔克

Bonner County 邦納郡

Bonners Ferry 邦納斯費里

## C

Cade Pruitt 凱德・普魯特

Cascade Mountains 喀斯喀特山脈

Celie Ekham 賽莉・埃肯

Chad Wheeler 查德・惠勒

Charity 雀瑞蒂

Charlie 查理

Chip 齊普

Clyde Jenkins 克萊德・簡金斯

Coeur d'Alene 柯達倫市

Coffee Café 珈琲咖啡館

Cowler 考勒

Craig Rafferty 克瑞格・雷佛提

## D

Damon Sanderson 戴蒙・山德森

Darby Cowan 達比・柯萬

Debby 黛比

Deborah Kilpatrick 黛博拉・凱佩奇

Deke 戴克

Denise 丹妮絲

Deschute County 德舒特郡

divinity 奶油蛋白軟糖

DuPont 杜邦（化工公司）

## E

Eagle's Nest 鷹巢鎮
Eddie Peterson 艾迪・彼德森

## F

Finn Gaylin 芬恩・蓋林
fire marshal 消防官

## H

Herscher 賀許

## I

Ina Smythe 艾娜・史密斯

## J

Jack Howell 傑克・郝爾
Jackson Hill 傑克森・西爾
Jason Eckham 傑森・埃肯
Jeff Garrison 傑夫・蓋瑞森
Jenna 珍娜
Jim Hotchkiss 吉姆・哈其基
John 約翰
Joshua Pence 約書亞・潘斯
Julia Parker 茱莉雅・帕克

## K

Karl Kilpatrick 卡爾・凱佩奇
Kaylie 凱莉
Kimberly Davidson
金柏莉・戴維森

## L

Landon Hecht 蘭登・海克特
Laurie 蘿莉
Lefebvre 勒菲爾
Levi 李維
Lola 蘿拉

## M

Madero 瑪戴羅
Mercy Kilpatrick 梅西・凱佩奇
Mitch 米契
Mount Bachelor 巴契勒山
Mount St. Helens 聖海倫火山

## N

Natasha Lockhart 娜塔莎・洛哈特
Nathan Landau 納森・蘭道

## O

Oldsmobile
奧茲摩比（汽車品牌）

Osho 奧修

Owen 歐文

## P

Pearl 珍珠

## Q

Quantico 寬提科（鎮）

## R

Ralph Long 雷夫・朗恩

Rick Turner 瑞克・透納

Robinson Street 羅賓森街

Rose 蘿絲

Royce Gibson
羅伊斯・吉布森

## S

Salem 薩冷（奧勒岡州州府）

Samuel 山謬

Sandpoint 桑德波因特

Sandy's Bed & Breakfast
珊蒂民宿

Sarah Browne 莎拉・布朗

Scout 小童軍

Shelly 謝莉

Silas Campbell 賽拉斯・坎貝爾

Simon 賽門

Steve Parker 史蒂夫・帕克

## T

Tahoe 太浩（雪弗蘭休旅車款）

Ted Kaczynski 泰德・卡辛斯基

Tilda Brass 蒂爾達・布拉斯

Tom McDonald 湯姆・麥唐諾

Truman Daly 楚門・戴利

## W

Wayne Davidson 韋恩・戴維森

Willamette Valley 威拉梅特山谷

Winslet 溫斯蕾

BEST嚴選 136

# 烈火謎蹤

原 著 書 名／A Merciful Truth
作　　　者／坎德拉・艾略特（Kendra Elliot）
譯　　　者／康學慧
企畫選書人／劉瑄
責 任 編 輯／劉瑄
版權行政暨數位業務專員／陳玉鈴
資深版權專員／許儀盈
行 銷 企 畫／陳姿億
行銷業務經理／李振東
總　編　輯／王雪莉
發　行　人／何飛鵬
法 律 顧 問／元禾法律事務所　王子文律師
出版／奇幻基地出版
城邦文化事業股份有限公司
台北市 104 民生東路二段 141 號 8 樓
電話：(02)25007008　傳眞：(02)25027676
網址：www.ffoundation.com.tw
e-mail：ffoundation@cite.com.tw
發行／英屬蓋曼群島商家庭傳媒股份有限公司城邦分公司
台北市 104 民生東路二段 141 號 11 樓
書虫客服服務專線：(02)25007718・(02)25007719
24 小時傳眞服務：(02)25170999・(02)25001991
服務時間：週一至週五 09:30-12:00・13:30-17:00
郵撥帳號：19863813　戶名：書虫股份有限公司
讀者服務信箱 e-mail：service@readingclub.com.tw
歡迎光臨城邦讀書花園　網址：www.cite.com.tw
香港發行所／城邦（香港）出版集團有限公司
香港灣仔駱克道 193 號東超商業中心 1 樓
電話：(852) 2508-6231　傳眞：(852) 2578-9337
e-mail：hkcite@biznetvigator.com
馬新發行所／城邦（馬新）出版集團
【Cite(M)Sdn. Bhd】
41, Jalan Radin Anum, Bandar Baru Sri Petaling,
57000 Kuala Lumpur, Malaysia.
Tel: (603) 90578822 Fax:(603) 90576622
email:cite@cite.com.my

封面設計／朱陳毅
排　　版／HAMI
印　　刷／高典印刷有限公司
■ 2022 年（民 111）3 月 3 日初版

售價／460 元

國家圖書館出版品預行編目資料

烈火謎蹤／坎德拉・艾略特（Kendra Elliot）作；康學慧譯. -- 初版. -- 臺北市：奇幻基地, 城邦文化出版：家庭傳媒城邦分公司發行, 民111.03
面；　公分. -（Best嚴選；136）
譯自：A Merciful Truth
ISBN 978-626-7094-19-8（平裝）

874.57　　110021931



ISBN　978-626-7094-19-8

Printed in Taiwan.

城邦讀書花園
www.cite.com.tw

請於此處用膠水黏貼

奇幻基地

# 讀者回函卡

謝謝您購買我們出版的書籍！請費心填寫此回函卡，我們將不定期寄上城邦集團最新的出版訊息。

姓名：＿＿＿＿＿＿＿＿＿＿＿＿＿＿　性別：□男　□女

生日：西元＿＿＿＿年＿＿＿＿月＿＿＿＿日

地址：＿＿＿＿＿＿＿＿＿＿＿＿＿＿

聯絡電話：＿＿＿＿＿＿＿＿傳真：＿＿＿＿＿＿＿＿

E-mail：＿＿＿＿＿＿＿＿＿＿＿＿＿＿

學歷：□1.小學　□2.國中　□3.高中　□4.大專　□5.研究所以上

職業：□1.學生　□2.軍公教　□3.服務　□4.金融　□5.製造　□6.資訊
□7.傳播　□8.自由業　□9.農漁牧　□10.家管　□11.退休
□12.其他＿＿＿＿＿＿＿＿＿＿

您從何種方式得知本書消息？

□1.書店　□2.網路　□3.報紙　□4.雜誌　□5.廣播　□6.電視
□7.親友推薦　□8.其他＿＿＿＿＿＿＿＿

您通常以何種方式購書？

□1.書店　□2.網路　□3.傳真訂購　□4.郵局劃撥　□5.其他

您購買本書的原因是（單選）

□1.封面吸引人　□2.內容豐富　□3.價格合理

您喜歡以下哪一種類型的書籍？（可複選）

□1.科幻　□2.魔法奇幻　□3.恐怖　□4.偵探推理
□5.實用類型工具書籍

您是否為奇幻基地網站會員？

□1.是□2.否（若您非奇幻基地會員，歡迎您上網免費加入，可享有奇幻基地網站線上購書75折，以及不定時優惠活動：http://www.ffoundation.com.tw/）

對我們的建議：＿＿＿＿＿＿＿＿＿＿＿＿＿＿

請於此處用膠水黏貼